악의 주장법

악의 주장법

허진희 장편소설

자이언트북스

목차

그전에 아무도 본 적 없는
맺히고 맺힌 멍울들이 도처에서
사람을 살해하오
오직 이 땅에서만 생장하는 그것이
살해하고 살해하고 또 살해하오
살해하는 멍울에서 달아나시오
나를 데리고 달아나시오
이런 내가 부끄럽거든
그대는 마땅히 반박하시오
내가 악의 이름으로 말하니
내 힘은 그대의 힘이오

– 백오교, 「악의 주장법」

* 국권 피탈 이후 기록된 적도 본 적도 없는 독초들이 한반도 곳곳에서 발견된다. 독초에 서린 기운을
  망국의 한(恨)으로 여긴 조선인들은 비탄하는 심정으로 그것을 '멍울독'이라 불렀다.

백오교 혹은
시라시이 유이토

　식민지의 천재라 하면 으레 비운의 천재 백오교를 떠올리겠으나, 그의 삶을 두고 순탄치 않았다고 말하는 것은 어폐가 있다. 대대로 한약방을 운영해온 집안에서 태어나 어릴 적부터 신동 소리를 들으며 대접받다가, 열여섯에 무난히 일본 유학을 떠나 도쿄제국대학 법학부를 졸업하고 여드레 전 고등문관시험에 합격한 백오교의 나이는 이제 겨우 스물여섯. 온갖 신문에서 떠들어대는 것처럼 그의 앞길은 지금까지와 다름없이 그야말로 탄탄대로처럼 보였다. 명석한 것은 말할 것도 없고, 인물도 어디 하나 빠지는 데 없이 훤칠하고, 말솜씨 또한 유창한 데다가 다소 내향적인 성격을 매력으로 어필할 수 있을 정도의 사교술도 갖추었으니, 누구 하나 백오교의 출세 가도를 의심하는 사람이 없었다. 하지만 백오교는 늘 죽음을 생각했다.

"오교 오라버니는 이제 혼인만 잘하면 되어요."

미유가 앙큼하게 웃으며 말했다. 미유는 사토가(家)의 독녀다. 위로 오빠 사토 준이 있지만 사토 부부의 애정과 관심은 열여섯 미유에게 쏠려 있었다. 사토가의 활력은 모두 미유가 만들어내는 것이라 해도 과언이 아니었다. 백 평 남짓한 문화주택과 일본식 정원 구석구석 종종걸음 친 자리마다 미유는 특유의 기운을 새겨 넣는 소녀였다. 반면 오빠인 준은 허깨비 같았다. 준은 지금도 파리한 낯빛으로 우물쭈물 응접실을 나서지 못하고 있다. 인사할 차례를 기다리는 것이다.

"우리 부모님은 내가 설득할게요. 내 말이라면 꼼짝을 못 하시니까."

혼인하자고 떼쓰는 건 미유가 오교를 배웅할 때마다 항상 하는 장난이었다. 준과 달리 미유는 처음부터 오교를 스승으로 대하지 않았다. 두 사람의 인연은 두 해 전 오교가 고등문관시험을 준비하는 동안 용돈벌이를 할 생각으로 남매의 아버지인 사토 타다요시의 과외 제안을 받아들인 것이 시작이었다.

"정 안 되면 도망치면 되고요. 관료 같은 거 되어서 뭐 한담. 어디 시골에 가서 오교 오라버니는 매일 시를 지어 팔고 나는 옷을 지어 팔고…….”

미유가 기모노에 달린 굵은 허리띠를 매만지며 짓궂은 표정을 지어 보였다. 비록 나이는 어리지만 옷 만드는 솜씨 하나는 진즉 인정받았던 미유였기에 제 나름대로는 어디를 가도 굶어 죽지 않고 살 수 있으리라 자신감을 내비친 것이다. 그러나 조선 땅에서 기모노를 팔겠노라 쉬이 말하는 미유를, 오교는 결코 편한 심기로 대할 수 없었다. 조선말도 할 줄 모르는 주제에 팔도의 산간벽지 어느 곳에 가든 자기 나라의 옷이 팔릴 거라는 믿음. 미유가 그런 식으로 자신의 게으른 무지와 순진한 오만을 무심코 혹은 거리낌 없이 내보일 때마다 오교는 당장 펜을 들고 침을 뱉듯 시를 갈기고 싶었다. 피지배민의 입신양명 따위 개나 줘버리라지.

그때 미유가 평소에 하지 않던 농을 덧붙였다.

“그도 안 되면 같이 죽어요. 응?”

분명 근래 어딘가에서 연인의 동반자살을 낭만적으로 꾸며낸 이야기를 듣고 하는 말이겠지. 미유는 도발적인 구석이 있는 데다가 조금 과장하면 죽음 또한 충분히 유희의 대상으로 여길 수 있는 스타일이다. 그런 사람들이 흔히 그러하듯 타인을 살피는 섬세한 면은 부족하기에 미유 자신이 죽음을 언급한 순간 오교의 눈동자에 불꽃이 인 것을 전혀 눈치채지 못한 듯 보였다. 반면 사토 쥰은 달랐다. 사토 쥰은 오교의 시를 이해했다. 그러니 미유 뒤편에 엉거주춤 서 있던 사토 준의 눈동자를 화르르 불타오르게 만든 건 조금 전 오교의 심장을 꿈틀하게 했던 것과 비슷한 욕망일 터였다.

"그건 안 되지. 그럴 수는 없지. 만약 내가 미유와 함께 죽는다면 타다요시 님이 법사란 법사는 죄 불러 모아서 저주를 내리실걸. 귀신이 되어서도 이루어지지 못할 텐데, 괜찮겠어?"

백오교는 애써 빙긋 미소 지으며 미유를 내려다보았다.

"그러니까 나는 미유가……."

두 해가 지나는 동안 얼굴이 조금 갸름해지고 키가 부쩍 자랐을 뿐, 미유는 아직 어린아이다. 아무리 대환멸의 시대라 해도 오교는 이 아이가 죽음을 꿈꾸도록 만들고 싶진 않았다.

"또, 또. 미유가 열여덟 살이 되면 그때 생각해보겠다고 말하려고?"

미유가 입을 삐죽 내밀었다. 오교가 마음에도 없는 소리를 하면 토라진 척 얼굴을 꼬깃거리는 것도 두 사람이 헤어질 때마다 주고받는 우스갯짓이었다.

"그래, 그렇지. 그때 되면 타다요시 님과 카논 님께 허락을 구하고, 준에게도 허락을 구해야겠지."

"준은 당연히 찬성이죠. 준이 오교 오라버니를 얼마나 좋아하는데. 아니, 좋아하는 걸 넘어서 존경하잖아. 그렇지, 쥰?"

미유는 쥰을 오라버니라고 부르는 법이 없었다. 여느 때보다 훨씬 당돌한 미유의 말투에 당황한 쥰이 어딘지 모르게 부자연스러운 몸짓으로 문지방을 넘으며 말했다.

"시라시이 상과의 혼인을 제가 반대할 리가 없죠."

시라시이 유이토는 오교가 일본에서 처음 시집을 출간했을 때 사용했던 필명이다. 백오교를 스승으로 만나기 전부터 시인인 시라시이 유이토를 흠모했던 쥰은 언제나 오교를 시라시이 상이라고 불렀다. 초기 독자로서 자부심을 표현하기 위해서일 수도 있고, 일본 이름으로 부르는 편이 그에겐 훨씬 자연스럽기 때문일 수도 있고, 그렇게라도 존경의 대상을 일본인으로 인식해야 제 마음이 편하기 때문일 수도 있지만, 정작 오교는 그 이름을 들을 때마다 은은한 구역감을 느꼈다.

"영광인걸."

오교는 이렇게 말하고 부러 손목시계를 확인했다.

"약속이 있어요?"

"글쎄. 약속이라고 해야 하나."

"정인은 아니죠?"

"정인이 다 뭐야."

"칫."

미유는 아쉬운 표정을 드러내면서도 더는 오교를 붙잡지 않았다. 정작 오교의 시선을 붙든 이는 미유가 아닌, 남매를 뒤로하고 오교가 숨 막힐 듯이 꾸며놓은 사토가의 정원을 지나던 순간 가옥의 서편 기역 자로 이어진 복도에 매초롬한 자태로 서서 오교를 지켜보던 남매의 어머니 사토 카논이었다. 카논은 정중히 고개를 숙이는 오교를 향해 까닥 목인사를 하고는 서뿐 몸을 돌려 자신의 방으로 들어갔다. 가족조차 함부로 들이지 않는 카논의 비밀스러운 공간이었다. 물론 오교는 그 방의 용도에 대해 알고 있었다. 일찍이 준이 말해준 적이 있었기 때문이다. 내 저것을 불태우고 죽을까. 오교가 이를 갈았다. 그러나 무언가를 불태우기에 오교는 지나치게 무기력했다. 혼잣소리마저 복화술로 할 만큼 닳고 헤진 의지로 무엇을 불태운단 말인가. 문득 처음 그 방에 무엇이 보관되고 있는지 들었을 때 느꼈던 불쾌감이 다시 목구멍까지 치밀어 올랐지만 오교가 당장 할 수 있는 일은 신물을 되삼키듯 불쾌감을 꾹꾹 속으로 욱여넣는 것뿐이었다.

오교는 황황하게 대문을 나섰다. 미유에게 둘러댄 대로 오늘 내가 지켜야 할 약속이 있던가. 대문을 등지고 선 오교가 멈칫했다. 있을 리 없다. 내가 무슨 자격으로 분에 겨운 약속을 잡는단 말인가. 오교는 대문 안 풍경과 다를 바 없는 진고개 언덕길을 휘둘러보았다. 담벼락 위로 솟은 이층 가옥이

악의 주장법

즐비한 이 거리를 어서 벗어나고 싶었다. 산보를 하자. 아무렇게나 발을 옮기고 보자. 내일이면 추분(秋分). 이제 점점 밤이 빨리 찾아오겠구나. 절기의 기운을 실은 바람이 목덜미를 타고 돌았다. 덕분에 내리막길을 걷는 발걸음이 가벼워졌다. 정처 없이 걷기에 컨디션이 괜찮았다. 죽기엔 너무나도 건강한 몸이다. 정신에 비해 우습도록 튼튼한 몸이다. 큰길에 이르자 오교는 맞은편에서 달려오는 전차를 보며 저기로 몸을 던질까 생각하다가 피식 웃음이 터졌다. 아까운가. 죽기엔 이 건강한 몸이 아까운가. 그러다 웃음기를 가시고 생각했다. 아니, 아깝지 않다. 전혀, 조금도, 하나도 아깝지 않아서 문제다. 오교는 고개를 들어 하늘을 쳐다보았다. 그리고 하늘 끝에서 울리는 성당 종소리를 따라 걸음을 옮겼다. 처음부터 그곳에 갈 작정이었다. 만남을 약속한 이도 없고 앞을 기약할 수 있는 이도 없지만, 처음부터.

성당에 잠시 머무른 오교는 해가 질 무렵 자신의 아파트로 돌아와 스스로 생을 마감했다. 오교의 시신 옆에는 오교가 쓴 시집 『악의 주장법』이 놓여 있었다.

그리고 한 달 뒤, 오교의 집에서 또 한 명이 죽은 채로 발견되었다.

이상한 그리움

시신을 살펴보아 주십시오.
당신의 고견이 필요합니다.

희비는 눈을 내리뜨고 가만히 쪽지를 응시했다. 조금 전 가쁜 숨을 몰아쉬며 자전거를 타고 온 용달사 소년이 전해준 쪽지였다. 소년은 소매가 손끝을 다 가리고도 남는, 몸에 맞지 않는 정복의 매무새를 산만한 몸짓으로 가다듬으며 말했다.

"사토가에서 보내온 메시지여요."

쪽지에는 주소가 적혀 있었다. 황금정에서 또 사람이 죽었구나. 희비는 가만히 한숨을 내쉬었다. 자신에게 조사를 의뢰하는 이유는 하나일 터. 분명 독초와 관련된 죽음일 것이

악의 주장법

다. 이 땅에서 나는 독초는 모두 희비의 손바닥 안에 있었다. 희비는 독초와 함께 자랐다. 어머니의 뱃속에 있을 때부터 이미, 그러니까 희비가 아주 작디작은 세포였을 때부터 말이다. 독초의 독성을 품고 태어난 아이는 독초에 둘러싸여 살다가 마침내는 독초로 인해 죽었다. 말 그대로 죽었다. 아니, 죽었었다. 희비는 죽음을 경험하고 죽음으로부터 돌아온 사람이었다. 하지만 단 한 번도 만만다행으로 기사근생했다고 생각한 적은 없었다. 희비는 그저 가끔씩 죽음을 그리워했다.

도와줄 사람이 필요하겠어. 희비는 아픈 다리를 대신해 장우산으로 마당의 흙바닥을 짚으며 생각했다. 오래도록 염두에 둔 사람이 있었으니 이제 그를 찾아갈 때이리라. 희비의 머릿속은 어느새 오 년 전 함성과 비명이 교차하던 경성의 거리로 채워져 있었다.

천붕대에 찾아온
손님

"경성 제일 미남? 미카엘인가 하는 그이가 죽었다고?"

"응, 응!"

차돌의 종아리에 매달린 막동이가 볼이 패도록 웃으며 대답했다. 선선한 가을바람이 막동의 이마에 달라붙은 머리카락을 살살 흔들었다. 아침나절 황금정을 쏘다니며 소란한 장내를 구경한 탓에 좀처럼 흥분이 가라앉지 않은 모양새다.

"몽달귀신처럼 하얀 사람! 미남이 죽었다고 해서 사람들이 모여들었어!"

"미남이든 추남이든 사람이 죽었으니 마땅히……."

물지게를 지고 언덕땅을 오르던 차돌은 사람이 죽었다는 소리를 천진스럽게 떠들어대는 막동의 얼굴을 내려다보고는 얕게 한숨을 쉬었다. 화장터 근처에서 매일같이 죽음을 접하

악의 주장법

는 천붕대 아이들에게 죽음은 그저 예삿일이었다.

"아니야, 언니. 막동이 말이 맞아."

맹단이 흙칠을 한 듯한 동그란 광대를 부풀리며 끼어들었다. 뼈와 살을 태우며 피어오르는 검은 연기를 뒤집어쓰고도 하루걸러 한 번이나 씻으면 다행인 아이들의 낯빛은 너 나 할 것 없이 볼품없었다. 하지만 지치지도 않고 댕갈댕갈 잘도 떠들어대는, 차돌을 둘러싼 장난꾸러기 호위대의 해맑은 기세는 조막만 한 얼굴들을 잘 닦아놓은 쥐눈이콩처럼 까마반지르하게 빛났다.

"경성에서 제일 잘생긴 남정네가 죽었다고 여학생이며 부인이며 기생이며 여급이며 할 것 없이 경성 여인이란 여인은 죄 몰려와서 눈물 훔치고 난리도 아니었다고."

"맹단이 너도 훌쩍거리는 거 같던데?"

용손이 초승달처럼 눈을 치뜨고 웃는 맹단에게 핀잔을 주었다.

"내가 뭘 훌쩍여?"

"뭘. 티 나게 훌쩍였지. 나만 그렇게 느낀 거 아니다! 네 꽁무니 쫓아다니는 소매치기 정식이도 저쪽 골목에 숨어서 너를 째려보는데, 딱 질투 나고 부아가 끓어오른다는 얼굴이었다니까. 미남 죽었다고 얼마나 애석해하는 얼굴이었으면……."

"흥! 질투는 용손이 네가 하는 거 같은데!"

"내가 무슨!"

맹단도, 용손도 아직 풋내를 물씬 풍긴다. 차돌이 자신들을 어떤 마음으로 품어주는지 알기에, 아이들은 차돌 앞에선 마냥 천둥벌거숭이 같았다. 옥신각신하는 아이들을 부드러운 눈빛으로 돌아보며 차돌은 물지게를 고쳐 멨다. 물지게에 달린 양동이가 도합 여섯인데도 물 한 방울 흘리지 않았다. 아이들이 "와아" 하고 감탄했다. 막일하는 남자가 널린 곳이 토막촌이요, 토막촌에서도 거친 인물이 많기로 유명한 천붕대였지만 차돌만큼 물지게를 잘 지는 이는 없었다. 차돌은 아이들의 자랑이었다.

인력거에서 내려서는 구희비의 모습을 지켜본 사람이라면 아마도 다들 의아함을 가졌을 것이다. 밭일은커녕 간단한 부엌일도 해본 적 없을 법한 외양, 곱디고운 피부에 모가지며 허리며 손목 발목이며 죄 손대면 똑 부러질 듯이 여리여리한 체구. 거기다 허리 바로 위까지 떨어지는 저고리와 무릎을 살짝 덮은 치마는 슬쩍 봐도 돈푼깨나 주고 맞췄을 고급스러운 비단옷이었다. 윤기가 줄줄 흐르는 귀밑 단발머리는 또 어찌나 세련되게 구불거리는지. 세상사에 밝지 않은 차돌도 미용실을 들락거리며 귀동냥한 아이들이 알려준 덕에 요즘 유행하는 파마라는 게 얼마나 비싼지 익히 알고 있었다. 구희비. 한마디로 그는 천봉대를 찾아올 만한 인물이 아니었다.

"애, 여기 군산댁이 사는 집이 어디니?"

부드러운 목소리에 비해 제법 도도한 말투다. 구희비는 트렌치코트를 여미며 대답을 기다렸다. 어깨엔 견장이, 허리춤엔 끈이 달린 서양식 외투가 묘하게 한복과 잘 어울렸다. 차돌은 이마에 맺힌 땀을 훔치며 눈만 껌벅댔다. 구희비가 서늘하다 느끼는 가을바람은 차돌에게 한없이 선선하고 반가운 바람이었다. 구희비는 지팡이를 짚듯 검은 장우산에 몸을 의지한 채 어서 대답을 내놓으라는 듯 가장 앞장서 걷고 있던 맹단을 빤히 쳐다보았다.

"군산댁 아지매요?"

맹단이 눈을 둥그렇게 뜨고 차돌을 돌아다보았다. 차돌의 순한 눈이 조금 가늘어졌다. 이 사람은 누구인데 내 어무니를 찾는가. 아무리 보아도 어무니와 접점이 없는 것 같은데.

"그래, 군산댁. 내 그 사람에게 볼일이 있어서."

"무슨 볼일이 있으십니까?"

차돌이 목소리를 가다듬고 물었다. 그 순간 구희비가 호기심 어린 시선으로 차돌의 온몸 구석구석을 훑기 시작했다. 총기를 숨기려야 숨길 수 없는 눈동자. 아름다운 긴 눈매를 마주한 차돌은 고개를 돌리며 헛기침을 내뱉었다.

"네가 차돌이구나."

이윽고 구희비가 감탄하듯 말했다.

"한눈에 알아보겠어. 듣던 대로 아주 건강해 보이네. 조금 가까이, 이리 와보련?"

차돌과 아이들은 이 요상한 상황에 경계심을 느끼면서도 상대를 제대로 경계할 만큼 약삭빠르지 못했다. 차돌이 어리둥절하며 걸음을 옮기자 아이들도 조심스럽게 뒤따랐다.

"치아부터 한번 보자꾸나. 이 하고 입을 양옆으로 길게 벌려볼래?"

낯선 이의 무리한 요구에도 차돌은 대뜸 시키는 대로 입을 벌렸다. 치아 상태라면 자신 있었기 때문이다. 얼마 전 위생조사인지 뭔지를 한답시고 대학생들이 찾아왔을 때 다들 입을 떡 벌리고 놀라워했던 것 중 하나가 차돌의 희고 건강한 치아였다. 차돌의 자랑스러워하는 표정을 본 구희비 박사가 피식 웃으며 말했다.

"와아, 대단해. 정말 깨끗하네. 이 정도면 백 살까지도 문제없겠다."

언뜻 놀리는 건가 싶었지만 보아하니 아무래도 부러워하는 것 같았다.

"어디 보자…… 근력은 확인할 필요도 없을 것 같고."

차돌은 괜스레 물지게를 진 어깨에 바짝 힘을 주었다.

"피부도 좋고. 시력은 어떠니? 멀리 있는 것도 잘 보이니?"

"차돌은 저기 저 하늘 끝, 점처럼 보이는 철새들도 다 알아 맞혀요!"

"점이 뭐야, 난 점 하나도 안 보이던걸. 차돌은 철새들이 북녘에서 날아오를 때 이미 다 본다니까요?"

막동과 맹단이 신나서 떠들자 차돌은 괜히 머쓱했다.

"그래, 그럼 나도 다 좋다. 수더분한 인상에 시원시원한 이목구비도 마음에 들고. 내가 얼굴을 좀 따지거든. 그래 뭐, 이 정도면 합격이야."

"무슨 합격이요?"

"내가 비서를 구하고 있단 말이지."

"비서가 뭐야?"

막동이가 눈을 깜빡깜빡하며 묻자 고개를 갸웃대던 용손이 퍼뜩 알아챘다는 듯 소리쳤다.

"이 아지매, 사장인가 보다! 그것도 돈 많은 사장!"

"아니, 난 사장이 아니라 박사야. 너흰 잘 모르겠지만 내 분야에서는 아주 유명한……."

으쓱 자기소개를 늘어놓으려던 구희비는 힐끔 차돌과 아이들의 멀뚱한 표정을 살피고는 말끝을 흐리며 가벼운 웃음을 흘렸다.

"아무튼 내 마음에는 찼으니, 이제 네 어머니의 허락을 받으러 가야겠다."

차돌의 의견 따위는 중요하지 않다는 듯한 말투였다. 구희비는 곧장 장우산을 짚고 몸을 돌렸다. 차돌은 천붕대로 향하는 구희비의 뒷모습을 호기심과 반감이 뒤섞인 마음으로 바라보았다. 나긋하면서 까탈스러운 특유의 말투와 달리 몸짓은 다소 느릿하고 조심스러웠다. 불편해 보이는 오른쪽 다리 때문에 더 그렇게 보이는 것이리라. 하지만 이 가녀린 여인이 뿜어내는 기운은 결코 범상치 않았다.

*

"택도 없제!"

군산댁이 코웃음을 치며 날카롭게 외쳤다. 희비는 군산댁의 냉랭한 태도에 놀라지 않았다. 대신 간이 아궁이에 불을 지피는 군산댁의 뒤편에 자리한 초라한 움막을 물끄러미 바라보았다. 겨우 두 명 정도 간신히 들어갈 만한 크기의 움막. 육척장신인 차돌은 몸을 바로 펴고 누울 수도 없을 정도다. 아무리 악명 높은 토막촌이라고는 하나 판자와 함석으로 지은 집도 드물지 않고 기와를 얹거나 온돌을 깐 집도 드물게 있건만, 거적과 짚으로 얼기설기 모양만 갖춘 이 집에서 올

겨울을 어찌 날지 쉬이 상상이 안 되었다. 희비는 등줄기를 스쳐 지나가는 찬 기운을 쫓기 위해 허리를 곧추세웠다. 한 여름에도 별안간 몰아닥치는 이 차가운 느낌은 희비를 괴롭히는 수많은 통증 중 하나였다.

"사람이 왔다 갔을 텐데."

"그니까 그이가……."

군산댁은 곱지 않은 눈초리로 희비를 힐끗 쳐다보고는 다시 시부렁댔다.

"누가 온다고는 했는디 진짜루 올지는 몰랐지. 듣자 허니 나이 찬 처녀가 남정네랑 단둘이 한집에서 산다꼬 허던디. 음메, 참말로 남사시러워서. 그런 데에 아를 어찌 보내라 헌당가."

"한집은 아니고, 조그마한 행랑채에서 지내는 것이오. 그는 내 외삼촌이고."

"암만 친척이니 머니 혀도 고것이 가당키나 허나? 정신이 온전치 않다는 말도 있던디."

"이런 세상에 정신이 온전한 사람이 몇이나 있소? 그리고 내 삼촌이 어떤 고초를 겪었는지는 듣지 못했소?"

희비가 정색을 하고 반박하자 군산댁이 흠칫했다. 역시 들은 바가 있는 듯했다. 하지만 군산댁은 이내 입을 삐죽 내밀고 행주치마에 손을 문대며 투덜대기 시작했다.

"요점 사연 없는 사람이 어디 있다꼬! 나는 머 가심 째지는 사연 하나 없이 이러코롬 사는 줄 아나. 악덕 지주 넘헌테 허리 뿔라지도록 가꾼 내 땅 몽땅 뺏기구, 서방은 찍소리라도 한본 해본다고 댐비다가 맞어 죽구, 나 혼자 맴에 멍울 맺힌 채로 쟈를 업고 여까정 와서 먹고살라꼬 걸식까정 했고마! 이런 시상일시록 정신줄 꽉 붙들어 매고 살아야제. 그래 약해빠져서 이런 시상 당해낼 재간이……."

"그만하시오."

그러나 희비의 무게감 실린 목소리에 기죽을 군산댁이 아니다. 군산댁은 보란 듯이 치맛자락을 들어 팽 소리가 나게 코를 풀었다.

"암튼 나가! 응? 머시 그리 탐난다꼬 내 아를 거따 보내뿌까! 그란 데 보냈다가 소문이 우째 날지 알고잉. 시집도 안 간 아한테 이상한 소문이라도 붙어뻐리면 책임질 수 있기나 허나? 시상이 을매나 무서운디."

"뭐 그런 걸로 세상이 무섭다고 호들갑을 떠시오. 그렇게 사소한 거 하나하나에 바들거리면서 어떻게 이 험한 세상을 살아나가겠소? 군산댁도 풍파란 풍파는 다 겪었으니, 잘 알지 않소. 세상엔 그보다 훨씬 더 무서운 게 있다는 거."

희비는 군산댁이 무엇을 무서워하는지 알고 있다. 모진 풍파를 겪었기에 더더욱 무서워할 수밖에 없는 것. 하지만

악의 주장법

군산댁은 못 알아듣는 척하는 것인지 아직 눈치채지 못한 것인지 앉음새를 고치며 물었다.

"더 무서뿐 거? 그게 몬디. 차돌이 니는 시방 이 양반이 머선 소리 허는지 아냐?"

물지게를 내려놓고 서 있던 차돌이 눈을 끔뻑거리며 고개를 저었다. 차돌을 둘러싼 아이들도 마찬가지였다.

희비는 장우산에 체중을 싣고 몸을 앞으로 기울였다. 그리고 짐짓 능청스럽게 굴었다.

"돈. 돈 말이오. 돈보다 무서운 게 어디 있겠소?"

군산댁은 무뜩 부채질하던 손을 멈추었다. 그러곤 이제야 말이 통할 것 같다는 듯 희비보다 한층 더 능글맞은 눈빛으로 희비를 올려다보았다.

"급료는 충분히 주겠소."

희비는 재빨리 눈알 굴리는 군산댁을 보며 말을 이었다.

"……마음에 차고도 넘칠 것이요."

군산댁이 작정한 듯 콧방귀를 뀌었다.

"흥! 야 없으면 천붕대가 지대로 돌아가질 않을 턴디 내 우쩨 야를 헐값에 넘기버린단 말이오? 이 가시나가 한 놈 몫을 허는 것도 아이고 두 놈 몫을 하는 것도 아이고, 엥간한 장정 부대맹키로 심을 쓰는 안데……."

한두 사람 몫의 급료로는 어림없다는 으름장이다. 그럼

그렇지. 처음부터 몸값을 올려 받을 속셈으로 성별이 다른 친척이 한집에 산다는 둥 그 친척의 정신이 어떻다는 둥 트집을 잡아가며 세게 나왔던 것이다.

"야를 팔아뿌리면 내 마을 시럼덜 볼 낯도 없꼬."

차돌과 아이들은 군산댁의 난데없는 마을 걱정에 황당한 표정을 감추지 못했다. 군산댁은 샘도 많고 욕심도 많은 데다가 조금이라도 손해 보는 일이 생기면 몇 날 며칠 이를 갈며 잠 못 이루는 성격이었다. 마을 걱정은커녕 일평생 자기 걱정 말고는 그 어떤 걱정도 해본 적 없을 게 뻔한 양반이라는 말이다. 그런데 그런 사람이 마을 사람들 볼 낯이 없다며 천연덕스럽게 연기하는 모습을 보고 있노라니 기가 찰 수밖에.

"팔기는 누구를 판단 말이오? 나는 차돌을 내 머슴 삼으려는 것이 아니라 정당한 급료를 주고 고용하려는 것이오. 차돌이 원한다면 언제라도 그만둘 수 있고."

"아적 열일곱밖에 안 된 아를 품에서 내보내는디 고것이 팔아뿌는 거 아니면 뭐랑께?"

희비가 가볍게 한숨을 내쉬었다.

"그럼…… 일도 배우고, 공부…… 공부도 한다 생각하시면 어떻소?"

"공부는 뭔 공부. 글자도 모르는 까막눈인디. 까막눈이 뭔 넘의 공부를 한다고."

악의 주장법

군산댁이 비웃었다. 그러나 희비는 '공부'라는 말이 나온 순간 희미하게나마 차돌 얼굴에 비친 의욕의 빛을 놓치지 않았다.

"내가 책임지고 글을 가르치겠소."

다짐 섞인 제안을 건네는 희비의 시선은 군산댁이 아닌 차돌에게 머물러 있었다. 차돌 역시 이번에는 희비의 시선을 피하지 않았다. 의욕이 수줍음을 앞선 것이다.

"글을 알어 뭣에 쓰까. 쟈가 저러코롬 튼튼허게 태어난 이유는 지 애비 씨 고대로 이어받은 것도 있지만 힘쓰는 걸로 사람 구실 하라는 하늘의 뜻도 있는 기고마!"

"거참, 하늘의 뜻이 있으면 사람의 뜻도 있는 법이요. 그럼 이렇게 합시다. 글을 배우는 몫도 내어드리지요."

"시방 이건 또 뭔 소리요잉? 말을 알아듣게 쫌, 시프게 해야 알아듣제!"

"나한테 글을 배우는 대가로 돈을 지불하겠다는 뜻이오."

희비는 송아지 눈 같은 차돌의 눈이 더욱더 휘둥그레 커지는 모습을 보고 빙그레 웃었다.

"글을 배우는디 돈을 내는 기 아니라…… 돈을 줘뿐다고?"

"그렇소."

"거시기…… 그럼 다 쳐서 얼매를 줄라꼬 그라는가."

다 되었다. 군산댁이 마침내 태도를 바꾸었다. 희비는 속으로 쾌재를 불렀다.

"시 사람 몫은 줄 수 있겠소? 그럼 나도 온돌 있는 방 하나 구할 수 있을랑가……."

"어무니……."

작년 겨울 군산댁과 차돌이 이 움막에서 얼어 죽지 않고 살아남은 건 필시 하늘이 도왔기 때문이리라. 지난해 한파는 그만큼 무서웠다. 그러니 올겨울에 그와 비슷한, 혹은 그보다 더한 추위가 몰아닥친다면 이번에도 살아남으리라 장담하긴 어렵다는 것을 군산댁이 모를 리 없었다.

"나 안 가요. 여기 아이들 두고 내가 어딜 가요."

"나도 언니 없이는 못 살아."

막동이가 차돌의 다리를 꼭 껴안자 차돌이 막동의 작은 몸을 번쩍 들어 올렸다. 그 모습을 보고 울컥한 맹단이 소맷자락으로 눈물을 훔치며 말했다.

"못 살긴 왜 못 살아."

"맹단은 차돌 없이 살 수 있어?"

막동이가 눈을 동그랗게 뜨고 물었다.

"살 수 있지. 그리고 차돌도 우리 없이 살 수 있지."

"맹단이 너는 무슨 말을 그렇게 하냐."

맹단의 반응을 야속하게 느낀 용손이 끼어들었다.

"내가 뭘. 그럼 너희는 차돌이 평생 여기 천붕대에서 살 거

악의 주장법

라고 생각했어? 봐, 차돌처럼 힘센 사람이 글까지 배우면 얼마나 멋있을지. 너희들, 차돌이 일본말도 잘 알아듣는 거 몰라? 글을 못 배웠다 뿐이지, 말 익히는 거 보면 보통 머리가 아니다. 아마 배울 기회만 있으면 영어도 쏼라쏼라 잘하게 될걸? 그러니 이런 기회를 놓치는 게 말이 되냐. 나는 차돌을 아무리 좋아해도 이런 황금 같은 기회를 날리고 우리 곁에 남아달라고는 못 해."

맹단이 벌게진 눈으로 야무지게 말했다. 요 녀석 봐라. 희비는 애써 웃음을 참았다. 천붕대는 생각보다 매력적인 곳이었다. 검댕을 뒤집어쓴 아이들이 반짝반짝 빛나는 곳. 아직 환멸이 무언지 알지 못하는 어린 마음이 생동하는 곳.

"나는 그래도 싫다. 차돌 없는 천붕대는 상상도 할 수 없다!"

용손의 마음이 이해 안 되는 건 아니다. 천붕대에서 아이들을 진심으로 보살펴주는 사람은 아마도 차돌밖에 없을 것이다. 슬프게도, 천붕대에서 자식을 두고 흥정하는 사람이 군산댁 하나만은 아니라는 사실을 희비는 잘 알고 있었다.

"상상이 안 가면 억지로라도 해라!"

맹단이 재차 당차게 말하자, 용손은 씩씩대면서도 아무 대꾸도 하지 못했다. 그 모습을 굵은 눈망울로 지켜보던 차돌이 이윽고 입을 열었다.

"진짜 나 가도 괜찮아?"

"괜찮대두."

"난 안 괜찮은데?"

"괜찮다 생각하면 괜찮아진다!"

맹단이 버럭 소리를 지르자 불만 많은 용손도, 떼쓰고 싶어 안달 난 막동이도 입을 딱 다물었다. 맹단이 고집부리기 시작하면 맞서지 않는 게 상책이기 때문이다. 하지만 용손도 막동이도 곧 울음이 터질 듯한 얼굴을 하고 있었다. 둘이 대차게 울어버리면 맹단도 따라 울지 않고는 못 배길 것이다. 울음바다가 되고 나서 아이들을 달래는 것보다는 울음바다가 되는 상황을 막는 편이 더 수월한 법.

울먹거리는 아이들을 알 수 없는 표정으로 바라보던 차돌이 이윽고 무언가 결심한 듯 희비를 불렀다.

"사장님."

"난 사장이 아니고 박사야."

"네, 박사님."

차돌은 공손하고도 우직하게 말을 이었다.

"저, 갈게요. 박사님 따라갈게요. 대신 조건이 있어요."

희비는 어떤 조건이라도 들어줄 생각이었지만 일단 얘기나 해보라는 듯 차분하게 고갯짓을 했다.

"닷새에 한 번은 꼭, 천붕대에 들르게 해주세요."

돌연 아이들의 얼굴이 기쁨으로 달떴다. 이들은 서로를

진정으로 아끼는구나. 좀 전까지만 해도 각자의 방식으로 슬픔을 드러내던 아이들이 천연스럽게 뒤설레는 모습에 희비의 마음도 살포시 달아올랐다.

그런데 차돌의 말에 반색하는 사람이 한 명 더 있었으니,

"머 한 본썩 딜이다뿐믄 좋기야 허지……."

군산댁이었다. 희비는 시치름하게 중얼거리는 군산댁을 물끄러미 바라보다가 차돌을 향해 물었다.

"조건은, 그게 전부야?"

차돌이 담담히 고개를 끄덕였다.

"네. 그거면 돼요."

희비는 그렇게 차돌을 얻었다.

*

차돌이 짐을 꾸리는 데에는 일각의 시간도 걸리지 않았다. 희비는 집에 가기 전에 들를 곳도 있고 어차피 차주에 다시 올 터이니 짐을 적당히 챙기라고 일렀다. 하지만 그건 괜한 당부였다. 짐이라고 해봤자 옷 한 벌, 속옷 한 벌이 전부였으니까.

"어무니…… 저 가요."

봇짐은 가볍디가벼웠지만 차돌의 마음은 물동이 백 개를

합친 듯이 무거웠다. 살면서 마음이 이렇게 무거웠던 적이 있었나 싶을 정도였다.

"그려…… 싸게 가그라잉."

말은 빨리 가라 하면서도 막상 난생처음 자식을 떠나보내려니 아쉬웠는지, 군산댁은 바라던 것보다 훨씬 두둑이 자식 몸값을 받아놓고도 그리 산뜻하지만은 않은 얼굴이었다. 차돌은 얼쯤얼쯤 자신에게 다가오는 군산댁을 향해 먼저 씩씩하게 두 팔을 벌렸다.

"어무니, 저 한 번 안아봐요."

"헐 일도 없제. 안기는 뭘라고 안는당가……."

말과는 달리 군산댁의 몸은 이미 차돌 쪽으로 기울어지고 있었다. 때마침 들이닥친 용손 아범이 아니었으면 두 사람의 몸은 진즉 겹치고도 남았을 것이다.

"아이고! 아이고오!"

숨이 넘어갈 듯한 외침에 차돌은 활짝 벌린 팔을 미처 거두지도 못한 채 소리가 들려오는 언덕길을 향해 고개를 돌렸다.

"용손아! 큰일 났다! 큰일 났어!"

놀란 용손이, 상투가 다 풀리도록 두 팔을 휘저으며 뛰어 내려오는 용손 아범을 향해 물었다.

"아부지! 무슨 일 났어요?"

"이를 어쩌냐! 이를 어째!"

용손이 달려가자 뜀박질을 멈춘 용손 아범이 사색이 된 얼굴로 숨을 헐떡였다. 마흔을 훌쩍 넘겨 용손을 낳은 용손 아범은, 용손의 할아비라 해도 믿을 만큼 늙수그레했다.

"네 어무니가…… 네 어무니가 산에서 돌아왔을 땐 멀쩡했는데…… 갑자기 눈이 홱 돌아가버렸다. 뭘 삼켰는지 입에 거품도 물고, 다리도 이렇게 달달 떨고……."

"어무니가? 어무니가 쓰러져요? 어무니! 어무니!"

뭔가 심상치 않음을 감지한 용손이 자기 아버지처럼 허옇게 질린 얼굴을 하고서 제깍 언덕길을 쉼 없이 내달렸다.

"용손아! 같이 가!"

맹단과 막동이 용손을 따라 달리자, 차돌도 도저히 가만히 있을 수 없다고 생각했는지 용손의 집에 가기 위해 봇짐을 내려놓았다. 그때 차분히 상황을 지켜보던 희비가 용손 아범에게 물었다.

"혹시 산에서 나물이라도 캤소?"

용손 아범은 낯선 이의 질문에 당황하면서도 우물거리며 대답했다.

"그렇지……."

차돌은 용손 아범과 희비를 번갈아 쳐다보았다. 용손 아범은 이미 당황할 대로 당황한 터라 상대를 가려가며 상황을 알릴 정신이 아닌 듯했고, 희비는 본능적으로 끓어오르는 호기심을 드러내지 않으려고 애쓰는 것 같았다.

"내 처가 맨날 하는 일이 그거니까…… 그러고 보니 오늘은 쑥을 이만치 캐 왔는데……."

"역시 그렇군."

용손 어멈이 쑥을 캤다는 말에 왜 희비가 반색하는지 모를 일이었다. 희비는 자신 있는 태도로 장우산을 짚으며 말했다.

"나도 같이 가봅시다."

그러자 또 심사가 뒤틀린 군산댁이 희비를 향해 이기죽거렸다.

"어디 구경났소? 거긴 뭐 땜시 간다꼬. 사람 돼지는 기 그리 보고 잡소잉?"

"이 여편네가! 죽긴 누가 죽는다고 그래!"

울상이 된 용손 아범이 멱살이라도 잡을 듯이 소리쳤지만 군산댁은 홱 하고 치맛자락을 당기며 턱을 쳐들어 보였다. 일전에 돈 몇 푼 빌려보려고 용손 아범에게 수작을 걸다가 된통 당했던 수모를 잊지 못한 탓이다. 이럴 때가 아니야. 보다 못한 차돌이 용손 아범 대신 응수했다.

"저랑 같이 가요, 박사님."

희비의 입가에 희미한 미소가 어렸다.

차돌은 성큼성큼 먼저 나아갔다. 하지만 웬걸, 희비의 걸음은 차돌이 생각한 것보다 훨씬 느렸다. 한 걸음 내딛고 뒤돌아보고, 또 한 걸음 내딛고 뒤돌아보던 차돌은 이윽고 올라온 길을 다시 내려가 희비 앞에 우뚝 섰다.

"박사님, 실례해요. 제가 마음이 급해서……."

"음?"

번쩍, 희비가 무어라 하기도 전에 차돌이 희비의 몸을 들어 올렸다. 별로 든 것 없는 자기 봇짐만큼 가벼운 몸이었다.

"아니, 나 혼자서도 걸을 수 있……."

자존심이 상한 듯 날카로운 소리를 내던 희비가 말끝을 흐리며 차돌의 얼굴을 쳐다보았다. 차돌은 희비의 녹진한 시선이 뺨에 와닿는 것을 느끼며 흠흠 숨을 들이쉬었다.

"……지만 이도 참 좋구나. 옛날 생각도 나고."

무슨 생각인지 모를 오묘한 표정. 희비의 가느다란 양팔이 차돌의 목을 감싸안았다. 덕분에 희비를 든 자세에 훨씬 안정감이 더해졌다. 차돌은 희비의 체취가 생경하면서도 마치 평생 희비를 안고 달렸던 사람마냥 오롯한 편안함을 느끼기도 했다. 그래서일까. 용손네로 가는 길이 아득한 듯도 하고 엎어지면 코 닿을 듯도 한 것이, 오락가락 정신이 없었다. 그러다 작년 겨울만치 냉혹한 기운에 퍼뜩 정신을 차린 건 싸리밭 너머 용손의 울부짖음을 듣고 난 후였다.

"어무이! 어무이!"

눈물범벅이 된 용손이 쓰러진 어머니를 부둥켜안고 절절히 곡했다. 먼저 도착한 맹단과 막동이도 그 옆에서 훌쩍이고 있었다. 차돌이 사립문 안으로 들어서자 차돌과 눈이 마주친 맹단이 힘겹게 고개를 저어 보였다. 가망이 없다고? 손써볼 새도 없이 이렇게 허망하게? 차돌은 바로 무릎을 꿇고 앉더니 용손 어멈의 숨소리를 확인했다. 가느다란 숨소리가 끊어지기 일보 직전이었다.

"손끝이 퍼렇구나."

희비가 용손 어멈을 내려다보며 말했다.

"입에 묻은 거품 좀 닦아보련?"

차돌은 희비가 시키는 대로 용손 어멈의 입술을 덮은 하얀 거품을 닦아냈다.

"입술도 퍼렇고."

희비는 용손 어멈 곁에 무릎 꿇고 앉으며 이어 말했다.

"비린쑥을 먹은 게야."

"비린쑥이요?"

"그래. 어쩌면 살릴 수 있을지도 모르니 손을 좀 써봐야겠구나."

차돌은 트렌치코트 안주머니에서 침통을 꺼내 드는 희비를 벙벙한 표정으로 쳐다보기만 했다. 용손과 맹단, 막동이도 얼이 빠진 채 아무 말도 못 하기는 마찬가지였다. 차돌과 아이들은 그저 희비의 움직임을 멍하니 눈으로 좇았다. 희비는 반들반들 빛나는 은색의 큰 바늘 하나를 뽑아 들더니 능숙한 솜씨로 용손 어멈의 손가락 끝을 하나씩 따기 시작했다. 이내 열 손가락 끝에 굵은 핏방울이 맺혔는데, 특이하게도 피에서 푸른빛이 돌았다.

"발가락 열 개도 똑같이 해야 한다."

희비의 말에 홀린 듯 차돌이 용손 어멈의 짚신과 버선을 벗겼다. 땟국에 찌든 굳은살 가득한 발을 마주한 희비는 비위가 상한다는 듯 양미간을 잔뜩 찌푸리면서도 빠르고 정확하게 바늘을 놀려 열 개의 발가락 끝에 구멍을 냈다.

"어무니 입술 색이 돌아오고 있어요!"

용손이 어머니의 얼굴을 쓰다듬으며 외쳤다. 뒤늦게 도착한 용손 아범이 "아이고" 소리를 내며 용손 어멈 옆에 털썩 주저앉았다.

"살았는가. 이보게, 살았는가. 아이고……."

차돌은 다시 용손 어멈의 숨소리를 살폈다. 입술 색은 확연히 달라졌는데 여전히 숨에 힘이 실리지 않았다.

"아직이야. 이제 옆으로 좀 누여보자."

희비는 돌아누운 용손 어멈의 입을 벌리고는 그 안으로 손가락을 쑥 집어넣었다. 곧 용손 어멈의 입술 사이로 썩은

풀색의 액체가 질질 흘러나왔다. 아주 고약한 냄새를 풍기는 액체였다.

"조금만 더…… 조금만……."

희비의 얼굴이 구겨질 대로 구겨졌다. 아이들은 냉큼 코를 막았지만, 희비는 헛구역질을 하면서도 용손 어멈의 토악질을 도왔다. 말이 토악질이지, 용손 어멈의 목구멍에서 진녹색 액체가 흘러나오는 모습은 기괴하기만 했다. 손가락 발가락에서도 피가 흘러나오고 있어서 더욱 그랬다.

"거의 되었어……."

액체의 풀빛이 옅어지고 핏빛이 제 색을 찾자 희비가 눈을 번뜩이며 용손 어멈의 목구멍 속으로 더 깊이 손가락을 넣었다. 그러자 컥, 하고 기침을 뱉어낸 용손 어멈이 오래 숨을 참은 사람처럼 크게 숨을 들이마시더니 번쩍 눈을 떴다.

"살았네, 살았어!"

사람들의 환호 속에서도 희비는 침착하게 용손 어멈의 동공을 살피고 나서야 안도의 한숨을 내쉬었다. 차돌은 그런 희비의 모습을 조용히 눈에 담으며 '비서가 정확히 무슨 일을 하는지는 잘 모르겠지만, 그게 무슨 일이든 이 사람을 돕는 일이라면 꼭 잘해내고 싶다'고 생각했다.

"감사합니다! 사장…… 아니, 박사님!"

용손이 기쁨에 겨운 눈물을 훔치며 말했다. 용손 아범도 손뼉을 치며 덧붙였다.

"아이고, 그러냐. 박사님이셔? 사람 살리는 박사인 게지? 제가 몰라뵀습니다, 박사님. 그런데 제가 이 은혜를 어찌 갚아야 할지……."

"은혜는 기회 되면 갚으시고요. 저는 사람 살리는 박사가 아니라 사람 죽이는 독을 연구하는 박사입니다."

"네?"

희비의 자기소개에 모든 사람이 멀뚱한 표정으로 희비를 바라보았다. 희비가 어깨를 으쓱하며 말했다.

"불행 중 다행이랄까. 당신의 처는 독초를 캔 뒤 극히 소량만 맛본 것 같아요. 그래서 살 수 있었죠."

"이 쑥이 독초란 말이어요?"

용손이 바닥에 놓인 소쿠리를 가리키며 물었다. 소쿠리에는 갓 캔 쑥이, 아니 쑥처럼 보이는 녹색 잎이 가득 담겨 있었다.

"네 어머니가 삼킨 독초는 비린쑥이라고 불리는 멍울독이야."

"멍울독이요?"

화들짝 놀란 사람은 용손만이 아니었다. 차돌은 눈을 휘둥그렇게 뜨고 소쿠리에 담긴 녹색 잎을 쳐다보았다. 멍울독이라니. 아무리 봐도 그냥 쑥처럼 생겼는데, 이게 멍울독이라니. 빼앗긴 나라에서 피어나는, 나라 잃은 설움이 만들어낸 독초. 그것에 대한 소문을 듣기는 했지만 이렇게 직접 본 건 처음이었다.

"그래. 겉보기엔 쑥과 똑같아서 좀처럼 구별하기 힘들지. 게다가 향까지 아주 비슷해. 미세하게 비린 향이 나긴 하는데, 가을 쑥이 진한 향을 내듯 비린쑥도 가을엔 본연의 쑥 향이 더 짙어지다 보니 그만 비린 향이 묻히는 거지. 그러니 가을 쑥은 캐지도, 먹지도 않는 게 상책이야. 비린쑥은 암시장에서 헐값에 구할 수 있을 정도로 흔한 독인 데다가 이렇다 할 감별법이 없으니까."

"그치만 지금껏 한 번도 이런 적이 없었는데……."

"운이 좋았던 게지. 명울독 중에선 흔하지만 명울독 자체가 흔한 건 아니니. 아무튼 조심 또 조심해야 해. 어찌어찌 면사한다 해도 골치 아픈 후유증이 남는다고. 사람마다 정도의 차이는 있지만 피부에 닿거나 냄새를 맡는 것만으로도 수일 혹은 수십 일은 가벼운 마비부터 전신 마비까지 겪을 수 있어. 이렇게 위험한 독인데 도통 조심을 하지 않으니…… 내 얼마나 답답하면 내 책의 첫 목차에 비린쑥을 올렸을까."

"책? 책을 쓰셨소?"

용손 아범이 신기해하며 물었다.

"우아, 정말 신기해요. 이렇게 젊고 예쁜 언니가 박사라는 것도 신기한데 책까지 썼다니……."

맹단의 말에 희비가 몸을 꼿꼿이 세우고 말했다.

"신기하겠지. 그것도 그냥 보통 책이 아니라……. 근 십 년 동안 조선에서 가장 많이 팔린 『멍울독 백과』의 저자 구희비가 바로 나요."

흰장갑초

아파트 근처를 서성이는 인파를 시종 날카로운 눈빛으로
경계하던 순사부장이 갑자기 태도를 바꾸고 군말 없이 희비
와 차돌을 안으로 들였다. 희비의 입에서 나온 일본 이름 때
문이었다. 오오하라 쇼. 차돌은 처음 듣는 이름이었으나 순사
부장에게는 듣자마자 온몸이 굳어지고 계단을 성큼 앞서 오
르며 적극적인 안내까지 해줄 정도로 권위 있는 이름인 듯했
다. 차돌은 희비의 속도에 맞추어 계단을 올랐다. 여차하면
희비를 안아 들 생각이었다. 하지만 희비는 그럴 틈을 줄 생
각이 전혀 없어 보였다. 더디지만 쉼 없는 걸음. 희비는 3층
에 다다르고 나서야 비로소 안도한 듯 숨을 내쉬었다. 안도
하기는 차돌도 마찬가지였다.

"4층엔 공동 화장실과 공용 목욕탕이 있습니다. 옥상엔 간

악의 주장법

단하게 꾸며놓은 정원이 있고요. 백오교의 작업실은 여기 복도 끝 3-1호입니다."

순사부장이 이어지는 계단을 가리키며 정중히 설명했다. 1층에서 근사한 사교실과 식당을 보고 놀랐는데, 위층에 목욕탕과 옥상 정원까지 있다니. 차돌의 눈이 휘둥그레졌다. 아파트 내부를 처음 구경하는 차돌이 신기한 마음에 연신 주위를 두리번거리자, 처음부터 차돌의 남루한 행색을 곱지 않은 시선으로 훑어보던 순사부장의 얼굴에 못마땅한 기색이 더욱 역력해졌다. 하지만 오오하라 쇼라는 이름을 언급한 희비에게는 매우 깍듯이 굴었다.

"혹시 아파트 보안은 어떤가요? 평소 출입 관리를 하는 편인가요?"

희비가 질책을 하거나 트집거리를 찾는다고 생각했는지, 순사부장이 긴장한 목소리로 대답했다.

"아닙니다. 관리인 말에 따르면 사교실에도 항시 외부인이 들락거리고, 딱히 통제를 하는 편은 아니라고 합니다. 하지만 오늘은 철저히 신원 확인을 했고, 3-1호 앞은 순사가 지키도록 지시했습니다. 위에서 분부받은 대로 아침에 발견한 그대로 보존 중이죠."

순사부장은 말을 마치자마자 복도 끝으로 발걸음을 재촉했다.

"문을 열어드리도록."

순사부장의 엄중한 목소리에 문 앞을 지키고 서 있던 젊은 순사가 칼 같은 동작으로 경례하고는 허리춤에서 열쇠를 집어 들었다. 그런데 그때,

"방 내부는 우리끼리 봐도 되겠죠?"

희비가 낭랑한 목소리로 물었다. 질문이었지만 명령 같은 말이었다. 젊은 순사가 당황한 표정으로 순사부장을 쳐다보았다. 잠시 망설이던 순사부장은 마뜩잖아하면서도 어쩔 수 없다는 듯 순사를 향해 고개를 끄덕였다. 문을 연 순사가 한 발 뒤로 물러서자, 희비가 또각또각 방 안으로 들어섰다. 주춤거리며 희비를 따라가던 차돌이 등 뒤로 문 닫히는 소리가 들리자마자 냉큼 물었다.

"오오하라 쇼가 누구예요?"

"나에게 조사를 의뢰한 이의 오라비. 총독의 오른팔이자 지독하기로 악명 높은, 현 경무 총감이지."

희비가 태연히 구두를 벗으며 대답했다. 현관 맞은편에 창이 하나, 우측엔 미닫이문이 하나 있었다. 아마도 현관에서 보이지 않는 좌측 공간이 응접실인 듯했다.

"그런 놈이랑 어찌 아세요?"

차돌은 불쑥 솟아나는 반감을 숨기지 못하고 대뜸 물었다. 비록 귀동냥으로 총독 이름을 익혔을 만큼 정사에 무지

악의 주장법

한 편이었지만 내 나라 내 땅을 집어삼킨 이들에게 순종하는 마음을 가질 정도로 어리석진 않다고 자부하는 터. 더욱이 일곱 살에 일본 지주와 경찰의 횡포로 억울하게 아버지를 잃은 차돌로서는 먼발치에서 순사의 제복 한 자락만 얼핏 보여도 치가 떨렸다. 그런데 방금 연달아 순사부장과 순사를 코앞에서 마주한 데다가 고위직을 꿰찬 오오하라 어쩌고 하는 일본인 소개까지 들으니 속에서부터 치미는 분을 좀처럼 삭일 수가 없었다.

"난 그를 몰라. 내가 아는 사람은 그의 누이동생 카논이지. 난 카논의 청을 받아들인 거고, 카논은 내가 이곳을 조사할 수 있도록 자기 오라비의 이름을 판 거고."

"그래도 남매라면 같은 족속일 거 아닙니까."

"그래? 그럼 나는 어떤 족속일 거 같니?"

희비가 빙긋이 차돌을 올려다보며 물었다. 아무래도 희비는 차돌의 반응을 진지하게 여기지 않는 것 같았다.

"사람 살리는 족속하고 사람 죽이는 족속이 같습니까."

박사를 두고 족속이라는 표현을 쓰는 게 맞는지 모르지만…… 어쨌든 박사는 내 눈앞에서 사람을 살렸으니, 총칼을 앞세워 남의 땅을 침략한, 인두겁을 둘러쓴 저들과는 달라도 너무 다르지 않은가. 차돌은 희비를 빤히 쳐다보았다. 자기 눈에 백로처럼 보이는 희비가 겉만큼이나 속도 시커먼 까

마귀 무리와 어울리지 않기를 바라는 마음으로. 만약 희비가 정말로 일본인과 교류가 두텁다면 희비의 비서인 자신도 원하든 원치 않든 그들과 얽히게 될 텐데, 무엇보다 그런 상황은 진심으로 피하고 싶었다. 그러니 제발 다르다고 말해주세요. 차돌의 눈빛이 간절해졌다. 하지만 희비의 얼굴에 드리운 미소는 차돌을 안심시키지 못했다.

"차차 알게 되겠지. 지금은 일단 사건 현장부터 살펴보자."

완전한 흑도, 완전한 백도 아닌 은은한 잿빛 어린 미소. 차돌은 그 미소에 불안해하면서도 얼쯤얼쯤 닳아빠진 고무신을 벗어놓으며 방금 자신이 희비의 말을 제대로 들은 것인지 확인했다.

"사건 현장이요?"

"그래. 오늘 이곳에서 시신이 발견되었거든."

시신이라니. 그래서 순사들이 있었던 건가? 그때 응접실로 향하던 희비가 무뜩 걸음을 멈추고 물었다.

"혹시 경성 최고 미남, 미카엘이라고 들어봤니?"

창밖에서 나른한 오후 햇살이 길게 뻗어 들어와 희비의 옆얼굴을 물들였다. 고요한 가운데 맥동이 느껴지는 얼굴이었다.

"네. 듣긴 들었는데……."

차돌은 그제야 아이들이 전했던 소식을 떠올렸다. 희비는

악의 주장법

응접실 쪽으로 시선을 고정한 채 차돌에게 설명하기 위한 말인지 혼잣소리인지 모를 말을 중얼거렸다.

"미카엘. 1901년생. 핏덩이일 때 서대문 성당 보육원에 맡겨져 그곳에서 자랐고, 어릴 적부터 성당에서 복사를 하며 신부의 꿈을 키웠다는구나. 그래서인지 변변한 직업은 없었고. 그림에 재주가 있어 근근이 작품을 팔아먹고 산 모양이야. 여기서 시신으로 발견된 자가 바로 그 사람이야. 근데 정말 현장 그대로 보존해놨네. 시신에도 거의 손대지 않은 것 같고."

차돌은 희비의 시선을 붙잡은 것이 무엇인지 확인하려고 얼른 걸음을 옮겼다. 직사각형 테이블을 중심으로 양옆에 놓인 2인용 소파. 그중 벽에 기대어 놓은 소파에 감청색 양복을 입은 남자가 등받이에 몸을 비스듬히 기대고 잠들어 있었다. 흰 셔츠에 조끼를 입은 단정한 옷차림. 하지만 남자의 묘한 맵시 때문일까. 단정하지만 결코 단정하게만 보이지 않았다. 차돌은 넋을 놓고 그를 바라보았다. 잠든 모습으로 사람을 홀리는 귀신이 있다면 바로 이자일 것이다. 순진한 아이 같기도, 마성의 요희 같기도 한 얼굴. 남자는 한 팔을 소파 등받이에 걸치고 우윳빛 기다란 손가락을 관자놀이에 살포시 댄 채 지그시 눈을 감고 있었다. 애굣살 위에 부드럽게 내려앉은 완만한 곡선의 속눈썹이 금세라도 파르르 떨릴 듯했다.

남자가 잠에서 깬다면, 그의 눈동자는 또 얼마나 매혹적일지. 불쑥 그의 어깨를 흔들어보고 싶었다. 하지만 감히 누가 이 자의 단잠을 방해할 수 있을까. 날갯짓을 잠시 멈춘 천사의 휴식 같은 단잠을.

"꼭 잠들어 있는 거 같지?"

희비가 그에게 다가서며 말했다. 희비의 얼굴엔 여전히 꿈틀거리는 무엇이 남아 있었다. 차돌은 그게 무엇인지 가늠 조차 하지 못하면서도 적어도 지금 자신이 느끼는 감정과는 다르다는 사실을 직감했다.

"이 사람이 미카엘……?"

"맞아. 과연 경성을 떠들썩하게 할 만한 미모 아니니?"

희비가 허리를 숙이고 미카엘의 얼굴을 가만히 들여다보며 말했다.

"죽은 사람 외모 품평하는 것도 조사의 일부분인가요?"

차돌은 저도 모르게 부루퉁하게 물었다. 죽은 이의 외모를 넋 놓고 감상한 쪽은 정작 차돌 자신이었으면서. 하지만 생전 처음 본, 신화에서나 나올 법한 미남자가 이미 세상을 떠났다는 데에 낙담한 차돌은 불식간에 애석함이 너무 커진 나머지 죽음에 대한 예를 모두에게 똑같이 갖춰야 한다는 생각을 슬그머니 내려놓고 미카엘에게만 그 예를 더욱 신경 써서 갖추고 싶어졌다.

"아니, 그치만 이자의 미모가 숨이 붙어 있을 때처럼 여전히 아름답다는 건 조사 대상이구나."

"네?"

"중요해. 굉장히 중요하지."

미카엘의 얼굴을 구석구석 뜯어보던 희비는 곧이어 미카엘의 손목, 목덜미까지 섬세하게 살폈다.

"마치 맥이 뛸 듯하잖아. 눈여겨보지 않으면 죽었다고 알아채기 힘들 만큼 혈관에도 생기가 흘러."

감탄하는 말투였다.

"이 사람을…… 살릴 수는 없나요?"

말하면서도 말이 안 되는 소리라는 생각이 들었다. 하지만 '다 죽어가는 용손 어멈도 살려냈는데 이렇게 살아 있는 것처럼 보이는 사람을 살릴 방도가 정녕 없겠는가' 하는 생각에 미련을 떨칠 수가 없었다.

"불가능해. 이자를 죽게 만든 건 자비초거든."

"자비초요?"

희비가 고개를 끄덕이며 소파 위에 놓인 미카엘의 손을 조심스레 들어 올렸다.

"여기 봐봐. 자세히 보면 손톱 끝에 흰 가루가 묻어 있는 게 보이지?"

희비의 말대로 짧게 자른 미카엘의 손톱과 살 사이에 하안 가루가 박혀 있었다.

"자비초로 죽은 사람의 몸에서 발견할 수 있는 유일한 단서야. 그리고……."

희비가 테이블 위에 놓인 찻잔을 가리키며 이어 말했다.

"찻잔 아래 백색 알갱이 하나가 가라앉아 있지. 보이니?"

"네."

"자비초는 무색무취이지만 자비초를 말려 곱게 간 가루를 물에 타면 열두 시간이 지난 후에 이런 알갱이가 생기지. 멍울독 중에 이런 특징을 보이는 건 자비초밖에 없어. 이자가 죽었는데도 이렇듯 아름다운 자태를 유지하고 있는 것도 자비초 때문이고."

"이렇게 아름다운 모습으로 죽을 수 있어서 자비초라고 불리는 건가요?"

차돌의 순진한 질문에 희비가 천천히 고개를 저었다.

"죽어서 아름다운 게 무슨 소용이겠니? 그게 무슨 대단한 자비씩이나 된다고. 자비초는 이름처럼 자비로운 독초가 아니야. 아주 소량만 섭취해도 사망에 이르게 하는 무자비한 독초지."

"그렇게 무자비한 독초인데 왜 이름이……."

"고통 없이 죽게 해주기 때문이지."

그 말을 하면서 왜 그리 번쩍 안광을 빛내는 걸까. 차돌은 비로소 희비를 충동하게 만드는 것의 정체가 경성 최고 미남 미카엘의 시신이 아니라 자비초라는 것을 깨달았다.

"사람은 누구나 죽는데, 고통 없이 죽는 방법은 없잖니? 사람으로 태어난 이상 죽음에 이르는 고통을 피할 수 없다는 건 언제나 참인 명제지. 정도의 차이는 있겠지만 사고를 당해 죽든 질병에 걸려 죽든, 심지어 천수를 누리고 노환으로 죽는다 해도 죽음까지 다다르는 데에는 그만한 고통이 따르니까. 근데 자비초는 말이야, 전에 없이 평온하게 죽음을 맞이하도록 인도한단다. 자비초를 먹고 숨을 거두기 전까지, 일각이 두 번 지나는 동안 어떤 통증도 느끼지 못하지. 일단 자비초를 받아들인 몸은 어떤 고문에도 반응하지 않는다고 해. 한마디로 열반에 이른 상태로 죽는 것과 같달까. 그러니 얼마나 매력적이니. 불가피한 고통을 피할 수 있게 해준다니. 그래서 '흰장갑초'라고도 불리지. 자비로운 죽음을 내리는 천사의 흰 손 같다는 의미도 있고, 실제로 자비초의 형태가 그렇기도 하고."

희비가 두 손을 들어 서로 닿을 듯 말 듯 겹쳐놓으며 자비초의 모양을 흉내 냈다.

"아무튼 그런 이유로 자비초를 탐내는 자는 많지만 결코 구하기는 쉽지 않아. 아주 희귀한 멍울독이거든. 나도 몇 번 본 적이 없을 정도로."

희비도 자비초를 탐내는 사람들 중 하나인 걸까. 차돌은 어쩐지 소파의 우측, 커튼이 드리운 창을 등지고 놓인 책상 위를 살피며 조금 신이 난 듯한 희비를 불편한 마음으로 지켜보았다.

"유서가 있다고 했는데…… 아, 이거구나."

희비가 타자기 롤러에 끼워져 있는 종이를 가리키며 말했다.

"유서요? 그럼 미카엘은 스스로 목숨을 끊은 건가요?"

"그렇다고 들었어. 경찰은 그렇게 결론지었다는구나."

희비는 의자에 앉아 미색 종이를 들여다보았다. 그리고 나직이 유서의 내용을 읊었다.

백오교가 떠난 뒤 나는 매일같이 죽은 이를 향해 기도했습니다.

나를 데리고 달아나시오.

나를 데리고 달아나시오.

어젯밤 드디어 나는 기도에 대한 응답을 들었습니다. 뒤늦게야 자비초를 떠올린 겁니다. 몇 달 전, 사토가문에서 자비초를 훔쳐낸 백오교는 그것을 나에게 선물로 주었습니다. 왜 자신이 자비초를 사용하지 않았는지, 어떤 생각으로 내게 자비초를 주었는지 나는 알지 못합니다. 하지만 이 모든 일에는 이유가 있겠지요.

나는 그의 시를 사랑했습니다. 아니, 사랑합니다. 백오교는 자신의 시를 반박하라 하였지만 나는 결코 그럴 수 없습니다. 다만 나는 자비초 덕에 그의 시를 따라 달아날 뿐입니다.

  타자기 옆에는 『악의 주장법』이라는 시집이 놓여 있었다.
표지 아랫부분에 인쇄된 이름은 백오교. 문득 아까 순사부장
이 이곳을 백오교의 작업실이라고 말했던 게 생각났다. 그럼
미카엘은 백오교의 작업실에서 백오교의 타자기로 유서를
쓰고 백오교가 건넨 자비초를 먹고 죽었다는 말인가.
  "나를 데리고 달아나시오……."
  희비가 시집 겉표지에 손을 얹고 중얼거렸다.
  "이 시집에 실린, 동명의 제목 「악의 주장법」이라는 시에
나오는 구절이야."
  희비는 이미 그 시집을 읽어본 듯했다.
  "저는 무슨 말인지 하나도 모르겠어요."
  차돌은 시에 대해서 아는 게 없었다. 하지만 그동안 직간
접적으로 겪었던 죽음들을 떠올릴 순 있었다. 억울함, 치욕,
걷잡을 수 없는 슬픔과 무력감에 휩싸여 이 세상을 등진 사
람들. 비록 그들 스스로 목을 매달았다고 해도 그들을 죽음
으로 내몬 것은 그들 자신이 아니었거늘. 차돌은 그들을 죽
인 진짜 범인을 똑똑히 알고 있었다. 작금의 한 많은 세상을
만든 자들. 그놈들이 범인이다. 그놈들이 사람들을 목매달았
다. 대들보에 흰 천을 걸고 뒷산 나무에 밧줄을 건 손은, 밤낮

으로 군산 미선소에서 착취당했던 옆집 언니의 앳되고 부르튼 손도 아니고 만신창이 몸으로 형무소에서 나와 굶주림으로 먼저 간 처자식의 뒤를 따랐다는 건넛마을 최 서방의 본적 없는 손도 아니다. 바로 이런 빌어먹을 세상을 만든 놈들의 손인 것이다. 그리고 그런 놈들에게 당해 저승길에 오른 사람들은 떠날 때도 말수가 적었다. 짧게 남긴다 해도 누구나 알아들을 수 있는 말을 했다.

"유서라는 게 원래 이렇게…… 어려운가요?"

"글쎄다. 그런데 내 보기에 이 유서는 어렵다기보다 곡진하구나."

차돌은 여전히 아무것도 모르겠다는 얼굴로 멀뚱히 희비를 쳐다보았다.

"지나치게 자세하다는 말이야. 자신이 왜 죽음을 선택하는지에 대해 얘기하고 싶을 순 있지만…… 어떤 방법으로 죽을지 글로 남긴다는 게, 자살의 수단을 어떻게 손에 넣게 되었는지 설명하고 싶어 한다는 게 좀 이상하지 않니? 죽음을 각오한 사람이 굳이?"

미카엘이 남긴 글을 이해하고 싶었던 차돌은 골똘히 생각한 끝에 이윽고 자기 생각을 내놓았다.

"잘 모르겠지만…… 뭔가 운명처럼 생각한 거 같기도 해요."

"오호."

기도에 대한 응답을 받은 듯한 느낌. 차돌도 잘 아는 감정이다. 막동이 홍역을 앓을 때 얼굴 얽지 말라고 기도하고, 용손이 다리 다쳤을 때 흉 지지 말고 뼈 잘 붙으라고 기도하고. 천지신명이든 조상님이든 상관없었다. 깨끗한 물을 정성스레 받아놓고 두 손 모아 기도한 몇 번의 새벽을 지나 마침내 막동의 홍역이 지나가고 용손도 다시 뛰놀게 되었을 때, 차돌은 기도에 대한 응답을 받았다고 느꼈다. 맹단이 포목전을 운영하는 홀아비에게 팔려갈 뻔했을 때도 자신이 포목전 사장을 찾아가 으름장을 놓았던 건 생각 안 하고 중매쟁이 노력이 허사가 되게 해달라 며칠 밤낮으로 기도했던 덕이라 여겼다. 그렇게 모든 결과를 기도에 대한 응답으로 여기고 나면 감사하는 마음으로 착하게 살아야 한다는 자신의 신조가 더욱 굳건해질 뿐 아니라 나아가 운명처럼 느껴졌다. 차돌은 그 느낌을 좋아했다.

"미카엘은 백오교가 남긴 자비초를 자신의 죽음에 대한 운명처럼 받아들였다는 말이지? 그래, 그러네. 어쩌면 자기가 죽는 이유를 그런 식으로 정당화하고 싶었는지도 모르겠구나. 아니면 죽는 순간까지도 자신과 백오교의 연결점을 강조하고 싶었을 수도 있고. 이 유서만 보면 두 사람이 단순히 알고 지낸 사이는 아닌 것 같으니까."

희비가 씩 웃으며 차돌을 바라보았다.

"차돌, 이런 의견도 낼 줄 알고. 제법인데?"

"아니, 제가 그렇게까지 생각한 건……."

꿈보다 해몽이라더니. 무슨 정당화니 연결점이니 하는 것들을 생각하고 한 말이 아니었는데.

"아주 흥미로운 의견이었어. 그런데 어쩌지? 너무 삼천포로 빠졌다. 내가 조사해야 하는 건 미카엘의 유서가 아니라 미카엘을 죽음에 이르게 한 독의 정체인데."

"그건 이미 다 밝혀낸 거 아니어요?"

"그래, 맞아. 전문가의 눈으로 볼 때 미카엘의 사망 원인은 반박의 여지 없이 자비초야. 손톱 끝 백색 가루, 숨을 거두었으면서도 숨 쉬는 듯한 자태하며 찻잔 속 침전물까지. 유서에 적힌 대로, 미카엘을 죽인 건 자비초가 맞아. 내가 할 일은 이미 끝났어."

"그치만 유서에 석연치 않은 부분이 있다고 생각하시는 거죠?"

"맞아!"

희비는 잠시간 흥분으로 떨린 목소리를 애써 누르고는 이내 설명을 덧붙였다.

"확실히 찜찜하단 말이야. 구태여 자비초를 손에 넣게 된 과정을 설명했다는 것이. 하지만 차돌 네 해석도 일리가 있어. 이렇게 시신을 오래 붙잡고 있는 것도 죽은 자에 대한 예의가 아니고. 이제 그만 장례를 치를 수 있도록 인도해야겠구나."

희비가 마무리를 지으려는 듯 의자에서 일어나자, 미카엘의 시신을 물끄러미 바라보던 차돌이 웅얼거렸다.

"근데……."

해석은 해석일 뿐이다. 그것도 수많은 해석 중 하나. 차돌은 해석이 아닌 진실을 알고 싶었다.

"근데, 뭐?"

어쩐지 뭔가 기대하는 듯한 표정으로 희비가 재촉했다.

"그게…… 떠나보내는 길에 한 치의 의문도 없도록 하는 것이야말로 죽은 이에 대한 예의가 아닐까 하는 생각이 들어서요."

"그렇게 생각하니?"

희비의 눈이 반짝였다.

"네."

차돌은 진지한 표정으로 고개를 끄덕이는 자기 모습을 희비가 진심으로 반기고 있다는 느낌이 들었다. 희비는 장우산을 짚고는 쾌활한 몸짓으로 몸을 돌려 창에 드리운 커튼을 살짝 젖혔다. 그러곤 짐짓 장난꾸러기 같은 말투로 말했다.

"아까 올라오다 보니 낯익은 얼굴이 몇 있더구나. 아직들 저기 있으니 나가는 길에 인사라도 하면 좋겠지."

"이게 누구야. 구 박사 아니신가."

지등조는 명색이 기자였으나 취재보다는 횡재에 더 관심이 많은 자였다. 그럼에도 일평생 그토록 바란 횡재수는 지독히도 따라주지 않았다. 반면 원수 같은 취재 운은 종종 따르는 편이라 술과 노름이라면 환장하는 인간치고는 그럭저럭 지금까지 기자 대접을 받으며 근근이 살 수 있었다. 이번에도 냄새를 맡았나 보지. 기삿감을 문 거야. 건물을 나선 희비는 눈을 가늘게 뜨고 건너편에 서 있는 지등조를 훑어보았다. 허름한 양복을 걸치고 축 처진 배를 내민 채 서 있는 지등조는 마지막으로 만났을 때보다 머리숱은 더 줄고 팔다리는 더 가늘어진 듯했다. 게다가 눈 밑은 거무스름하고 둥근 코끝은 불그스름하면서도 얼굴 전체적으로 황달기가 도는 것을 보니, 조석을 가리지 않고 부어라 마셔라 노는 버릇이 아예 뼛속 깊이 박인 게 분명했다.

아까 아파트에 들어서던 나를 못 보았을 리 없는데. 희비는 담배 연기를 내뿜으며 능글맞게 웃는 지등조를 향해 천천히 다가갔다. 지등조는 좀 전에 자신을 훑어보던 희비의 시선을 고대로 돌려주겠다는 듯, 절뚝이며 걸어오는 희비를 위아래로 훑어보며 빈정댔다.

"그새 몸이 더 안 좋아지신 겐가. 이번엔 다리가 아픈 거야?"

지등조가 시비조로 말하자 희비의 옆에 선 차돌이 팔짱을 꼈다. 무언의 위협이 느껴지는 몸짓이었다.

"아니, 나는 그냥…… 이역만리에 있는 약혼자 가슴이 찢어지겠다 싶어서."

희비는 지등조가 자신의 약혼자를 언급하는 의도를 잘 알고 있었다. 지등조는 앞으로 이어갈 대화에서 희비보다 유리한 지점을 차지하고 싶은 것이다.

"아니지. 가슴이 찢어지는 것만으로 어디 족한가. 죽고 못 사는 정인의 몸이 이리 불편한데 산 넘고 물 건너서라도 냉큼 달려와야지. 도대체 이보다 중한 일이 뭐가 있다고 조선 땅에는 코빼기도 안 비칠까."

지등조 이놈, 내 약혼자가 조선 땅에 오지 않는 이유를 누구보다 잘 알고 있으면서.

"그에 대해선 서로 언급하지 않는 게 좋을 텐데."

희비는 지등조에게 한 수 접고 들어갈 생각이 전혀 없었다. 오 년 전 어쩔 수 없이 지등조와 손을 잡았지만 그 협력에 대한 대가는 이미 충분히 지불했다.

"과년하고 병든 처자 신세가 안타까워서 말이나 한번 해 본 거지, 정색하기는."

사람 속을 뒤집어놓는 지등조의 말투는 여전했다. 지등조와 일하는 동안 희비가 배운 것이 있다면, 세상에는 그냥 지등조처럼 태어나는 사람이 있다는 사실이다.

"그나저나 경성 최고 미남을 황천길로 보낸 게 뭔지 이제 짐작이 가네. 독초 박사 구희비가 나선 걸 보니 말이야."

"이 앞에서 죽치고 기다린 보람이 있으니 좋겠소."

"뭐, 무슨 독인지 알려주면 더 보람차겠지."

"공짜로 되나."

"아, 이런. 난 공짜 좋아하는 사람인데. 엄청."

"내 모르는 바는 아니나 이번만큼은 공짜 욕심 접고 가진 패를 보여주는 게 좋을 것이오. 내가 가진 패도 꽤 나쁘지 않거든."

작은 신문사들은 앞다투어 미카엘의 행적을 기사화했다. 배우도 가수도 아닌, 일개 백수일 뿐인 미카엘을 신문에 실은 이유는 단 하나. 그가 경성 내에서 가장 인기 많은 사람이어서였다. 그런 그가 하루아침에 사망했으니 그의 죽음을 다룬 기사는 불티나듯 팔릴 터였다.

"내가 무슨 패가 있다고 이러나."

"가진 패도 없이 어슬렁거릴 사람이 아니지 않소?"

아무리 호사가들이 선호할 만한 기삿거리라 해도 확실한 패 없이는 좀처럼 발을 담그지 않는 지등조였다. 백오교의 아파트 앞에서 얼쩡거리는 이유가 분명히 있으리라. 지등조

악의 주장법

는 뱀가죽 같은 눈동자를 번들거렸다.

"흠…… 그 죽은 이 말이야, 혹시 멍울독으로 죽었나?"

되려 나를 떠보는군. 희비는 대답 없이 짐짓 여유롭게 웃어 보였다. 그러자 희비의 표정만 보고도 진실 여부를 가릴 수 있다는 듯 지등조가 희비에게 얼굴을 들이대며 다시 물었다.

"경찰은 뭐라 하고? 음독자살이라고 하나?"

"거 쫌, 떨어지십시오."

차돌이 무쇠 같은 팔을 들어 희비와 지등조 사이를 휘휘 가르는 통에 자칫 웃음을 터뜨릴 뻔했던 희비는, 턱이 찌릿할 정도로 어금니를 꽉 깨물고 나서야 간신히 차분한 목소리를 낼 수 있었다.

"보아하니 경찰한테도 아무 소리 듣지 못한 것 같고, 아직 아무것도 알아낸 게 없는 듯한데."

"허, 그럴 리가. 경찰이 뭐라 하든 나는 나대로 알아낸 게 있지. 이를테면……."

"이를테면?"

"범인이라든가……."

"범인이라니?"

역시 자살이 아니란 말인가. 그럼 그 유서는 가짜란 말인가. 희비의 심장에 떨림이 일었다.

"미카엘을 죽인 자를 알고 있다고?"

의식적으로 목소리를 낮게 깔았지만 놀란 티를 다 숨기지 못한 모양이다. 지등조는 희비의 놀란 기색에 비할 바도 안 되게 코를 벌름거리고 입을 떡 벌린 채 눈만 끔벅이는 차돌의 얼굴을 찬찬히 만족스러운 표정으로 살펴보고는 의기양양하게 말했다.

"이거 아무래도 내 패가 더 센 거 같은데. 내 귀를 솔깃하게 하려면 멍울독 중에서도 아주 귀한 멍울독이어야 할 거야."

"누, 누가 멍울독이래요?"

차돌이 대뜸 나섰지만 지등조는 차돌 따위는 상대도 하지 않겠다는 듯 피식거리며 희비를 향해 말했다.

"서로 계산이 서면 만나서 귀한 얘기 나누자고. 어디로 연락해야 할지는 알 테니 따로 명함은 안 건네도 되겠지?"

"댁이 신문사에 붙어 있을 리는 없고, 월영관에 연통을 넣어야겠지."

"그렇지, 그래. 요즘은 더욱이 사업차 회의가 많아서 말이야. 월영관만큼 사내들이 모여 대사를 논의하기 좋은 장소는 없으니까. 구 박사도 책 팔아 번 그 많은 돈 괜히 묵히지 말고 내 사업에 투자 좀 하지 그래? 이렇게 반들반들 외모를 꾸미고 다니는 걸 보니 인세로 사치한다고 소문이라도 내서 험한 눈 피해보려는 모양인데, 금광 사업에 손댔다는 소문만큼 확실한 게 어디 있나? 그냥 하는 소리가 아니라, 나 믿고 돈을 맡기면 틀림없이 열 배, 아니 백 배로 불려주겠다는 말이야. 금광 사업이라는 게 한 번 터지기만 하면 나라님 위에도 설 수 있을 정도요, 일본 놈들 납죽 엎드리게 만드는 건 일도 아니지. 내 이번 사업만 잘되면 원산 해변에 구십구 칸짜리 호텔을 지어 올려서 미국의 갑부들처럼 턱시도 입고 시가 피우며……."

"됐소."

주절주절 말도 많지. 희비가 단호하게 말했다.

"생각해보니 내가 범인을 알아서 뭐 하나 싶군. 내 죽은 이와 연이 있는 것도 아니고, 설령 있다고 한들 이런 몸으로 잡을 수 있을 리도 만무하고."

지등조와 대화할 때는 적당히 밀고 당길 줄 알아야 한다. 다 된 밥에도 재 뿌릴 수 있다는 암시를 주어야 그나마 밥이 따끈할 때 입을 댈 수 있을 터였다.

"왜 이러시나. 내가 구 박사 성격을 그 정도도 모를까 봐?"

지등조는 자신을 잘 아는 상대를 만나 신이 난 듯하면서도, 한편으로는 자신도 희비에 대해 잘 알고 있다는 사실을 강조하고 싶어 안달이 난 듯 보였다.

"여기까지 들은 이상 궁금해서 밤에 잠도 안 올 텐데. 경찰은 분명 대충 자살이라고 결론짓겠지. 조선인의 죽음에 뭐 그리 관심을 가지고 수사하겠어? 그러니 우리가 관심을 가져줘야지. 안 그래?"

희비는 늘 자신이 관심을 가지는 것은 오직 독뿐이라고 말하고 다니지만, 그건 사실이 아니다. 희비가 독초 연구에 빠지게 된 것은 결국 사람 때문이었으니까. 지등조도 그걸 알고서 하는 말이었다.

"힘쓸 이도 이미 구한 것 같은데 뭐가 문제야."

'힘쓸 이'란 차돌을 일컫는 것이리라.

"나도 보험 하나쯤 들어놔야 나쁠 것 없다는 생각이 든단 말이야. 그러니 늦지 않게 연락하라고."

지등조는 거수경례하듯 두 손가락을 들어 손짓하더니 유유히 몸을 돌렸다. 그리고 열 발짝 떨어진 곳, 기모노를 입은 일본인 두 명에게 목인사를 건네고 자리를 떴다. 희비는 찬찬히, 조금 전 지등조의 인사를 본체만체한 소녀와 소년을 살펴보았다. 붉은색 기모노를 곱게 차려입고 볼에 홍조를 띤 채 새치름한 표정을 짓고 서 있는 소녀는 그 나이대답게 생기 가득한 분위기를 물씬 풍겼고, 반면 소년은 고급 옷감도 탁해 보이게 만드는 재주가 있나 싶을 정도로 머리부터 발끝까지 채도라고는 조금도 느껴지지 않는 무채색의 인상이라 소녀에 비해 기운 없고 왜소해 보였다. 키가 비슷하다는 것 외엔 닮은 구석은커녕 서로 어울릴 구실이 하나도 없어 보이는 두 사람. 희비는 불쑥 그 둘에게 흥미를 느꼈다. 그러나 사실 없는 흥미라도 만들어 대화를 해봐야 할 사람은 따로 있기에, 두 사람 옆에 서서 자신을 쩨려보고 있는 남루한 한복을 입은 스무 살 남짓의 여인에게로 시선을 돌렸다. 여인의 이름은 은실. 은실은 희비가 애초에 지등조 다음으로 인사를 나누려고 마음먹은 상대였다.

"은실이 날 본 이상 그냥 지나치진 못할 거다. 이리 와서 한마디 쏘아붙이지 않으면 분이 안 풀릴 테니."

아니나 다를까. 은실은 일본인 소녀에게 귓속말을 하고는 댕기 머리를 흔들며 종종걸음으로 다가왔다. 걸음걸이는 여전하군. 스물을 넘긴 은실이 여태 애티를 벗지 못하는 건 특유의 통통 튀는 걸음걸이 때문이었다.

"흥. 나를 그렇게 내치더니 새 사람을 들이셨소?"

차돌을 보는 눈빛이 여간 곱지 않았다. 물론 희비를 향한 눈빛이 더 매서웠지만.

"내친 지가 언젠데. 이제 다시 들일 만도 하지 않니."

"누가 사람 쓴다고 뭐라 하오? 사람을 써도 곱게 써야지. 부디 새 사람에게 손찌검은 하지 마시오. 심보를 곱게 쓰란 말이오."

"그래, 알았다……."

손찌검이라는 말에 희비가 차돌의 눈치를 보며 말끝을 흐렸다. 다행히 차돌은 은실의 말을 신뢰하지 않는 것 같았다.

은실도 그것을 느꼈는지,

"애, 너도 손찌검당하면 참지 말고."

차돌을 향해 또랑또랑 훈수를 두었다.

"네? 네……."

이번엔 차돌이 희비의 눈치를 살폈다. 엉겁결에 존대하여 대답해놓고는 후회하는 기색이었다. 희비는 얼른 화제를 바꿨다.

"은실이 너는, 잘 지내고 있고?"

"별걸 다 궁금해하시오. 나야 그 집 나가서 호강하고 있지. 우리 꼬마 아가씨가 얼마나 잘해주는데. 미유 상이랑 나는 그야말로 단짝 중에서도 단짝처럼 지내고 있소."

"그래? 좋은 집인가 보구나."

"그렇소. 사토가라고 하면 다들 알던데."

"사토가? 사토 타다요시와 사토 카논의……."

"아시는구만. 내가 지금 모시는 분이 두 분의 딸, 미유 상이요."

"그런데 왜 여기에?"

사토가의 남매와 은실은 지등조와 마찬가지로, 희비가 백오교의 아파트에 들어설 때부터 한자리에 쭉 서 있었다. 카논이 내게 조사를 의뢰한 사실을 알고 지켜본 건 아닐 듯한데. 희비가 궁금해하는 기색을 드러내자 은실이 코웃음을 치

악의 주장법

며 말했다.

"내가 그걸 알려줘야 할 이유가 있소?"

"당연히 없지. 은실이 네가 말하고 싶으면 말하는 거고 말하기 싫으면 안 하면 되는 거야. 다만 나는 그렇게 귀한 집 따님도 경성 최고 미남에게 홀려서 종일 이 앞을 떠나지 못하는가 싶어 궁금한 마음에······."

"미남한테 홀리긴 누가 홀리오!"

은실이 발끈하며 이어 말했다.

"미유 상은 그저 자기를 가르치던 백오교 선생의 방이 함부로 헤집어지는 게 싫어서 지켜보고 있었던 거요. 수사가 다 끝나면 그 방을 직접 치워드리겠다고. 돌아가신 스승을 생각하는 마음씨가 얼마나 곱디곱소?"

"그래? 아무리 제자였어도 그렇지, 백오교의 아파트에 마음대로 들어갈 수 있다고?"

"백오교 선생이 죽었는데도 왜 그 방이 생전 그대로 보존되어 있겠소? 다 미유 상이 관리하기 때문이오. 이 건물 전체가 사토가의 소유이니 미유 상 뜻대로 하는 게 이상한 일도 아니고."

"그렇구나. 은실이 너 정말, 여러모로 대단한 집에 들어갔구나."

은실은 조금만 칭찬해주어도 으쓱거리는 타입이었다. 은

실이 예상대로 반응하자, 희비는 기세를 몰아 또 한 번 질문을 던졌다.

"근데 아까 보니까 우리가 얘기하던 기자와 목인사를 나누던데, 어떻게 아는 사이야? 그 기자가 저렇게 대단한 사람들과 알고 지낼 법한 인물이 아닌데."

"그런 자가 기자는 무슨. 미유 상이랑 준 상을 어찌 알아보았는지 굽신거리며 명함 한 장 주고 갑디다. 투자 어쩌고 하면서. 사업 운운하는 것도 다 헛소리에 되지도 않는 수작질이지. 그런 사람이 무슨 사업씩이나 하겠소? 꼬락서니도 그렇지만 술 냄새가 어찌나 진동하는지 역해 죽는 줄 알았소."

"역시 그랬구나. 네 말이 맞다. 그자는 사토가와 전혀 어울리지 않지. 어울리지 않고말고."

희비가 연신 맞장구치자 은실이 눈꼬리를 슬쩍 내리며 이상하다는 듯 중얼거렸다.

"어째 사람이 좀 순해지셨소."

"응?"

"아니 조금 변한 듯하여……."

"널 내보내고 나서 나도 느낀 바가 많았나 보지."

"됐소!"

희비의 말에 닭살이 돋은 듯 은실이 빽 소리를 질렀다.

"다시 한번 말하지만…… 손찌검이나 하지 마시오!"

은실은 눈꼬리를 있는 대로 다시 쳐올리고는 팽하니 뒤돌아섰다. 그리고 자신을 기다리는 남매를 향해 허리를 흔들며 종종걸음을 쳤다.

희비가 차돌에게 물었다.

"아무래도 경성 최고 미남의 죽음에 관심 있는 사람들이 많은 듯하지?"

차돌이 고개를 끄덕였다.

"우리도 그중 하나가 되자꾸나."

죽음에 대한 예를 제대로 갖추리라. 희비의 말에 차돌이 또 한 번 힘차게 고개를 끄덕였다.

가을밤의
호사

경성의 북쪽 끄트머리, 비망린 계곡 아래 자리한 섶골. 어느덧 어스레해진 길목 어귀엔 완연히 가을에 접어든 은행나무들이 벌써 밤이 찾아오는 것이 아쉽다는 듯 부채꼴 모양의 잎사귀마다 오후의 황금빛을 아물아물 붙들어 품고 있었다. 차돌은 시야에 아롱진 빛 망울을 떨치려고 눈을 깜빡이며 인력거를 모는 홍칠의 걸음을 열심히 좇았다. 홍칠은 희비를 실은 인력거를 끌면서도 차돌보다 걸음이 빨랐다.

"거 처자도 타래두. 이래 봬도 내가 이쪽에선 알아주는 인력거꾼이라고. 장정 둘 무릎 위로 장정 둘을 더 앉혀도 거뜬히 모는데, 뭐가 그리 신경 쓰인다고."

홍칠은 보통 키에 마른 편이고 서른이 훌쩍 넘은 나이인데도 불구하고 몸놀림이 날쌔고 기운이 넘쳤다. 민소매 밖으

72

악의 주장법

로 드러난 홍칠의 팔뚝과 걷어 올린 바지 아래 쭉 뻗은 장딴지는 서늘한 바람이 부는 가을 저녁에도 끓는 물에 갠 황토처럼 검붉은 김을 뿜어냈다.

"그냥. 좁아서 불편합니다. 걷는 것도 좋고요."

차돌은 진짜 속내를 감추고 말했다.

"그려, 그럼. 마음 편한 대로. 앞으로도 자주 볼 텐데 언제든지 타고 싶을 땐 타고."

홍칠이 시원스레 말했다. 차돌은 어깨를 으쓱해 보일 뿐 별다른 대꾸를 하지 않았다. 낯선 이와 나란히 흙길을 걸으니 천붕대를 떠나왔다는 사실이 비로소 실감 난 것이다.

한참 말없이 걷던 차돌은 낮의 기운이 완전히 종적을 감추고 나서야 홍칠에게 말을 걸었다.

"박사님 거동을 자주 돕고 그러시나 봐요?"

희비를 천붕대에 데려다준 사람도, 황금정으로 실어다 준 사람도 홍칠이었다. 홍칠은 희비가 볼일을 보는 동안 어딘가로 사라져 자기 할 일을 하다가 희비가 이동할 때가 되면 귀신같이 알고 나타나 희비를 도왔다.

"그렇지. 그런데 박사님이 날 도운 거에 비하면 내가 돕는 건 아무것도 아니지. 그냥 내 밥벌이하는 틈틈이 시간 내는 것뿐인데 뭐. 박사님이 이 인력거를 사주신 덕에 내가 그럭저럭 먹고살 수 있게 됐으니까."

"박사님이 인력거를 사주셨다고요?"

"응. 믿기지 않지? 암만 가끔 심부름을 해드렸다고 해도, 생판 남한테 덥석. 나도 처음엔 놀라서 안 받으려고 했지. 내가 아무리 없이 살아도 염치라는 게 있는 사람인데. 아무튼 그래도 목구멍이 포도청이라 어찌어찌 받았는데…… 이렇게 도와드리는 것도 다 내 맘 편하자고 하는 것이지. 이렇게라도 갚고 싶어서."

길가를 빽빽이 채운 억새들이 부드럽게 남실댔다. 은행나무와 억새가 어우러진 섶골의 가을 풍경엔 사람의 마음을 달래주는 독특한 정취가 있었다.

"근데 이것도 부족해. 이렇게 해서 다 갚을 수 있는 은혜가 아니니까. 인력거 값만 딱 갚는다고 끝나는 게 아니지. 암만, 박사님은 나한테 그보다 더한 걸 해주셨는데."

차돌이 슬쩍 인력거 안을 들여다보았다. 온종일 힘들었는지 희비는 곤히 잠들어 있었다. 차돌은 창백히 빛나기 시작한 저편 초저녁달로 시선을 돌리고 다시 홍칠의 말에 귀를 기울였다.

"내가 열다섯 살 때부터 추우나 더우나 짚신 신고 뛰댕기면서 배달을 하고, 그러다가 조금 커서는 자전거를 빌려다가 배달을 하고, 그렇게 설렁탕이며 냉면이며 여러 음식을 동서남북으로 나르는 배달원 노릇을 십 년이나 했지. 그런데 사람 마음이 참 웃기지? 박사님 덕분에 인력거꾼 딱 되고 나서 한 푼 두 푼 모아 장가갈 희망도 생기고 하니까, 처음엔 그것만으로 마냥 좋았는데 점점 또 다른 계획이 생기더라고."

"무슨 계획이요?"

"그…… 저기…… 포드 자동차라고 들어봤는가."

뭐가 그리 쑥스러운지, 홍칠이 눈치 보듯 차돌을 힐끔 쳐다보았다. 차돌이 조용히 고개를 젓자 홍칠은 흠흠 목을 가다듬고는 다시 입을 뗐다.

"요즘 경성 시내 돌아댕기는 자동차 태반이 미국에서 만들어 파는 포드 자동차인데, 암튼 언젠가 그거 모는 게 내 꿈일세. 보란 듯이 운전관이 되어서 양복 입고 흰 장갑 끼고 문짝 네 개 달린 방탄유리 차 운전하는 걸 내 미래 계획으로 삼았단 말이지."

"와, 멋있습니다."

운전관이라니. 차돌은 꿈에도 생각해본 적 없는 직업이었다.

"그렇지?"

그제야 홍칠의 얼굴에서 쑥스러워하는 기색이 사라졌다.

"아닌 게 아니라, 나도 그런 생각이 든다니까. 그래서 운전강습소에 등록해서 열심히 배우고 있지. 필기시험이 나한테는 여간 어려운 게 아니라서 시간은 좀 걸리겠지만, 실기시

험만큼은 자신 있으니까……. 물론 아직 쥐뿔 가진 건 없지만 사람이 꿈꿀 수 있는 것만큼 행복한 게 없다는 걸 알았거든. 다 박사님 덕분이지."

구희비 박사는 도대체 어떤 사람일까. 차돌은 콧등에 구슬방울이 맺힌, 꿈과 희망으로 가득 찬 홍칠의 옆얼굴을 쳐다보다가 문득 오늘 본 또 다른 인물을 떠올렸다.

'너도 손찌검당하면 참지 말고.'

그 순간 왜 은실의 말이 생각났는지 모를 일이다.

목적지에 이르렀을 때 잠에서 깬 희비는 한참 동안 홍칠과 옥신각신했다. 돈을 건네려는 자와 받지 않으려는 자의 팽팽한 수싸움을 지켜보며 차돌은 두 사람이 이렇게 지내온 것이 결코 한두 해가 아닐 것이라 짐작했다. 그리고 이 승강이의 결과는 항상 희비의 승리였을 것이다. 바로 오늘처럼 말이다. 바지 주머니에 돈을 구겨 넣은 홍칠이 통통 불만스러운 얼굴로 떠나자, 승리에 취한 희비가 개운한 표정으로 차돌을 향해 말했다.

"여기가 우리 집, 만독재야. 새로운 거처에 온 걸 환영해."

차돌은 대문 옆 문패에 세로로 새겨진 한자가 이 집의 이름이겠거니 하며 주위를 휘둘러보았다. 흙과 기와를 섞어 쌓은 담장이 꽃담처럼 화려한 느낌은 아닌 데다가 대문도 솟을

악의 주장법

대문이 아닌 소박한 크기의 평대문이었지만, 대문 좌우로 둘러친 담벼락의 길이를 보건대 결코 범상한 규모의 집은 아닌 듯했다. 그런데 잠깐, 대문 옆에 붙은 행랑채 창문으로 뭐가 슬쩍 보인 듯했는데…… 긴장해서 헛것을 봤나? 눈을 비비고 다시 쳐다보니 아무것도 보이지 않았다. 어쩐지 으스스한 기분이 들었다.

"조용히 머물 수 있을 거야. 오가는 길이 좀 으슥하기는 하지만."

만독재 주변으로 돌밭이 널따랗게 펼쳐져 있었다. 한마디로 허허벌판이다.

"홍칠 아재가 있어서 다행이네요."

"그치. 다 내 복이야."

"홍칠 아재는 자기가 박사님의 은혜를 입었다던데요."

"무슨. 홍칠이 또 실없는 소릴 했군. 다 나 좋자고 투자한 거지. 이 몸으로 걸어서 나다니기도 힘들고, 매일 다른 인력거꾼 부르는 것도 부담스럽…… 엇!"

"네?"

차돌은 희비의 시선이 머문 곳을 따라 고개를 돌렸다.

"아아! 안 돼! 썩 꺼져!"

푸른 어둠이 내려앉은 담벼락 아래로 손을 휘휘 저으며 소리치던 희비는,

"여기 얼씬도 하지 말랬지!"

한 발을 앞서 디디고는 발을 쾅쾅 굴렀다. 희비가 위협하는 상대가 까만 새끼 고양이라는 사실을 알아차린 차돌은 당황하지 않을 수 없었다. 어쩌면 이리 매몰찰까. 천붕대 사람들도 어려운 살림 틈틈이 고양이 밥을 챙기는데, 이렇게 큰 집에 살면서 이토록 몰인정하다는 것이 믿어지지 않았다.

"겁이 없어, 겁이!"

가는 신음을 내며 도망치는 고양이의 뒷모습을 향해 또 찾아오면 그땐 정말 혼쭐을 내주겠다고 윽박지르는 희비를 보며 차돌의 마음이 돌연 복잡해졌다. 고양이 털이 반지르르한 게 다행히 굶주리거나 병든 것 같진 않았지만 그래도 태어난 지 두어 달이나 되었을까 싶은 작은 고양이한테 너무하다는 생각이 들었기 때문이다.

"자, 들어가자."

희비는 홍칠의 손에 돈을 쥐여줬을 때처럼 다시 개운한 표정이었다.

"삼촌이 기다리고 계실 거야."

어쩐지 달뜬 듯한 목소리. 희비의 뒤를 따르며 차돌은 들릴락 말락 하게 낮은 한숨을 내쉬었다. 이를 눈치채지 못한 희비가 차돌을 돌아보며 싱긋 웃었다.

"기대했던 거에 비해 집은 그리 으리으리하지 않지?"

고풍스럽지만 단출한 한옥 두 채. 그나마 한 채는 대문 옆에 붙어 있는 방 한 칸짜리 행랑채였다. 하지만 만독재의 압권은 그깟 기와 달린 집채가 아니었으니. 차돌은 입을 떡 벌리고 넓게 펼쳐진 정원에서 시선을 떼지 못했다. 온갖 풀과 꽃이 푸른 어둠에 물들어 흔들리는 정원. 그 한가운데 자리한 유리 온실이 달빛을 받아 은은히 반짝이는 정경은 가히 몽환의 극치라 할 만했다.

"담벼락 안쪽은 팔 할이 정원이야. 우리 부모님이 가꾸시던 독초 밭이지. 만독재라는 이름도 두 분이 지으신 거고."

"그럼 부모님은……."

"돌아가셨어. 양친 모두 어릴 적에 돌아가시고 형제도 없으니 천애 고아인가 싶겠지만, 내겐 외삼촌도 있고 이모도 있으니 그리 외로웠던 것만은 아니지."

어딘지 억지웃음이 밴 듯한, 씩씩한 말투였다.

"게다가 우리 삼촌은……."

삼촌. 드디어 삼촌 얘기가 나왔군. 차돌은 자신의 어머니가 그토록 못마땅하게 여겼던 희비의 삼촌이 어떤 사람인지 무척 궁금했다. 그런데 그때,

"희비 왔냐."

흰 앞치마를 두른 남자가 한옥 한편에서 걸어 나왔다.

"삼촌!"

동그란 얼굴에 동그란 안경. 흐트러진 짧은 머리는 절반이 새치로 뒤덮여 있고, 다소 낡은 듯한 셔츠와 양복바지는 품이 제법 여유로웠다. 젖은 손을 닦고 있는, 목과 허리에 걸친 앞치마가 아니었다면 경성 길거리에서 흔히 볼 수 있는 중년 남성 중 한 명처럼 보였을 것이다. 자기 손으로 밥해 먹을 일이 없는 남자들 말이다.

"그래, 그래. 왜 이렇게 늦었어. 고되어 어째."

남자의 뒤로 벌건 아궁이와 모락모락 김이 올라오는 부뚜막이 보였다. 차돌은 저도 모르게 침을 꿀꺽 삼켰다.

"우리 삼촌, 경성 제일가는 요리사거든. 못 하는 요리가 없단다. 아, 오늘은 얼마나 맛있는 요리가 기다리고 있으려나."

희비가 어리광 피우듯 말했다. 아마도 희비는 삼촌 앞에선 곧잘 아이처럼 구는 모양이었다.

"아무튼 허풍은……."

남자의 동그란 얼굴에 희비가 어떻게 굴어도 다 품어줄 것 같은 푸근한 미소가 어렸다.

"희비 말은 잘 가려서 들어요. 박사 소리 들으면 뭐 해, 물색없는 말도 더러 하는걸. 나는 그냥 집에서 혼자 요리하는 허오정이라고 해요."

"잘 부탁드려요, 오정 아재."

차돌이 꾸벅 인사를 하자 오정이 두 팔을 뻗어 차돌의 팔을 잡으며 허허 웃었다.

"그래요, 그래. 나도 잘 부탁해요. 너무 깍듯할 필요는 없고. 아무튼 만독재에 온 걸 환영해요. 오는 길이 힘들었죠."

"아닙니다. 편히 왔어요."

빙그레 웃어 보인 오정이 차돌의 뒤편으로 걸음을 옮기더니 대문의 빗장을 단단히 걸어 잠그며 말했다.

"식사 준비 다 되었는데, 배고프지? 차리기만 하면 되니까 어서 들어가자."

"아, 아니에요, 삼촌. 식사하기 전에 일단 차돌 목욕부터 해야 해요."

"아니, 허기진 상태로 무슨 목욕이야. 밥 먼저 먹고……."

"안 돼요, 안 돼. 절대로 안 돼."

차돌의 귀뿌리가 훅 달아올랐다. 차돌의 행색을 보고 대놓고 무시하던 순사부장의 태도가 영 마음에 걸렸던 걸까. 황금정에서 조사를 마친 뒤 희비는 뜬금없이 차돌에게 새 옷을 맞춰주겠다고 나섰다. 하지만 차돌은 한사코 거절했다. 처음엔 공짜로 옷을 얻어 입을 수 없다고 둘러대고 나중엔 양복점에 들어가는 것이 어색하고 불편하다고 둘러대며 거절했다. 허나 희비가 자신의 비서 노릇을 하려면 반드시 말끔하고 멀쑥하게 차려입어야 한다고 끈질기게 주장하는 통에 하는 수 없이 결국 사실대로 얘기할 수밖에 없었다. 사실은,

이가 있다고.

"비싼 옷감 천지인 곳에 들어갔다가 죄 이를 옮기게 되면 어떡해요. 남의 귀한 가게 망하게 할 수는 없어요. 저는 이 옷이 편해요."

차돌의 솔직함은 희비의 고집을 꺾었다. 섶골에 올 때 희비와 함께 인력거를 타지 않은 것도 희비를 배려해서였다. 희비는 아무 말도 못 하고 혼자 인력거에 올랐다. 아마도 심히 충격을 받은 듯했다. 천붕대에서 이가 있는 건 흉도 되지 않을 만큼 흔한 것인데.

그러니 지금 희비가 차돌을 목욕시키지 못해 안달하는 것은 어찌 보면 당연한 일이었다.

"어서 가자."

영문을 몰라 하는 오정을 앞에 두고, 희비가 차돌의 손을 잡아끌었다.

"뜨거운 물에 삶아 죽이고, 때수건으로 박박 밀어 죽이고, 참빗으로 쫀쫀히 긁어내 죽이자."

부뚜막에서 풍기는 냄새에 허기가 매미 떼처럼 밀려들었지만, 차돌은 군말 없이 희비를 따랐다.

*

내가 왜 그 생각을 못 했을까. 희비는 목욕하고 있는 차돌을 기다리며 옷을 갈아입었다. 천붕대 사람들의 차림을 보았으니 충분히 예상했을 법한데. 배려 없이 건넨 호의로 인해 차돌의 마음만 상하게 했구나. 하지만 희비는 사람의 마음을 잘 어루만질 줄 몰랐다. 생각해보니 오정 앞에서 목욕 운운한 것도 잘한 짓 같지는 않았다.

"다 되어가니?"

희비가 욕실 문을 두드리며 물었다.

"아…… 네……."

잠시 후 드르륵 문이 열리고, 두 볼이 발그레 상기된 차돌의 모습이 보였다.

"잘 어울리네."

차돌이 입은 옷은 목욕 전 희비가 건네준 오정의 바지저고리였다. 차돌의 키가 오정보다 더 큰 탓에 바짓단 아래로 복숭아뼈가 훤히 드러나긴 했지만 잘 다려놓은 깨끗한 옷을 입으니 순하고 반듯한 풍채가 더없이 빛을 발했다.

희비는 허연 김이 나는 차돌의 머리를 가리키며 물었다.

"머리도 비누로 싹싹 감았지?"

"네."

"좋아. 그럼 여기 앉아보렴."

사람은 살리되 이는 죽여야지. 희비가 참빗을 들고 눈을 반짝였다. 차돌이 양반다리를 하고 바닥에 앉자 그 등 뒤로 희비가 무릎을 꿇고 섰다.

"자세가 불편하진 않으세요? 제가 해도 되는데……."

"괜찮아. 집에 오니 덜 아픈걸."

희비가 촘촘한 빗살로 차돌의 머리카락을 빗으며 말했다. 다리가 아픈 지도 벌써 한 달이 다 되어간다. 보통 어디가 아프기 시작해서 한 달 정도 지나면 통증에 익숙해지는 단계로 넘어가는데, 지금이 바로 그 시기였다. 통증이 익숙해지는 기간엔 끝도 없이 마음을 침잠시키는 우울과 싸워야 했지만, 그래도 지금은 그나마 한결 수월한 구간이었다. 예상치 못한 부위의 통증과 맞닥뜨리는 순간과 그 순간이 언제 들이닥칠지 몰라 두려워하고 불안해하는 시간에 비한다면 말이다.

'내 너를 가진 줄 모르고 습관처럼 이것저것 독초를 먹어본 게 잘못이었지.'

어머니는 어린 희비가 크게 앓을 때마다 더 크게 자책했다. 희비의 부모님은 조선 땅에 멍울독이 출현하기 전부터 독초를 연구하던 분들이었다. 특히 어머니의 열정은 광기에 가까울 정도로 남달라서, 아버지의 만류에도 불구하고 때때로 미량의 독을 직접 복용하여 그 결과를 기록하곤 했다. 아무리 조금이었다고 하나 태아에겐 분명 탈이 되었을 터. 하지만 희비는 어머니를 원망하지 않았다. 외려 자신이 죽었다 살아난 이유가 바로 자기 몸에 깃든 온갖 독에 대한 내성 때문이라고 생각했다. 어머니의 뱃속에서부터 갖가지 독성을 접해본 덕에 죽음의 문턱만큼은 넘지 않을 수 있었던 것이다. 만약 어머니가 살아 있었다면 이를 알고 기뻐했을 것이다. 정작 살아남은 희비는 온전한 기쁨을 느끼지 못했지만.

"그런데 지등조란 자 말이어요."

"응. 그자가 왜?"

"그자가 미카엘을 죽인 건 아닐까요?"

"어째서 그렇게 생각하니?"

"미카엘을 취재하기 위해 따라다녔던 사람이잖아요. 그러니 미카엘이 방심하는 순간을 딱 알아내서 노릴 수 있었겠죠. 직업이 기자라 발도 넓을 테니 다른 사람들보다는 자비초를 손에 넣기 쉬웠을 거고. 어쩌면 자기 입으로 범인 운운하는 것도 주의를 돌리기 위함일 수도……."

"제법 논리적인데? 하지만……."

희비가 빙그레 미소를 지었다. 기특해라. 차돌의 굵은 눈망울에 깃든 열의가 고스란히 전해져 왔다. 하지만 초심자의 열정은 섣부른 판단을 부르는 법.

"지등조가 미카엘을 죽였다면, 살해 동기가 뭘까?"

"네?"

"이유 없이 사람을 죽이는 놈들도 있지만, 내가 아는 지등조는 그런 축에 속하지 않아. 원하는 바가 분명한 자이거든. 그자가 누군가를 죽인다면 분명 이유가 있을 거야. 아주 단순하고 징글징글한, 속된 이유 말이야."

"이를테면…… 돈 같은 거요?"

"그래 맞아, 돈. 지등조를 움직이는 건 돈이지. 만약에 미카엘을 취재하던 지등조가 우연히 미카엘의 약점을 알게 되어 그걸로 협박을 했다고 치자. 그래도 미카엘은 지등조에게 줄 돈이 없었을 거야. 가난한 화가일 뿐이니까. 지등조도 미카엘이 가난하다는 걸 모를 리 없고."

"그렇겠네요……."

차돌의 어깨가 축 늘어졌다. 이 얼마나 솔직한 반응인가. 이 모든 추리는 내가 자기보다 지등조에 대해 더 많이 알고 있기 때문에 가능한 것인 줄도 모르고. 웃음을 꾹 누르며, 희비는 빗을 쥔 손을 번쩍 들어 올리고 목청을 높였다.

"빗질 한 번에 열 마리나 잡았어!"

하지만 이내 아차 싶어 다시 얌전히 빗질에 집중했다. 화락 빨개진 차돌의 목덜미가 눈에 들어왔기 때문이다.

"죄송해요……."

차돌의 목소리가 기어들어갔다.

"죄송하긴. 이따위가 뭐라고 죄송해."

희비는 짐짓 대범한 척 별거 아니라는 듯 말했다. 하지만 이미 보인 행동이 있어서 차돌이 자기 말을 믿어줄 거라는 기대는 하지 않았다.

"옷은 안 사주셔도 돼요. 이 옷 빌려 입다가 주급 받으면 제가 새 옷 사 입을게요."

"그게 무슨……."

사양도 정도껏 해야지. 내 비서에게 내가 멀끔히 옷을 해 입히겠다는데. 차돌의 말에 기가 차서 헛웃음이 나오려는 찰나, 별안간 어디선가 꼬르륵 소리가 선명히 울렸다. 차돌의 배에서 나는 소리였다. 당황한 희비는 어찌 반응해야 할지 모른 채 빗질을 멈추었다. 이토록 또렷이 배곯는 소리가 났으니 얼마나 민망할까. 하지만 희비는 곧 자신의 짐작이 틀렸음을 깨달았다.

"제 배가…… 밥이 식을까 봐 걱정되나 봐요."

판판한 배를 문지르던 차돌이 씩 웃으며 희비를 돌아보았다.

*

밤이 무르익은 만독재에 귀뚜라미 울음소리가 가득했다.

"꼭 차돌 네 뱃속에서 나는 소리 같구나."

희비가 농을 쳤지만, 희비의 말도 귀뚜라미 소리도 차돌의 귓가를 스쳐 지나갈 뿐이었다. 눈앞에 진수성찬이 있는데 무슨 운치를 따지고 농을 새겨듣겠는가.

"어서 들어요. 차린 건 없지만, 어서."

안방과 건넛방 사이 대청. 차돌은 조심스럽게 교자상 앞으로 다가섰다. 바깥으로 향한 벽에 여닫이 덧문을 걸어 올린 터라 산산한 공기를 타고 음식 냄새가 온 집 안에 진동했다.

"잘…… 먹겠습니다!"

차돌이 성큼 자리에 앉자 마루판 하나가 삐걱대며 소리를 냈다. 희비가 피식 웃으며 차돌 옆에 따라 앉았다. 그런데 막상 상 앞에 앉은 차돌은 한입에 상차림을 털어 먹을 듯한 좀 전의 기세는 잊었는지 쭈뼛거렸다.

"왜 어서 안 들고."

"아, 네……."

차돌은 대답을 하고도 선뜻 식사를 시작하지 못했다. 수저를 들었지만 반찬 가짓수가 너무 많아 무엇부터 맛보아야 할지 계산이 서지 않았다.

"먼저 밤암죽부터 먹어보게."

차돌의 심정을 눈치챈 오정이 자기 앞에 놓인 자그마한 죽 그릇에 손을 대며 말하자, 희비도 자기 죽 그릇을 들고 호호 입바람을 불며 권했다.

"어서 먹어봐."

악의 주장법

"요즘 밤 맛이 실하니 아주 좋아. 불린 쌀과 함께 곱게 갈아낸 거니 빈속을 달래는 데 이만한 게 없을걸세."

고분고분 오정의 말을 따라 밤암죽을 한입 떠먹은 차돌은 잠시 그대로 굳어버렸다.

희비가 물었다.

"어때? 맛있지?"

차돌은 바로 대답할 수가 없었다. 곱디고운 밤암죽이 부드럽게 혀를 감싸고는 지금은 오직 맛에만 집중하라는 듯 말하기를 방해했다. 차돌은 입 안 가득 녹진한 죽을 목구멍 너머로 남김없이 넘기고 나서야 간신히 입을 열었다.

"이렇게 부드럽고 달큰한 맛은 처음이에요."

뱃속에 따뜻한 기운이 천천히 퍼졌다. 오정의 말대로 해종일 허기졌던 배를 달래는 첫입으로 안성맞춤인 요리였다. 차돌은 그제야 허겁지겁 밤암죽을 모조리 해치웠다. 그 모습을 흐뭇하게 바라보던 오정이 교자상 가운데 놓인 큰 접시를 가리키며 말했다.

"전복쌈도 먹어보오. 오늘 손님이 온다고 하여 어렵게 구한 것이니. 이것 또한 꼬박 하루를 물에 불린 것이라 입에서 살살 녹을 게야. 원래는 반으로 접어 내놓는데, 내 특별히 두 장을 겹쳐 둥글게 빚었지."

오정의 말이 채 끝나기도 전에 젓가락을 쥔 차돌의 손이 전복쌈을 향해 빠르게 움직였다. 밤암죽을 맛본 차돌은 이제 오정의 말이라면 덮어놓고 믿을 판이었다.

"바다 맛이라고는 하나도 안 느껴지지?"

"이게 바다에서 난 거예요?"

차돌이 우물거리며 물었다. 속이 들여다보일 정도로 얇게 저민 전복 살이 어찌나 야들야들한지 씹자마자 사르르 녹는 데다가 만두처럼 가장자리를 눌러 붙인 전복쌈 속에서 톡톡 잣 알갱이가 튀어나와 식감의 재미를 더했다. 견과 특유의 고소함으로 일말의 비린내마저 싹 잡아서 그런지 전복을 처음 먹어보는 차돌로서는 이것이 해산물일 거라는 생각조차 하지 못했다.

"그럼. 바다의 산삼이라고 불리잖니. 이제 이것도 한번 먹어봐. 이건 어린 갓인데……."

차돌의 순진한 반응이 재미있다는 듯 희비가 자기 근처에 있던 반찬 그릇을 차돌 쪽으로 밀어놓으며 말했다.

"이맘때쯤 어린 갓을 소금물에 살짝 절였다가 양념해 먹으면 김치 저리 가라 할 정도로 맛있거든. 뜨끈한 젓국찌개에 밥 한술 말아서 어린 갓을 곁들여보렴."

희비의 말이 맞는지 확인하겠다는 듯 차돌이 오정을 쳐다보았다. 오정이 긍정의 의미로 빙그레 웃어 보이자 차돌은 그제야 씩씩하게 수저를 놀렸다. 희비는 그런 차돌을 황당한 표정으로 쳐다보았다.

"삼촌, 애 좀 봐요. 밥상 앞에 앉으니 아주 허오정 신도가다 되었네요. 뭐 얼마나 먹어봤다고. 이제 시작인데."

그러면서도 내심 잘 먹는 차돌이 기특해죽겠다는 듯한 표정이었다. 오정도 기뻐하기는 마찬가지였다.

"이렇게 잘 먹어주니 외려 내가 더 감동인걸. 그래, 그래. 천천히 다 먹으렴. 여기 두부장아찌도 들고, 염통산적도 들고, 전유어도 식기 전에 들고……."

여태껏 잘 먹는다는 이유로 이쁨받아본 적이 단 한 번도 없었던 차돌은 왠지 모르게 겸연쩍은 듯하면서도 한편으로는 더욱더 맹랑한 먹성을 보여 이들을 기쁘게 만들어야겠다는 욕심이 생겼다.

"저는 매일매일 수시로 배가 고프니 언제든 아무거나 다 잘 먹을 수 있어요."

"하."

희비가 기가 막히다는 듯이 헛웃음을 내뱉자 오정이 따라 웃기 시작했다. 웃으라고 한 소린 아니었지만 두 사람이 웃으니 차돌의 마음도 좋아졌다. 어느새 웃는 사람은 셋이 되었고, 대청을 가득 채운 웃음소리에 귀뚜라미 울음소리가 달아나버린 듯했다. 한참 동안 웃던 희비는 아직 채 웃음기가 가시지 않은 얼굴로 차돌의 입가에 묻은 밥풀을 떼어주며 말했다.

"어쩜 그리 배고픔엔 능청스럽게 구니. 이가 있다고 고백할 땐 부끄러워하더니. 불필요하게 사과까지 하면서 말이야."

"이는 옮길 수 있지만…… 배고픔은 전염되는 게 아니잖아요. 부끄러운 게 아니죠."

차돌이 입 안 가득했던 음식을 꿀꺽 삼키곤 담담히 말했다. 희비는 그런 차돌을 말끄러미 바라보다 혼잣말처럼 중얼거리며 맞장구쳤다.

"그래, 그렇지."

그때 어디선가 오오오올, 하고 올빼미 울음소리가 들렸다. 연달아 이어지던 울음소리가 그치자 오정이 빙그레 웃으며 희비를 향해 말했다.

"똑똑한 아이를 찾았구나."

오정의 말에 차돌이 머리를 긁적였다. 힘이 세다는 말은 많이 들어봤어도 머리가 똑똑하다는 소리는 처음이었다.

"이제 제 일을 많이 도와줄 거예요. 오늘만 해도 함께 조사에 나섰는걸요. 삼촌, 백오교라는 시인 아시죠?"

"네가 전에 읽던 시집을 쓴 이가 아니냐."

"네. 삼촌은 그 시집을 마음에 들어하지 않으셨죠."

"나는 위악이 싫다. 악은 바스러지기 쉬운 거야. 악한 체하다가는 약해지기 마련이고. 그런데 그 시인이 왜?"

                                         악의 주장법

"백오교의 작업실에서 시신이 발견되어서 오늘 거기에 다녀왔거든요. 멍울독에 관련된 죽음이라 조사할 것이 있어서. 그런데 첫날부터 자기 의견을 개진하는 차돌을 보니 앞으로가 더 기대되더라고요."

"그래, 그랬구나. 아닌 게 아니라, 눈에 총기가 가득하다."

차돌의 얼굴을 물끄러미 바라보던 오정이 부드러운 미소를 지으며 말했다.

"이 아이를 보니 문득 동하 생각이……."

"어딜요. 동하가 훨씬 똑똑하죠."

발끈하는 희비를 차돌이 멀뚱거리며 쳐다보자, 오정이 허허 웃음을 터뜨렸다.

"기분 나쁘게 생각하지 말게. 추동하. 희비의 약혼자야. 자기 약혼자이니 제 눈엔 그렇게 보이는 게지."

차돌은 고개를 끄덕이며 샐쭉한 표정의 희비를 곁눈질했다. 지등조가 언급해서 희비에게 약혼자가 있다는 건 알고 있었다. 그런데 그 이름을 직접 듣고 자신이 그와 닮은 면이 있다는 소리까지 들으니 기분이 좀 이상했다. 그때 바람을 타고 다시금 실려온 올빼미 소리에 귀 기울이던 오정이 중얼거렸다.

"오연도, 동하도 잘들 지내는지……."

"허오연. 오정 삼촌의 누이이자 내 이모야."

희비는 낭랑한 목소리로 차돌에게 설명하고는 오정을 향해 말했다.

"소식이 올 때가 되었어요. 그러잖아도 조만간 병원에 가보려고요."

"그래, 네가 고생이 많다. 바깥일은 모두 너에게 일임하고 있으니……."

"그런 말씀 마세요. 저야말로 집안일은 모두 삼촌께 의지하고 있는데. 독초 밭도 삼촌 손 안 빌리면 저 혼자 어찌 관리하겠어요."

풀벌레 소리와 새 소리마저 어딘지 마음을 가라앉히는 건 계절 탓일까. 오정의 얼굴에 처연한 감정이 잠시 머무르다 사라졌다.

"이 계절엔 무리하지 마세요. 몸도 마음도."

희비의 말에, 오정은 대답도 하지 않고 경계의 눈빛으로 대문간을 한참 훑어보았다. 하지만 오정의 시선이 머문 곳엔 아까 오정이 단단히 걸어 잠근 빗장 위로 내려앉은 어둠밖에 없었다.

"후식으로 대추엿강정을 준비했으니 삼차와 함께 들자꾸나."

오정은 이윽고 다시 부드러운 표정으로 돌아와 아무 일도 없었던 듯 말했다. 희비는 그런 오정의 태도에 익숙하다는

악의 주장법

듯이 대꾸했다.

"좋아요. 가을밤에 그만한 호사가 없죠."

내가 이런 호사를 누려도 되는 걸까. 차돌은 자신과 전혀 다른 삶을 살아왔을 두 사람을 복잡한 심경으로 바라보았다. 하지만 그것도 잠시, 호사를 준비하는 이들이 풍기는 막연히 쓸쓸한 분위기에 차돌은 그만 시나브로 잦아들고 말았다. 쓸쓸함은 전염되는구나. 가을밤엔 더욱더. 희비가 차돌을 보고 상긋이 웃었다. 그렇기에 가을밤엔 더더욱 호사가 필요하다는 듯이.

사토가 사람들

해가 중천에 오르기 전, 사토가행 인력거에 오른 희비는 외삼촌 걱정에 빠져 있었다. 오정이 집 밖에 나가지 않은 지 어언 팔 년. 그나마 기력을 찾은 건 희비를 위해 음식을 만들면서부터였다. 그러고 보니 어제 오랜만에 밤암죽을 맛보았네. 보들보들 달짝지근한 밤암죽. 오 년 전 통증이 극심해진 희비가 아무것도 먹지 못하고 그야말로 곡기를 끊은 채 죽어가고 있을 때 오정이 제일 처음 만들어 준 음식이 바로 밤암죽이었다.

"희비야, 희비야. 스물아홉까지만 살아보자. 그 나이에 사람이 참 해사해지더라. 눈 딱 감고 오 년만 더 살아보자. 사람이 해사해지면 시대도 해사해질 줄 누가 아니. 내가 해주는 밥 먹고 한번 살아보자."

스물아홉은 오정의 처 백진이가 죽은 나이였다. 그리고 희비는 이제 스물아홉. 어느덧 그 나이에 이르렀는데도 희비는 충분히 해사해지지 못했고 여전히 시대는 끝 간 데 없이 암울했다.

요즘 치통도 조금씩 심해지시는 것 같던데 병원에 모시고 갈 방도가 없으니 어쩐담. 희비는 근래 한 번씩 끄응 소리를 내며 턱을 부여잡고 자기 방으로 향하던 오정의 모습을 떠올렸다. 오정의 상태를 관찰하며 신경을 곤두세우는 일은 희비의 일과였다. 자신의 상태를 최대한 감추려고 오정은 한사코 행랑채 작은 방을 고집하며 수시로, 그리고 밤이면 밤마다 문을 걸어 잠갔다. 그러나 오랜 시간 한집에 살면서, 그것도 희비처럼 예민한 사람에게 이상 증세를 들키지 않기란 애초에 불가능하다. 희비는 날마다 그 작은 방에 들어앉아 종이와 펜만 붙들고 사는 오정이 안쓰럽기 그지없었다. 오정이 토해내듯 쓴 글자가 종이를 채우고 종이가 방을 채웠지만 오정의 마음은 그 무엇으로도 채워지지 않을 터였다.

집에 새 사람이 들어왔으니 어제는 더욱이 밤을 꼬박 새우셨겠지. 오정은 지독한 불면증을 앓았다. 도통 잠을 못 이루다가 간신히 쪽잠이라도 들면 귀신에게 쫓기는 사람처럼 잠꼬대하기 일쑤였다. 그때마다 희비가 할 수 있는 일이라고는 꼭 닫힌 삼촌의 방 앞을 서성이며 비명 같은 잠꼬대가 잦아들 때까지 홀로 속을 태우는 것이었다. 그만큼 오정은 완강히, 자신의 병을 오직 혼자서 앓고자 했다. 그러나 그런 오정도 속절없이 무너질 때가 있었다. 여름이 지나 찬 바람이 불기 시작하면 불시로 찾아오는 발작과 기절. 매번 한바탕 공황이 몰아친 후 오정은 아무 일도 기억하지 못했기에 희비 역시 그저 모른 척 맞장구를 쳐주는 수밖에 없었다. 그것이 지금껏 두 사람이 살아온 방식이었다.

희비는 무심코 인력거를 따라 앞서 걷고 있는 차돌의 뒷모습에 시선을 두다가, 전날 밤 건넌방에서 우렁차게 들려온 차돌의 코 고는 소리가 떠올라 피식 웃고 말았다. 그래, 이젠 둘이 아니지. 다시 세 사람이 되었지. 만독재는 항상 세 사람이 모일 때 기운이 좋았다. 독초도 더 싱싱하게 자라고. 희비는 부모님과 함께 살았던 시절, 그리고 오정과 만주로 떠난 이모 오연과 어울려 살았던 시절을 떠올리다 다시금 차돌에게로 시선을 옮겼다.

참 씩씩하게도 걷네. 전날 밤 희비가 건네준 통 넓은 바지를 입은 차돌은 전보다 훨씬 활기차 보였다. 희비는 차돌의 타고난 건강함이 질투가 날 만큼 부러웠다. 오 년 전 차돌을 처음 봤을 때부터 차돌의 소식을 계속 전해 들어왔던 지금까지. 건강하여 참 좋겠구나, 차돌아. 너는 영원히 건강하여라. 다만 그 건강함은 나중에도 자랑할 때가 있을 테니, 이제 그만 고집을 내려놓고 인력거에 올라 자신의 옆자리에서 쉬어 가길 바랐다.

"흐응…… 요즘 꽤 바쁘신가 보네. 독초 밭은 어찌하시고."

대문을 연 은실이 눈을 게슴츠레하게 뜨고 야기죽댔다. 돌단을 쌓아 지대를 높인 탓에 대문 앞에 이르면 계단을 서너 개 올라야 했는데, 그 때문에 계단 위에서 희비를 내려다보게 된 은실은 마치 자기가 집주인인 듯 어깨에 힘을 주고 눈을 내리떴다.

"부르는 이가 많은 몸인지라."

희비가 능청스럽게 대꾸하자 은실이 코웃음을 치며 말했다.

"부르면 냉큼 달려오지 않고는 못 배기는 집 아니겠소, 이 집이? 역시 내가 대단한 집에 들어오긴 했군그래."

"그게 무슨 말입니까. 박사님이 무슨……."

차돌은 희비가 굽신거리는 모습을 상상만 해도 열이 뻗친다는 듯이 발끈했다. 희비는 차돌에게 진정하라는 의미로 손짓하고는 뾰로통한 표정의 은실에게 좀 더 넉살을 부렸다.

"그런데 웬일로 내 밭 걱정도 해주고. 이제 나에 대한 마음이 좀 풀렸니? 그럼 내 오늘 그 댁이랑 약속을 하였으니 은실이 네가 안내를 좀 해주련?"

"이 집에서 내가 안내를 안 하면 누가 하오? 카논 님이 약방에서 기다리고 계시니 내 앞장서겠소."

샐쭉 고개를 돌린 은실이 보로통히 대꾸하고는 안으로 들어오라는 듯 크게 한 발 뒤로 물러섰다. 희비가 먼저 문지방을 넘자 그 뒤로 차돌이 바짝 붙어 들어섰다. 차돌 이 녀석, 아무래도 꽤 긴장을 한 것 같군. 등 뒤에서 느껴지는 팽팽한 기운. 덩치가 남달라서인지 몸집에서 뿜어져 나오는 기운도 남들의 두 배는 되는 듯했다.

그때 오밀조밀 가꾼 조경 사이를 종종 앞서 걷던 은실이 가옥의 서편 기역 자로 꺾인 복도를 쳐다보며 툴툴거렸다.

"어인 일로 자꾸 저 방에 사람을 들이신담. 그동안 그렇게 아무도 얼씬 못 하게 하시더니."

마루에 유리창이 달려 있어서 안이 제대로 보이지 않았지만 아마도 그쯤에 카논의 약방이 있는 듯했다. 은실은 희비 뒤에서 목을 길게 빼고 살피는 차돌을 향해 덧붙였다.

"저 방은 청소도 카논 님이 손수 하시거든."

"저 방이 무슨 방인데?"

시종 차돌을 손아랫사람으로 대하던 은실에게 차돌이 대뜸 존대를 생략하자 은실의 얼굴이 금세 붉으락푸르락해졌다. 아마 차돌의 반말지거리를 전혀 예상하지 못한 것 같았다. 정원수 뒤로 길게 뻗은 안채의 유리창이 활짝 열린 데 주목하던 희비는 두 사람의 대거리를 못 들은 척하며 혼자서 싱긋 미소를 지었다. 차돌은 차돌대로 절대로 은실에게 꿀리지 않겠다는 의지를 분명히 보인 셈이었다.

희비는 냉큼 안채를 가리키며 물었다.

"저기 안채 거실에서는 뭣들 하고 있는 거니?"

정방형의 널찍한 거실. 볕이 든 마루에서 낯익은 두 사람이 차례대로 벽을 향해 날카로운 핀을 던지고 있었다. 희비는 이미 보고 들은 바 있는 놀이였지만 시치미를 뚝 떼고 물어보고는 은실의 핀잔 섞인 대답을 기다렸다. 당장이라도 차돌에게 무어라 쏘아붙일 기세로 볼을 씰룩거리는 은실의 주의를 돌릴 요량으로 건넨 질문이었다.

"보면 모르오? 미유 상이랑 준 상이 다트 놀이를 하고 있잖소."

"다트가 무언데?"

차돌이 순박한 얼굴로 물었다.

"나 참, 보면 모르냐고. 저렇게, 응? 굵은 바늘을 획획 던져서, 응? 동그란 판에 꽂는 놀이가 아니야."

마침 힐끔 쳐다보는 사토 미유와 눈이 마주친 희비는 거볍게 목인사를 건네고는 은실에게 아첨하듯 말했다.

"은실이 너, 역시 대단한 집에서 일하니 모르는 게 없구나."

희비는 어이없는 표정으로 자신을 바라보는 차돌을 피해 멋쩍게 시선을 돌렸다. 어쩔 수 없어, 차돌아. 지금은 네가 이해해라. 희비는 은실을 잘 아는 만큼 은실에 대한 기대가 컸다. 희비가 은실을 잘 구슬리는 한 그에 휘둘린 은실이 불식간에 털어놓을 사사로운 이야기들은 모두 희비에게 값진 정보가 되어줄 터였다.

이런 희비의 속셈을 아는지 모르는지, 팔짱을 끼고 앞장선 은실은 어깨를 흔들며 우쭐댔다.

"오르세요."

마침내 제법 사늘한 기운이 감도는 서편 복도 앞에 이르자, 은실이 미닫이창을 열어젖혔다. 불투명한 무늬 유리에 아(亞)자 모양의 살대를 짜 넣은 창이었다. 희비는 야트막한 돌단 위에 올라가 장우산을 짚고 신을 벗었다. 정면에 어른 둘이 나란히 걸을 만한 폭의 복도를 사이에 두고 종이를 바른 두 짝의 장지문이 보였다.

"손님이 도착했습니다."

문 앞에 선 은실이 공손한 목소리로 알리자, 창호한 문에 비친 여인의 그림자가 흔들렸다. 굳이 은실에게 묻지 않아도 그림자의 주인이 카논임은 쉬이 짐작할 수 있었다.

"어서 모시게."

또렷이 맑은 음성에서 느껴지는 묘한 떨림. 한 번 들으면 잊을 수 없는 목소리였다.

"들어가셔요."

은실이 좌우로 문짝을 밀어 열자, 반대편에 입구를 마주하고 앉아 있는 카논의 모습이 한눈에 들어왔다. 고운 피부에 혈색 좋은 얼굴. 갈매기 모양으로 시원스레 그린 눈썹에 붉게 칠한 입술. 단 한 올의 흐트러짐 없이 틀어 올린 머리에선 윤기가 흘렀다. 카논은 눈이 부실 정도로 푸르른 빛깔의 비단으로 만든 기모노를 입고 반달 모양의 눈을 천천히 깜빡이며 앉은 자세로 인사를 건넸다.

"얼굴을 뵙는 건 처음이군요. 저는 이 집의 안주인 사토 카논입니다. 직접 찾아와주셔서 감사합니다."

"별말씀을요."

방에 들어선 희비는 재빨리 주위를 둘러보았다. 자신이 짐작한 것보다 훨씬 널따란 공간이었다. 특히 희비가 방금 통과한 문 옆으로 난 공간은 뜻밖에도 넓었다. 역시 그저 소일거리로 수집 놀이나 하는 사람은 아니었군. 희비는 자기 눈높이에 이르는 다섯 개의 진열장을 훑어보며 생각했다. 선반마다 가득한, 표지가 두터운 책들과 유리병들. 책장을 펼치면 나오는 것은 표본지요, 유리병 안에 보이는 것은 씨앗이렷다. 물론 카논이 소중히 모은 그 모든 것은 일반적인 식물이 아님은 물론이고 일반적인 독초도 아닐 터였다.

"일전에 주신 도움은 잊지 않고 있습니다. 운 좋게 황토인형초(黃土人形草)를 손에 넣게 되었는데, 표본이 영 까다로운 게 아니더군요. 구 박사님의 도움이 없었다면 제대로 보관할 수 없었을 겁니다."

황토인형초는 장마철 황토수가 흐르는 곳에서 발견되는 사람 모양의 뿌리가 있는 멍울독이다. 이를 복용하면 여러 날 환각과 환청에 시달리다가 사망에 이르는데, 발 빠르게 대처하면 목숨을 구할 가능성도 있는 편이어서 멍울독 중에서는 위험도 중급 정도에 해당하는 독초다.

"도움은요, 무슨. 그래도 제 지식이 보탬이 되었다니 기쁘군요."

지난해 여름이었던가, 카논이 사람을 시켜 서신을 보내왔던 일이. 희비는 황토인형초 보관법에 대한 질문이 적힌 서신을 받고 적잖이 놀랐던 기억이 났다. 본론에 이르기 전까지 편지글을 장식한 내용의 대부분이 멍울독에 관한 준전문가 수준에 이르는 지식이었기 때문이다. 멍울독을 구해달라는 청이었다면 단칼에 거절했을 텐데, 보관법에 관해 묻는 이는 처음이었지. 서신을 보낸 이에 대해 흥미가 생긴 희비는 그 자리에서 바로 답신을 써 내려갔다. 하지만 그 후로 다시 연락이 오간 적은 없었다.

"하나 상, 방석을 내어드리렴."

그때까지 방문 앞에 어색하게 서 있던 은실이 카논의 명에 따라 황급히 움직였다. 희비는 자신의 오른쪽 뒤편, 역시 어색하게 서 있는 차돌을 향해 함께 앉자고 눈짓했다.

이를 본 카논이 의아한 듯 물었다.

"이분은……?"

"제 비서입니다."

"믿을 만한 사람인가요?"

"제 입에서 어떤 대답이 나오든 그건 중요하지 않을 것 같습니다. 저는 이 아이를 어디든 데리고 다닐 거니까요."

카논의 얼굴에 호기심과 불쾌감이 번갈아 스쳐 지나갔다. 하지만 희비는 카논의 감정을 헤아려 차돌의 자리를 타협할 생각이 없었다.

"카논 님에겐 이 아이를 그저 받아들이는 수밖에 다른 방도가 없다는 말씀을 드리는 겁니다."

희비가 쐐기를 박듯 말하자 카논이 애매한 미소를 지으며 답했다.

"구희비 박사님은 참 흥미로운 분이군요."

카논은 희비 때문에라도 흥미가 생긴다는 듯 차돌을 빤히 바라보았다. 짓궂은 표정, 고혹적인 눈빛이었다. 차돌은 어찌 반응하고 있나. 희비가 슬쩍 뒤를 돌아보았다. 카논의 눈빛을 견뎌내기 위해 주먹을 꽉 쥐고 자기 허벅지를 누르고 있는 모습이 영락없는 열일곱 살 아이 같았다.

"잘 알겠습니다. 그럼 두 분을 모시도록 하지요. 하나 상,

차를 들여올래?"

은실이 머리를 조아리며 얌전히 방을 나갔다. 내게 저리 고분고분한 적이 있었던가. 희비는 남몰래 혀를 찼다. 은실이 만독재 일을 도울 적에 카논의 말을 따르듯 내 말을 잘 들었다면 쫓겨날 일도 없었을 터인데. 문득 옛일을 떠올린 희비는 작게 고개를 저으며 당장 쓸데없는 생각이라는 듯 떨쳐냈다.

"조사하신 일은 어찌 되었습니까."

카논이 내내 정좌한 무릎 위에 단정히 얹고 있던 손을 들어 자기 앞에 놓인 테이블 위에 올려놓았다. 그러자 좀 전까지 마냥 다소곳해 보이던 몸가짐에 별안간 교태가 묻어났다. 꾸며낸 요염이 아닌, 거친 성질 그대의 자연스러운 교태. 아마 이처럼 언뜻언뜻 드러나는 아리따운 야생성은 카논 자신도 의도하고 내보인 것이 아닐 터였다.

"부탁하신 조사는 잘 마무리되었습니다. 시신의 상태와 찻잔에 남아 있는 흔적 등을 보건대 사망한 이가 복용한 것은 자비초가 분명합니다."

"역시 그렇군요. 미카엘이라는 자가 유서에 쓴 대로인가 보군요."

그 유서가 미카엘이 쓴 게 맞다면 말이지. 하지만 희비는 말을 아끼기로 했다. 일단 카논이 무슨 생각을 하고 있는지 먼저 들어보는 게 중요할 듯했다. 희비는 목소리를 가다듬고

악의 주장법

물었다.

"그럼 정말로 이 방에 있던 자비초를 잃어버리신 건가요?"

"네. 사라졌더군요, 감쪽같이."

짧은 탄식을 내뱉은 카논이 말을 이었다.

"사실 저는 자비초가 사라진 줄도 모르고 있었습니다. 제가 수집한 독초 중 가장 값진 것이 자비초라 해도 매일 꺼내서 들여다보진 않으니까요. 그러다 어제 미카엘의 시신이 발견된 아침, 유서에 적힌 내용을 전해 듣고는 황급히 표본 액자를 찾아보았지요."

천천히 팔을 들어 올린 카논이 손가락으로 중앙에 놓인 장식장을 가리켰다. 그곳엔 손가락 한 마디 정도 두께의 액자들이 책처럼 가지런히 꽂혀 있었다.

"아니나 다를까, 본래라면 자비초가 끼워져 있어야 할 액자가 비어 있었어요."

"그래서 미카엘이 복용한 독이 자비초가 맞는지 확인하려고 하신 거군요."

"맞습니다. 알다시피 자비초는 정말 귀한 독초잖아요. 물론 자비초가 처음 나타났던 구 년 전 겨울엔 이처럼 귀하진 않았지만요. 제가 얻은 자비초도 바로 그때 발견된 것이죠. 그 후로 하나 더 구하고 싶었지만 영 쉽지 않더군요. 제가 듣기론 딱 두 번인가 더 발견되었다고 하던데, 그중 하나는 자비초에 대해 잘못된 정보를 주워들은 보부상이 통풍을 고치 겠다고 자비초를 달여 먹는 바람에 없어졌고…….”

카논은 자비초가 없어진 것이 애석한 나머지 보부상의 죽 음은 안중에도 없는 것처럼 보였다. 희비는 육 년 전 마주했 던 보부상 박 씨의 시신을 떠올렸다. 박 씨의 발과 다리는 심 한 염증으로 퉁퉁 부어 있었다. 하지만 표정만큼은 마치 자 신이 천국에 가리라 확신하는 듯 지극히 평화로웠다.

“제가 알아본 바에 따르면, 그 일 역시 구 박사님이 조사하 셨죠.”

희비가 고개를 끄덕였다. 박 씨의 핏대가 산 자의 핏대보 다 생기 있는 점, 손톱 끝에 백색 가루가 남은 점, 박 씨가 자 비초 가루를 타 먹은 물잔 아래 원형의 백색 결정이 남아 있 는 점 모두 명백히 자비초가 남긴 흔적이었다. 다만, 카논의 기억대로 박 씨가 통풍 치료를 위해 자비초를 복용한 것은 사실이나 박 씨가 그리한 이유는 일부러 박 씨에게 거짓 정 보를 준 사람이 있었기 때문이다. 그것이 살인에 준하는 행 동이라 여긴 희비는 몇 달간 끈질기게 조사한 끝에 범인의 정체와 동기를 밝혀냈다. 지등조는 그때 그 사건을 취재한 기자였고.

“나머지 하나는 오사카의 수집가가 큰돈을 주고 사 갔다 고 들었고요.”

후지타 신바. 그는 카논의 말대로 자타공인 오사카의 제일가는 식물 수집가였다. 희비는 당시 경매 현장에 참석했던 후지타 신바에 대해 좋지 않은 인상을 가지고 있었다. 눈앞에서 자비초가 일본 땅으로 팔려가는 것을 지켜볼 수밖에 없었으니 그에 대한 인상이 결코 좋을 리 없기도 했지만, 그런 이유를 차치하더라도 후지타 신바는 결코 호감 가는 인물이 아니었다. 그는 식물에 대한 애정이나 지적 열망은 조금도 찾아볼 수 없는, 그저 귀한 것이라 하면 명울독이든 일반 독초든 희귀 식물이든 수단과 방법을 가리지 않고 닥치는 대로 모아들이는 탐욕스러운 수집광이었다.

"그때 박사님도 자리에 계셨지요? 사실은 저도 사람을 보내 경매에 참여했었답니다. 후지타 신바가 야비한 수를 쓰는 바람에 포기했지만요."

카논은 어떤 사람일까. 아니, 어떤 수집가일까. 희비는 카논이 후지타 신바와 얼마나 다른지 궁금했다. 적어도 카논이 서신에서 보여주었던 총기와 열정은 후지타 신바와 비교할 수 없어 보이기는 하지만⋯⋯.

"혹시라도 제가 구 박사님에 대해 너무 많은 걸 알고 있다고 무서워하진 마세요."

카논이 약간의 농조를 곁들여 말했다.

"서신에서 밝혔다시피 저는 박사님의 세계를 오래도록 흠모해온 사람일 뿐이니까요. 그만큼 박사님의 경험과 실력을 신뢰하고요."

카논은 이제부터가 본론이라는 듯 목을 가다듬고는 다시 차분히 입을 열었다.

"다만…… 박사님의 명쾌한 조사 결과에도 불구하고 의문이 남아 있어요."

"어떤 의문인지 말씀해주실 수 있을까요?"

"저는 이 방의 열쇠를 항상 제 허리띠 안쪽 작은 주머니에 보관합니다. 잠을 잘 때만 허리띠를 풀어두지요. 미카엘은 백오교가 자비초를 훔쳤다고 하는데, 아무리 생각해봐도 한밤중에 백오교가 제 침실에 몰래 잠입해서 열쇠를 훔쳤다는 건 믿기지 않아요. 백오교는 수업을 마치면 항상 해 지기 전에 자기 아파트로 돌아갔거든요. 저녁을 먹고 가라 해도 기어이 사양했지요. 미유가 울고불고 떼를 써도 말이어요. 게다가 열쇠는 지금도 제 허리띠 안쪽에 있는걸요. 열쇠를 분실한 줄도 몰랐으니, 백오교가 다시 제 허리띠 주머니 안에 열쇠를 몰래 돌려놓았다는 건데, 이 또한 기가 막힐 노릇이지요."

"열쇠를 그곳에 보관한다는 걸 아는 사람이 몇이나 되죠?"

"제가 약방에 드나드는 걸 본 사람이라면 누구나 눈치챘을 겁니다. 딱히 숨기려고는 하지 않았으니까요."

"백오교가 그 사실을 아는지 모르는지는 확실치 않군요."

"네. 그렇습니다."

"그럼 혹시라도, 잠깐씩 약방을 비울 때 문을 잠그지 않은 적은 없었나요?"

"아…… 어쩌다 가끔, 아주 잠깐 그런 적은 있어요. 하지만 그때 누가 이 방에 들어왔다면 제가 알아챘을 겁니다. 문을 걸지 않고 이 방을 나설 때마다 작은 종을 문고리에 걸어두거든요. 크기는 작지만 소리가 아주 단단하고 커서 부엌에서도 그 소리가 들릴 정도니까요."

"그렇다면 백오교는 분명 열쇠를 훔쳐서 약방에 들어왔겠군요. 그것도 카논 상이 잠든 틈을 타서요."

"그렇다고 보아야겠죠."

지금 하는 이야기는 모두 백오교가 자비초를 훔쳤다는 가정하에 진행된 것이지만, 혹여 미카엘을 죽인 범인이 따로 있다 해도 모두 허사가 되는 추리는 아니다. 만약 미카엘을 죽인 범인이 자비초를 훔쳤다면 분명 카논의 열쇠를 훔친 다음 카논이 잠든 틈을 타 약방에 잠입했을 터이니. 그렇다면 내부 소행일까?

"굉장히 흥미롭네요. 그러나……."

희비는 이런 대화를 주도하는 카논의 의중이 뭔지 생각했다. 자비초를 훔친 자가 백오교가 아니라는 건 미카엘의 유서 내용이 거짓임을 증명하는 셈이다. 유서가 가짜라면 미카엘의 죽음은 자살이 아니라 타살이라는 뜻이고. 카논이 이를 모를 리 없었다.

"유서의 진위를 밝히는 것은 제가 할 일이 아닌 듯합니다."

아무래도 이쯤에서 선을 긋는 것이 좋을 듯했다. 범인을 쫓는다 해도 굳이 카논과 손잡을 필요는 없다. 카논은 눈꼬리에 주름을 만들며 옅은 미소를 지었다.

"그런가요."

그 순간 밖에서 은실의 목소리가 들렸다. 카논이 들라고 하자 은실이 찻잔을 담은 쟁반을 들고 방에 들어섰다. 카논은 찻잔이 다 놓아질 때까지 침묵하다가 은실이 밖으로 나가서 방문을 굳게 닫은 후에야 다시 붉은 입술을 움직였다.

"구희비 박사님."

카논이 자기 앞에 놓인 찻잔을 들며 말을 이었다.

"솔직히 얘기할게요. 저는 백오교가 제 자비초를 훔쳤다고 생각하지 않습니다."

차를 마시려던 희비는 흠칫 손을 멈추었다. 끝까지 이야기를 밀어붙이려는구나. 정작 카논은 태연히 차를 홀짝이고는 느긋하게 말을 이었다.

"백오교는 독초에 관심이 없었어요. 아니, 무관심이라기보다는 경멸에 가까운 태도로 일관했죠. 그의 시에도 똑똑히 적혀 있잖아요? '살해하는 멍울에서 달아나시오'라고. 그는 자기 자신을 혐오하듯 멍울독을 혐오했어요. 내 방을 쳐다보던 백오교의 얼굴이 아직도 생생한걸요. 당장이라도 토악질할 것만 같았죠. 물론 멍울독을 수집하는 나를 싫어하기도 했겠지만, 제 생각에 그는 멍울독 자체를 끔찍이도 싫어했어요. 그런 그가 자비초에 손을 댔을 리 없어요."

"백오교의 시를 잘 이해하시는 것 같네요."

희비가 무뚝뚝하게 대꾸했지만, 카논은 개의치 않는 듯했다.

"잘 이해한다기보다…… 그의 시는 흥미로워요. 요즘 젊은 사람들의 마음을 몰래 들여다보는 것 같아서요. 백오교는 항상 달아나려고 하지요. 자기 정체성으로부터, 한으로 얼룩진 역사와 불운한 시대로부터 달아나려고 해요. 우리 때와는 다르죠. 내가 겪은 메이지 시대 말이어요. 우리는 물 밖에 나온 양 펄떡이는, 각인각자의 심장을 처음으로 자각하고 만끽한 세대니까요. 죽음을 각오할 때조차도 괴상한 흥분과 열정으로 불타올랐지요."

카논은 애써 쓸쓸한 척 이야기했지만 카논의 말투와 표정엔 한때 자극을 욕망했던 날것에 대한 그리움이 그대로 드러나 있었다.

"서투르고 변태적이고 야만적이기까지 했지만 그 젊음엔 생명력 가득한 낭만이 깃들어 있었어요."

사토 카논. 이 여인은 실로 기묘한 개성을 가지고 있는 자다. 실은, 시대의 환멸을 외쳐댄 백오교만큼이나 한때 시대의 야성을 온몸으로 부르짖었던 인물이 아니었을까. 어쩌다 보니 지금은 본성에 없는 우아한 귀부인 역할을 맡고 있지만 말이다.

"하지만 지금 세대는 마치 애초에 기력 없이 태어난 이들 같죠. 숨 쉬는 것도 버거워 제 손으로 심장을 멈추려 하는 것 같달까. 아니, 그마저도 손쓸 힘이 없어 마치 누운 자리에서 곡기를 끊고 죽을 날만 기다리는 듯 보여요. 그러니 백오교의 시집이 불티나게 팔린 것도 어찌 보면 당연한 일이죠. 달아나고 싶다, 달아나고 싶다. 매일 밤 외던 속엣말을 백오교가 대신해주었잖아요. 그뿐인가요. 달아나도 된다고 외치기까지 했죠. 어찌 솔깃하지 않을 수 있겠어요."

그 말을 들은 희비의 얼굴에 불쾌감이 드리우자, 카논이 한 손을 살랑 내저으며 말했다.

"아아, 기분 나쁘게 듣지는 말아요. 이는 조선인뿐 아니라 일본인도 마찬가지니까. 『악의 주장법』은 일본에서 먼저 인기를 얻었잖아요. 달아나라는 말에 혹하다니, 지금의 일본인도 약해빠졌어요. 내 배로 낳은 내 자식도 그런데요. 남편은 아이를 군대에 보내 정신을 무장시키고 싶어 하죠. 전쟁이 사람을 강인하게 만들어줄 거라 생각하는 사람이거든요.

우리 애는 전쟁터에 나가자마자 까무러칠 게 뻔한데도 말이에요."

자신의 화양연화를 미화하며 작금의 세태를 내려다보는 카논. 하지만 카논 같은 이들이 독점한 낭만의 시대가 전쟁과 환멸의 시대로 이어진 것을 그저 역사의 우연이라고 할 수 있을까. 희비는 거듭 치솟는 불쾌감을 누르며 이야기의 방향을 바꾸었다.

"자녀분들은 백오교에 대한 존경심이 무척 커 보이던데요."

"두 아이를 어디서 만나셨나요?"

카논이 반달 모양의 눈을 동그랗게 뜨며 물었다.

"어제 조사하고 나오는 길에, 백오교의 아파트 앞에서 잠시 마주쳤습니다."

"미유와 쥰이 그렇게 말하던가요? 백오교를 존경한다고요?"

은실의 얘기를 꺼내지 않는 편이 나을까 싶어 희비가 잠시 머뭇거리자, 카논이 작게 한숨을 쉬며 말했다.

"미유는 걱정이 안 되는데 쥰은 한시도 걱정을 놓을 수가 없어요. 존경, 존경이라니."

조선인을 존경한다는 게 영 어이없는 것인지, 시인 나부랭이에 존경심을 품는다는 게 여간 한심하지 않다는 것인지, 그저 한낱 인간일 뿐인 타인을 존경씩이나 한다는 사실을 용납할 수 없는 것인지 도통 알 수 없는 말투였다. 희비는 혀를 차며 눈썹을 치켜올리는 카논을 유심히 살펴보았다. 한시도 걱정을 놓을 수가 없다는 말처럼 이 여인과 어울리지 않는 말이 있을까. 게다가 희비가 백오교에 대한 존경심을 언급한 이유는 아직도 백오교의 방을 직접 관리한다는 미유를 염두에 두고 한 말이었으니, 걱정의 대상 역시 잘못되어도 한참 잘못되지 않았는가.

"쥰이 무슨 말을 하든 지금은 흘려듣는 게 좋을 거예요. 백오교의 시신을 발견하고 워낙 충격을 받아서……. 쥰은 원래 몹시 심약한 아이입니다. 겁내는 게 한둘이 아니지만 그중에서도 피를 가장 무서워하죠. 피만 보면 쓰러지는, 아주 이상한 병을 가지고 있어요. 그런데 피를 잔뜩 흘리고 죽은 스승의 시신을 맞닥뜨렸으니 얼마나 놀랐겠어요. 아마도 백오교의 작업실 문을 열자마자 그 자리에서 바로 기절한 듯해요. 다음 날 백오교의 시신이 발견될 때까지도 깨어나지 못했고요."

희비가 백오교의 죽음에 대해 아는 건 신문에서 읽은 내용이 전부였다. 당연히 기사엔 가장 처음 백오교의 시신을 발견한 사람이 사토 쥰이라는 사실도, 그리고 현장에서 사토 쥰이 기절한 채 발견되었다는 사실도 실리지 않았다.

"좀 전에 말한 요즘 세대에 관한 얘기 말이어요."

지금 카논의 얼굴에 스친 것은 냉소의 빛일까.

"진실로 내 자식에 관한 이야기였네요."

아니면 자조의 빛일까.

"쥰은 정말 나와 달라도 너무 달라요."

어쩌면 무정의 빛인지도 모른다. 카논은 쥰에 관한 생각을 떨치려는 듯 고개를 저으며 말했다.

"제가 예언 하나 해볼까요?"

"앞날을 잘 맞히시는 편입니까."

"본능적인 직감이 뛰어나다고 해두죠."

카논의 입꼬리가 위로 솟으며 파르르 떨렸다. 카논이 진실로 직감한 것은 절대로 남에게 말하지 않을 사람 같다고, 희비는 생각했다. 하지만 카논은 짐짓 예언자처럼 목소리에 무게를 실었다.

"앞으로 미카엘처럼, 백오교를 따라 죽는 자가 더 늘어날 겁니다."

딸그락. 잔 받침에 찻잔을 부딪히는 소리가 들렸다. 희비는 당황한 듯 애먼 찻잔 손잡이만 매만지고 있는 차돌을 향해 괜찮다는 듯 고갯짓을 했다. 차돌 덕에 잠시나마 마음의 준비를 하고 카논의 말을 들을 수 있어 오히려 다행이었다. 심호흡을 하지 않고는 들을 수 없는 이야기, 사무치게 듣기 싫은 이야기를 들을 것만 같아서였다.

"몇이 될 수도 있고 몇십이 될 수도 있겠죠. 백오교가 뿌린 씨앗은 사람들의 마음밭에서 이미 무럭무럭 커가고 있었으니, 이제는 미카엘이 그 과실을 거두어 떠날 때가 된 겁니다. 미카엘이 의도했든 의도하지 않았든, 범인이 의도했든 의도하지 않았든 미카엘의 역할은 그것이었던 게죠. 죽음의 수확자."

막연히 걱정했던 바였다. 희비가 미카엘의 죽음에 관한 조사를 맡은 이유도, 사실은 뒤에 일어날 일들이 염려되었기 때문이다. 하지만 희비 자신도 차마 입 밖에 내지 못하는 말을 카논의 입으로 듣고 싶진 않았다.

"실례지만 이런 이야기는 더 듣고 싶지 않군요. 조선인의 죽음이라 더 쉽게 말하는 것 아닙니까?"

"좀 더 아량을 가지고 내 얘기를 들어주세요. 이제 낫을 휘두르는 죽음의 수확자를 어찌 막을지 말해줄 테니까."

희비의 양미간이 절로 찌푸려졌다. 차돌의 표정도 보나마나 희비와 비슷할 터였다.

"내 생각에 그 죽음을 멈추게 하는 길은 미카엘이 자살하지 않았다는 걸 증명하는 방법밖에 없어요. 경성 최고 미남이라고 했던가요. 미카엘의 영향력으로 볼 때 그가 자진해서 백오교의 뒤를 따르지 않았다는 걸 밝히면 일련의 자살 소동은 멈출 거예요. 그러니 나를 위해서가 아니라, 조선인을 위해서 조사해주세요."

"하지만 카논 상이 원하는 것은 조선인을 구하는 게 아니겠죠."

희비의 말투에 진한 냉소가 묻어났으나, 그럼에도 카논은 자신이 하려는 말이 바뀔 일은 전혀 없다는 듯 예사로이 고개를 끄덕일 뿐이었다.

"맞아요. 나는 감히 내 자비초를 훔친 자를 알고 싶을 뿐이에요. 당신이 해야 할 조사의 시작점이죠."

오만함과 천진함, 뻔뻔함과 당당함 사이를 자유로이 오가는 얼굴. 희비는 오늘은 더 이상 그 얼굴을 맞대하고 싶지 않았다. 그러자 이를 눈치챈 카논이 부러 한층 더 천진하고 당당한 기세로 희비를 붙잡았다.

"물어볼 것이 있다면 얼마든지 물어보고 다녀요. 내 집에서 일하는 이들에겐 사실대로 대답하라고 일러둘 테고, 필요하다면 내 오라비의 권세를 조금 더 이용할 수도 있으니."

"생각해보도록 하지요."

희비는 뜨거운 기운이 깃든 한숨을 내쉬고 자리에서 일어섰다. 그러곤 방을 나서기 직전, 작은 실마리나마 수확해볼까 싶어서 지금껏 미루었던 질문을 던졌다.

"그런데…… 혹시 최근에 이 방에 든 자가 저 말고도 있었는지요."

카논은 딱 잘라 대답했다.

"그럴 리가요."

수확이라면 수확이었다.

*

카논의 방을 나서며, 차돌은 자신이 방금 보고 들은 것에 대해 곰곰이 생각했다. 마치 귀신에 씐 무당처럼 카논이 죽음을 예언할 때는 어찌나 섬뜩하던지. 카논의 말이 다 맞아떨어지면 어떡하나 덜컥 겁이 났다. 그깟 시가 뭐라고, 시인 한 명이 죽었다고 따라 죽는다는 말인가. 도무지 믿기지 않는 말이었지만 백오교의 시가 그리 큰 인기를 누렸다 하니 마냥 설마설마할 말도 아닌 듯싶었다.

"미유! 쥰!"

배웅하겠다며 따라나선 카논이 정원에서 놀고 있는 미유와 쥰을 불렀다. 차돌은 카논이 먼저 지나가도록 옆으로 비켜섰다. 앉음매도 범상치 않던 카논은 걸음새도 낭창낭창 눈길을 끄는 데가 있었다.

"어머니! 제가 눈을 감고도 세 번이나 쥰을 찾았어요!"

그 말을 하던 미유의 손에는 2척이 조금 넘어 보이는 길이의, 검집을 씌운 왜도가 들려 있었다.

"거짓말! 실눈을 떴잖아!"

악의 주장법

쥰이 분한 듯 소리쳤지만 어딘지 모르게 기가 죽어 있는 듯이 보였다. 연신 팔뚝을 문지르는 걸 보니 미유가 휘두른 왜도에 맞은 듯했다.

"치요는 봤지? 미유가 실눈 뜬 거!"

아무래도 쥰이 의지할 만한 사람은 은실 옆에 서 있는 일본 여인밖에 없는 것 같았다. 정수리와 귀밑머리가 희끗희끗한, 치요라고 불리는 여인이 안타까운 표정을 하고서 쥰에게 다가갔다.

"그러니까 애초에 이런 놀이는 하지 않는 게 좋겠다고 했잖아요, 도련님."

치요가 쥰을 달래는 동안 미유와 은실은 서로 눈맞춤을 하며 키득거렸다. 은실은 뭐가 좋다고 저리 웃을까. 차돌은 사토가의 사람들이 은실의 이름을 제대로나 알고 있는지 의문이었다. 그들에게 은실은 그저 하나 상, 조선인 식모를 이르는 대명사일 뿐일 텐데.

"그러게 치요 말을 들었어야지, 쥰."

은실이야 그렇다 쳐도, 미유는 처음 보았을 때와 퍽 분위기가 달라 보였다. 어제의 새침함은 오간 데 없고 짓궂은 기운만 가득해 보인달까.

"미유, 어서 칼을 돌려놔. 아버지가 보시면 얼마나 화내실지 알잖니."

카논은 짐짓 혼내는 투로 미유에게 일렀다. 하지만 어쩐지 속마음은 다른 것 같았다. 겁 없이 칼을 휘두르는 미유를 기특해한다고 해야 하나. 미유를 향한 카논의 부드러운 표정을 본 차돌은 카논이 미유를 편애한다고 확신했다. 미유는 시무룩한 얼굴로 카논에게 칼을 건네며 투덜댔다.

"그치만 엄마, 이렇게 멋진 칼을 벽에만 걸어두다니 얼마나 아까워요? 검도 수업 때도 못 쓰게 하고. 아, 이런 칼로 연습한다면 실력이 일취월장할 텐데……."

은근히 으스대는 미유의 시선이 준에게 가닿았다. 아무래도 검도 수업은 미유 혼자만 받는 듯했다. 준이 자신 없는 표정으로 미유의 시선을 피하자, 미유는 더더욱 뻐기는 표정을 지어 보였다.

"이 칼은 꼭 나를 위해 만들어진 칼 같단 말이어요. 정말이지 걸어만 두기엔 너무 아까워요."

"그래. 그렇긴 하지……."

카논이 검집을 쓰다듬으며 말했다. 마치 미유가 자신의 생각을 말로 해줘서 기쁘다는 듯한 투였다. 카논은 양손으로 칼을 받쳐 들고 희비에게 자랑하듯 보여주었다.

"무로마치시대의 칼입니다. 귀한 칼이죠."

"향나무를 쓴 것 같군요. 검집에 새겨진 조각이 아주 섬세하네요. 덧댄 가죽은 상어 가죽 같고요."

희비가 일견에 감상을 늘어놓자 카논이 흡족한 듯 미소를 지었다.

"맞아요. 어릴 적 내 집에도 이와 비슷한, 아니 이보다 훨씬 멋진 보도가 있었죠. 오오하라 가문 대대로 내려오던 칼이었어요. 나도 미유처럼 부모님 몰래 그 칼을 가지고 놀았고요. 오오하라 카논이 사토 카논이 되기 전까지, 그 칼은 내 것이나 다름없었죠."

카논은 희비에게 따라오라는 듯 몸짓하고는 본관 거실로 향했다.

"남편은 이렇게 멋진 칼을 어렵게 손에 넣고도 벽에 걸어두기만 해요."

남편을 무시하는 것 같은 어조가 어렴풋이 느껴졌다.

"하긴, 장사하는 사람이 뭘 알겠어요."

어렴풋이가 아니다. 사토 카논은 남편을 낮잡아보는 게 분명했다. 카논은 나막신을 돌단에 벗어놓고 거실 마루에 오르더니 왜검을 제자리에 걸어두었다. 희비는 실내에 들어서지는 않은 채 카논의 옆모습을 지켜보았다.

"엄마! 거기 다트판에 핀 꽂힌 것 좀 보세요!"

카논을 따라온 미유가 마루에 걸터앉더니 벽에 걸린 동그란 판을 가리켰다. 저게 은실이 설명해주던 다트 놀이를 하는 판이구나. 눈이 좋은 차돌은 돌단에 올라서지 않고도 다트판이 훤히 보였다. 다트판 정중앙에 붉은색 꼬리가 달린 굵은 바늘이 정확히 꽂혀 있는 것까지.

"누가 이렇게 명중시켰을까."

"누굴까요."

"당연히 내 딸 미유겠지."

만족스러운 대답을 얻어서일까. 미유는 뒤따라온 은실과 눈을 마주치고는 아까처럼 또 키득거렸다.

"내가 한 건 맞아요!"

"그런데?"

"던져서 맞힌 건 아니에요. 아무리 던져도 명중시키질 못하니까 화가 나서 그만, 직접 다트핀을 한가운데에 꽂아버렸어요."

미유가 혀를 날름 내밀며 귀여운 표정을 지어 보였다. 차돌은 그런 미유가 전혀 귀여워 보이지 않았다. 이런 식이라면 아까 칼을 휘두를 때도 분명 실눈을 떴겠지. 속임수를 쓰고도 칭찬받길 원하고, 칭찬받는 것이 당연하다는 듯 굴다니. 하지만 차돌은 미유가 왜 그러는지 곧 알게 되었다.

"역시 똑똑하구나."

카논은 미유를 칭찬해주는 것이 마땅하다고 여겼던 것이다.

악의 주장법

떠올리고 싶지 않은
예언

"그게 무슨 말이요? 내가 똑똑히 봤는데. 분명 카논 님 약방에 두 사람이 있었는걸. 한 달 하고도 조금 더 된 일이지만 정확히 기억한단 말이오."

"그래……?"

은실이 자기 말을 믿어주지 않아 억울하다는 표정을 짓자 희비는 부러 더 미심쩍어하는 반응을 보였다. 사토가를 떠나기 전, 희비는 배웅을 위해 따라나선 은실을 붙잡고 카논이 한 말의 진위를 확인하고자 했다. 두 사람의 말이 엇갈린 이상, 카논이 자꾸 약방에 사람을 들인다고 한 은실의 말과 그런 적 없다는 카논의 말 중에 누구의 말이 진실에 가까운지 가려낼 필요가 있었다.

"그렇다니까 왜 사람 말을 못 믿소! 카논 님은 원래 저녁 식사를 마치고 나서 삼십 분쯤 정원 산책을 한 뒤 잠자리에 드신다오. 수면제, 그거 없으면 못 주무셔서 매일 두 알씩 털어 넣고 세상모르고 잠드신단 말이오. 근데 그날은 달이 환히 밝았는데도 약방에 계시더라니까. 게다가 한 사람 더 있었고. 잘못 보았을 리 없소. 창호에 비친 그림자가 얼마나 선명했는데."

"가까이 가서 뭐 들은 건 없고?"

"나 바쁜 사람이오. 잘 알면서."

은실의 표정이 별안간 시무룩해지자, 차돌이 은실의 말뜻이 무어냐는 표정으로 희비를 쳐다보았다. 그러나 희비는 그저 은실의 말에 응수할 뿐이었다.

"음, 그렇지."

엄벙덤벙 사는 것 같아도 은실은 제 식구 하나는 살뜰히 챙기는 사람이었다. 희비를 위해 일할 때 숙식을 제공한다는데도 마다하고 아침저녁으로 만독재와 제집을 들락거린 이유도, 오랜 병환을 앓는 모친을 챙기기 위해서였다. 나이가 차도록 혼인하지 않은 것도, 이 집 저 집 옮겨 다니며 일을 놓지 않는 것도 마찬가지 이유였다. 사토가에서 일한다 해도 사정은 크게 다르지 않을 터.

"내가 그날 엄청 바빴소. 치요 할매가 몸이 어디 안 좋은지 얼이 빠져 보이기도 하고 안절부절못하는 거 같기도 하고,

악의 주장법

도통 손을 놀릴 생각을 하지 않는 바람에 하루 종일 나 혼자서 일하고 저녁 준비도 내가 다 하지 않았겠소? 그렇게 정신없이 저녁상을 차린 다음, 그제야 나도 부엌에서 한술 뜨고 뒷정리를 하는데 어느새 식사를 마친 미유가 와서 자꾸 숨바꼭질을 하자고 조르는 거요. 미유가 뭐 하나 조르기 시작하면 내가 버틸 재간이 없고, 근데 또 너무 피곤하긴 하고. 그래서 어디 구석에서 좀 쉴 요량으로 '그럼 내가 숨겠소' 하고 정원에 있는 작은 광에 숨었는데 그만 깜빡 졸고 말았지. 눈 떠보니 밤이 깊었지 뭐요. 미유도 내가 도망갔다고 생각했는지 포기하고 들어가 자는 거 같았소. 아무튼 나도 얼른 가서 어머니 잠자리 봐드려야 하니까 마음이 급했소. 약방 그림자도 나가는 길에 우연히 보게 된 거니 다시 가서 뭘 엿듣고 말고 할 정신이나 시간도 없고."

"근데 은실이 너, 예전엔 집에 가는 시간을 아주 칼같이 지키더니…… 미유랑 정말 친하게 지내는구나?"

"그러엄. 우리 꼬마 아가씨가 나한테 얼마나 의지하는데. 잘해주긴 또 얼마나 잘해주는지. 일본 글도 직접 가르쳐주고. 맘에 든 사람에겐 정 주는 게 한없어서, 내가 만들어 준 머리 장식을 죽을 때까지 하고 다니겠다고 말하는 사람이오. 자기가 만든 기모노와 너무 잘 어울린다면서. 이런 사람이 어디 있소? 똑똑하고, 생기 있고, 예쁘고. 그러니 카논 님도 미유만 애정하는 게 아니겠소? 아, 물론 그토록 편애하는 데에는 다른 이유도 있지만……."

"무슨 이유?"

은실이 공연히 눈알을 굴리며 핑계를 댔다.

"아니요. 말이 헛나왔소."

"천하의 은실이 헛말을 할 리가."

희비는 은실이 말 참는 걸 본 적이 없었다. 역시나 은실은 입이 근질근질해죽겠다는 듯이 입술을 씰룩씰룩하더니 희비의 옷자락을 붙잡고 대문 밖 골목 모퉁이로 이끌었다. 희비가 잠자코 은실을 따라가자 차돌도 별수 없이 타박타박 그 뒤를 따랐다.

"그게…… 나도 쥰이 딱하긴 하오. 의지할 사람이라곤 반백이나 먹은 치요 할매밖에 없으니까. 치요 할매는 카논 님이 조선으로 넘어올 때 데려온 사람이오. 그때 임신 중이었으니 오오하라 가문에서 몸종 겸 유모로 붙여 보낸 거지. 여기 오기 삼 년 전인가, 아들 둘이 연달아 죽는 바람에 세상사 미련 없어 따라온 거라고 하던데, 살다 보니 쥰에게 정이 붙었나 봅디다. 쥰도 카논 님이 매정하게 구니 더더욱 치요 할매한테 매달리고. 가만, 내가 무슨 말을 하려고 했지?"

"천천히 생각하렴. 귀 기울여 듣고 있단다."

"아! 우리 꼬마 아가씨가 카논 님의 사랑을 독차지하는 또

악의 주장법

다른 이유!"

희비는 은실이 사토가에서 미유의 위치를 마치 자기 위치인 것처럼 여기며 의기양양해하는 모습이 우스꽝스러웠지만, 웃음을 꾹 참아가며 네 말이 맞다는 표정으로 고개를 끄덕끄덕해 보였다.

"아마 들으면 놀라서 눈이 번쩍 뜨일 거요."

"그래, 그래. 눈 크게 뜰 준비하고 있다."

"잘 들으시오. 준은 원래 사토 성을 쓸 팔자가 아니었소."

"그게 무슨 말이니?"

"점잖게 얘기하니 못 알아들으시네. 친아비 성은 모르겠지만, 타다요시 님의 자식은 아니라는 뜻이요."

사토 타다요시의 친아들이 아니라니. 그럼 카논이 다른 남자와의 사이에서 낳은 아이란 말인가?

"카논 님이 젊을 때 동반자살이니 뭐니 하는 소동까지 벌여가며 요란하게 연애한 정인이 있었는데 결국 그 남자가 막판에 자기 혼자 살겠다고 도망치고, 임신한 것도 나중에 알았나 보오. 듣자하니 오오하라 가문이 좀 대단한 집안 정도가 아니라던데 얼마나 난리가 났겠소? 그래서 부랴부랴 적당한 사윗감을 고른다고 고른 게 타다요시 님이었지. 자고로 혼사란 서로 잇속이 맞아야 하는 법. 그때까지만 해도 타다요시 님은 일개 장사치였지만 야심이 큰 사람이었던 거라.

총각이 말 한 번 나눠본 적 없는 임신부와 혼인하겠다 한 거 보면 안 봐도 뻔하지. 아무튼 오오하라 가문과 타다요시 님은 그렇게 서로 장단이 맞았는데, 정작 카논 님은 정인에게 버림받은 데 이어 가문에서조차 추방당한 기분이 들었던 게지. 혼인하자마자 배 불러오기 전에 조선으로 쫓겨났으니까. 수준 낮은 남자에게 팔려왔다는 생각에 자존심도 상하고. 그래서 그런지 타다요시 님에게 얼마나 쌀쌀맞은지, 원. 타다요시 님은 오오하라 가문 덕분에 조선 땅에서 큰 이문을 보고 있으니 참고 사는 것 같지만. 근데 암만 그래도 그렇지, 쥰에게도 그리 차갑게 대할 건 뭔지……."

"그래도 카논에게는 쥰도 친자식 아닙니까? 친자식한테 왜 그런답니까?"

차돌의 질문에 은실이 실소를 터뜨렸다.

"머리를 써서 생각이라는 걸 좀 해봐. 카논 님이 심하긴 하지만, 솔직히 자기 버리고 떠난 남자의 아이가 뭐 그리 예쁘겠어? 게다가 쥰은 카논 님이랑 닮은 점이 하나도 없으니 보나 마나 친탁을 많이 했을 텐데, 그럼 쥰을 볼 때마다 그 빌어먹을 남자 생각이 더 나지 않겠어?"

"아무리 그래도 그런 이유로……."

"그런데 은실아, 너는 이런 얘기를 다 어디서 들었니?"

차돌과 은실의 언쟁을 막고자 희비가 나섰다. 은실은 희비가 자기 말이 아닌 차돌의 말을 끊어줘서 기쁘다는 듯 눈을 반짝이며 재빨리 대답했다.

"카논 님의 오라비가 카논 님을 찾아왔던 날, 둘이서 대판 싸우는 소리를 들었지 뭐요."

오오하라 쇼를 말하는 듯했다.

"때마침 집에는 나밖에 없었고. 내가 장 보러 갔다가 좀 일찍 들어왔는데, 아무래도 카논 님이 부엌에 내가 있는지 모르는 듯했소. 그래서 나도 쥐 죽은 듯 조용히 있었지. 근데 둘 다 성격이 아주 불같더구만. 한쪽은 과거사를 들춰내면서 너는 우리 집안의 망신이라며 욕하고. 한쪽은 오라비가 내게 해준 게 뭐 있냐면서 소리 지르고. 둘이 별 얘길 다 주고받으며 다투는데, 몰래 듣는 내내 얼마나 짜릿하던지……."

은실이 상기된 표정으로 말했다. 아직도 그때만 생각하면 짜릿한 모양이었다.

"남의 얘기 엿듣는 게 뭐 그리 재미있습니까?"

그런 은실이 도통 이해가 안 된다는 듯 차돌이 불퉁거렸다. 그러나 은실은 차돌의 힐난에 보란 듯이 콧방귀를 뀌어 보이고는 뻔뻔한 표정으로 희비를 쳐다보았다. 그리고 희비가 자기 말에 동조할 거라고 자신하는 표정으로 물었다.

"박사님, 박사님도 재미있어 죽겠지 않소?"

*

    다음 날 날이 밝자마자 희비 따라 만독재를 나선 차돌은, 아침밥을 너무 거하게 먹어 소화 좀 시켜야겠다고 둘러대며 인력거를 뒤쫓아 걸었다. 이제 이는 거의 다 없어졌지만 희비와 함께 인력거에 오르는 일은 여전히 마뜩잖았다.

    "보니까 오늘이 병원에 가시는 날이라, 내 본격적으로 일 시작하기 전에 모셔다드리려고 후딱 달려왔지."

    홍칠은 박사의 일정을 훤히 꿰고 있는 듯했다. 문득 '비서랍시고 후한 돈을 받고 고용된 자신은 무슨 일을 하고 있나' 이런 생각이 든 차돌은 어서 빨리 희비에 대해 하나라도 더 알아둬야겠다는 생각에 냉큼 질문을 던졌다.

    "무슨 병원인데요? 며칠에 몇 번 가세요?"

    "태평로에 있는 은혜 병원. 보름에 한 번은 가시지. 한 시진쯤 있다 나오시고."

    아픈 다리 때문에 치료받으러 가시는 걸까. 차돌은 희비의 몸 상태가 궁금했지만 차마 희비에게 먼저 물어볼 용기가 나지 않았다. 어쩐지 실례인 듯도 하고. 홍칠에게 묻는 건 더더욱 희비에게 실례일 테고. 그냥 때 되면 알려주겠거니 생각하자고 맘먹고 있을 때 홍칠이 허리춤에 끼고 있던 신문을 건네며 말했다.

"이거, 오는 길에 신문 배급소 들러 따끈따끈한 거 집어 온 건데, 어여 가져다드리게."

아까 박사님에게 직접 건넬 수도 있었을 텐데. 차돌은 어쩐지 홍칠이 자신을 배려해 할 일을 준 것 같다는 느낌을 받았다.

"박사님, 조간신문 보세요."

"그래, 고맙다."

희비는 아직 부기가 덜 가라앉은 눈으로 여전히 졸린 듯이 미소를 지으며 신문을 받아 들었다. 그리고 신문 첫 장에 인쇄된 대문짝만한 글씨를 슬쩍 내려다보며 말했다.

"오늘 서대문 성당에서 미카엘의 장례미사를 치른다는구나. 이런 기사가 신문 1면에 나는 걸 보니, 미카엘의 유명세가 새삼 대단하긴 하네."

차돌은 신문 1면에는 어떤 기사가 실려야 마땅한지 잘 알지 못했다. 하지만 느긋이 신문을 넘기는 희비를 보고는 이제야 조금 비서다운 일을 한 것 같다고 생각했다. 차돌이 뿌듯한 표정을 지으며 홍칠 옆으로 되돌아가자, 홍칠이 흐뭇한 얼굴로 차돌을 슬쩍 쳐다보았다.

"일이 고되진 않고?"

"고되긴요. 날마다 진수성찬을 차려주시는데 아직 할 줄 아는 일이 없어서 민망해죽겠는걸요. 밤마다 가시 이불을 덮고 자는 듯해요."

"그런 것치고는 굉장히 푹 잔 얼굴인데?"

홍칠의 놀림에 차돌이 기어들어 가는 목소리로 답했다.

"온돌이 너무 따뜻해서요…… 가을바람 서늘하다고 따끈따끈하게 온돌을 지펴주셔서……."

홍칠이 하하 웃으며 더욱 놀림조로 목청을 높였다.

"예끼! 그럼 온돌 때는 법부터 배웠어야지."

"아! 그렇네요. 당장 오늘 집에 돌아가면 배워야겠어요."

"농담이야, 농담. 비서가 무슨 일을 하는 직업인지 내가 뭘 아나. 비서면 비서다운 일을 하는 게 맞지."

홍칠이 다시 하하 웃었다. 한적한 아침 거리에 퍼지는 홍칠의 웃음소리가 참 듣기 좋았다. 그런데 그때,

"차돌아! 차돌아!"

희비가 떨리는 목소리로 차돌을 불렀다.

"박사님……?"

차돌이 희비에게 다가가는 동안 희비가 다시 소리쳤다.

"인력거를 세워줘요, 홍칠!"

"박사님, 어디 불편하세요?"

무뜩 인력거가 멈추어 서자 차돌이 인력거 안을 들여다보며 물었다.

"무슨 일입니까, 박사님?"

뒤돌아선 홍칠도 걱정스러운 얼굴로 희비의 상태를 살폈다.

"난 괜찮아…… 문제는 내가 아니야."

희비가 진짜 문제는 이 안에 있다는 듯 손가락으로 신문을 가리켰다. 누런 종이에 까만 글자. 차돌이 얼굴을 붉히며 말했다.

"박사님, 전 글을 못 읽어요."

희비는 신문을 보고 놀란 와중에도 차돌의 말에 흠칫하며 자세를 고쳐 앉았다.

"그래, 그렇지. 내가 정신이 없어서 그만."

희비는 숨을 한번 고르고는 한결 차분해진 목소리로 말을 이었다.

"차돌아."

"네."

"지등조가 죽었다는구나."

"네?"

어쩌다가? 차돌은 희비 손에 들린 신문을 뚫어지게 쳐다보았다. 그렇게 쳐다보다 보면 그에 대한 답을 얻을 수 있을 것만 같았다. 하지만 글을 못 읽는데 신문 속에서 답을 찾는 건 불가능했다. 차돌은 답답한 마음이 그대로 드러난 얼굴로 희비에게 시선을 옮겼다. 그러자 희비가 신문을 반으로 접어 들더니 차돌을 향해 몸을 기울이며 나직이 말했다.

"어젯밤에 지등조가 살해당했대."

*

지등조는 정말 미카엘을 죽인 범인이 누구인지 알고 있었을까. 희비는 병원 대기석에 앉아 지등조의 죽음에 대해 생각했다. 기사에선 '만취자 강도 살해 사건'이라 칭하며 인사불성으로 술에 취한 지등조를 강도가 뒤에서 목을 졸라 살해한 뒤 금품을 훔쳐 달아났다고 설명했다. 하지만 이틀 전 지등조와 대면한 바 있는 희비는 미카엘을 죽인 범인이 입막음할 목적으로 지등조를 살해했을 가능성을 배제할 수 없었다.

"구희비 환자분, 들어오세요."

어린 간호사가 어설픈 어조로 희비의 차례를 알렸다. 이제 열다섯이나 되었을까. 아마도 은혜 간호 학교에서 수학하는 중에 견습을 나온 학생인 듯했다.

희비가 차돌에게 일렀다.

"같이 들어가자."

자리에서 일어난 희비는 견습 간호사의 어깨 너머로 접수대에서 능수능란하게 환자들을 안내하고 있는 익숙한 얼굴과 의미심장한 눈빛을 주고받았다. 김연순 간호사. 희비는 연순 역시 지금 제 몸에 맞지도 않는 헐렁한 간호복을 입고 하동거리는 견습 간호사의 나이 즈음에 처음 은혜 의원의 문턱을 넘었다는 걸 알고 있었다. 스물다섯 번의 여름을 거슬러 올라 연순이 꽃다운 소녀였던 시절. 연순은 남대문 초루 위에서 일본군이 쏘아댄 기관총 총탄에 다친 대한제국군 병사를 자기 집에 숨겨주었다. 그때 연순이 경찰의 눈을 피해 약이며 붕대 같은 의료용품을 몰래 구할 수 있었던 곳이 바로 은혜 의원이었다. 그리고 그런 연순을 의학의 길로 이끈 사람이 있었으니,

"구 박사님. 어서 오십시오."

진료실 안에서 여느 때처럼 경쾌한 억양으로 조선어를 구사하며 희비를 반기는 제임스 설리반 교수였다. 희비는 뒤따라 들어온 차돌이 문 닫는 것을 확인하고는 자리에 앉기도 전에 설리반 교수를 향해 물었다.

"교수님, 혹시 지등조라고 기억하세요?"

설리반 교수가 은혜 의원을 설립하고 강산이 세 번 바뀌는 동안 그의 조선어 실력은 조금도 나아지지 않았기에, 희비는 그와 만나면 항시 영어로 이야기를 나누었다.

"지등조…… 당연히 기억하지요."

지등조란 인물이 호감정을 불러일으키는 타입이 아니어서일까. 순간적으로 설리반 교수의 낯빛이 바뀌었다.

"그자에게 무슨 일이 생겼나요?"

설리반 교수는 오 년 전 지등조와 몇 차례 만난 적이 있었다. 희비의 약혼자인 동하와 이모 오연이 조선을 떠날 때 좁혀오는 감시망을 피할 길을 알려주겠다며 접근했던 자가 바로 지등조였기 때문이다. 희비는 지등조가 언제든 배신할 수 있는 자라고 생각했기에 그가 제공한 정보를 신뢰하지 않았다. 그런데 당시 설리반 교수는 무슨 이유에서인지 지등조를 옹호하고 곁을 주었다. 희비는 당시 느꼈던 미심쩍은 감정이 다시 올라오는 것을 느끼며 차분한 목소리로 대답했다.

"네. 그자가, 지등조가 어젯밤 살해당했습니다. 저도 병원 오는 길에 신문 기사를 보고 알았어요."

"설마, 우리 쪽이랑……."

무심코 '우리 쪽'이라는 말을 뱉은 설리반 교수가 힐끔 희비의 뒤편 진료실 창가에 멀뚱히 서 있는 차돌의 존재를 신경 쓰며 말끝을 흐렸다. 희비는 재빨리 설리반 교수를 안심시켰다.

"우리 쪽에서 검증을 마친 아이어요."

설리반 교수가 고개를 끄덕이며 물었다.

"영어를 할 줄 압니까?"

"아니요. 하지만 알아둬야 할 얘기가 있다면 제가 통역해 줄 거예요."

희비는 이제 어딜 가든 차돌을 옆에 두고 싶었다. 며칠 사

악의 주장법

이에 일어난 변화치고는 꽤 큰 변화다.

"내가 지등조 얘기에 정신이 팔려서 소개를 미뤘구나."

희비가 차돌을 향해 몸을 돌리며 말했다.

"이분은 제임스 설리반. 오랜 시간 내 병증을 살펴봐주시는 의사 선생님이셔."

"처음 뵙겠습니다. 차돌이라고 합니다."

엉거주춤 서 있던 차돌이 얼른 자세를 가다듬고는 제법 정중히 설리반 교수에게 인사를 건네자, 설리반 교수도 조선말로 맞인사를 했다.

"안녕하세요, 차돌 님."

그러곤 다시 희비를 쳐다보며 화제를 돌렸다.

"그럼 다시 아까 하던 얘기로 돌아와서……."

설리반 교수는 책상에 팔꿈치를 괴고 두 손으로 깍지를 꼈다.

"구 박사님은 지등조의 죽음이 우리 쪽이랑 어떤 관련이 있다고 보시나요?"

"신문에서는 만취자를 대상으로 한 강도 살해 사건이라고 하는데, 그렇지는 않을 거예요. 물론 지등조가 오 년 전 말고는 우리 쪽과 함께 일한 적은 없지만, 그래도 알고 계시는 게 좋을 거라고 생각했어요. 가능성이 크진 않아도 혹시나 경찰이 지등조의 죽음을 조사하다가 우리 쪽과 관련된 정보를 찾아닐 수도 있으니까요."

"그렇군요. 그렇겠군요."

설리반 교수가 고개를 끄덕였다.

"잘 알겠습니다. 이 내용은 다른 사람들에게도 전달해두죠. 그런데……."

말끝을 흐린 설리반 교수가 털어놓을 이야기가 있다는 듯이 희비를 쳐다보았다.

"그자가 죽었으니 이제 더는 숨길 필요가 없겠네요."

"숨기다뇨? 지등조에 대해서 제가 모르는 게 있다는 말인가요?"

"구 박사님."

설리반 교수의 눈동자에 진중한 빛이 어렸다.

"사실 지등조가 우리에게 접근한 건 돈 때문이 아닙니다."

"그게 무슨……."

"지등조는 죄책감 때문에 우리를 도왔습니다. 오 년 전, 동하 군이 계획했던 만세운동이 발각된 게 바로 지등조 때문이었거든요."

멈칫, 희비가 입술을 깨물며 손가락을 오그려 쥐었다.

"지등조가 돈을 밝혔다는 건 자명한 사실이지요. 그 오명에 걸맞게, 지등조는 위조지폐를 만드는 패거리와 어울렸습니다."

"위조지폐······."

"네. 구 박사님도 알다시피, 위조지폐 사건을 조사하던 일본 경찰이 인쇄소를 뒤졌는데 그때 동하 군이 준비하고 있던 만세운동 관련 전단을 발견한 거죠."

지등조라면 능히 위폐를 만드는 이들과 어울리고도 남았을 것이다. 그 부분은 이해하기 어렵지 않았다. 하지만 지등조가 죄책감 때문에 동하를 도왔다는 사실은 쉬이 받아들여지지 않았다.

"본인 말에 따르면, 경찰도 끝끝내 연관성을 찾아내지 못할 정도로 아주 살짝 발을 담근 정도였다고. 그러면서 그 일 때문에 위험을 무릅쓰고 동하와 오연의 탈출을 돕겠다고 나서는 것이 살짝 억울할 정도라고 너스레를 떨더군요. 하지만 사람을 사지로 몰고 싶진 않다며, 조금 밑지는 기분이 들더라도 동하를 돕고 싶다고 했어요."

"그 말을 믿으셨군요."

"그 말을 믿었고, 믿은 대로 되었죠. 지등조는 동하와 오연이 무사히 만주에 도착할 수 있게 도왔고, 우리를 배신하지도 않았으니까요."

설리반 교수는 동하와 오연을 무사히 탈출시키기 위해 어려운 선택을 했던 것이다. 그것 말고는 다른 방도가 없기에 지등조를 믿었고. 하지만 희비는 여전히 지등조의 저의가 의

심됐다. 어떤 사람은 죽어서도 신뢰를 얻지 못하는 법. 희비가 한숨을 내쉬며 물었다.

"근데 왜 그 사실을 저에게 숨기셨어요?"

"지등조가 의도했든 의도하지 않았든, 지등조는 동하 군을 사지로 몰아넣었습니다. 제가 사실대로 얘기했다면 구 박사님은 지등조를 받아들이기는커녕 처단하고자 했을 겁니다."

인정하지 않을 수 없는 말이었다. 그때 사실을 알았다면 동지들의 힘을 빌리든 스스로 독초를 준비하든 어떻게든 지등조를 처단하려 했을 터. 설리반 교수는 그만큼 희비에 대해 잘 알고 있는 사람이었다.

"죽은 자에 대한 이야기는 이쯤에서 마무리할까요. 이제 다른 소식을 전해드리지요. 가장 중요한 소식 말입니다."

희비가 더 이상 반박하지 못하자, 설리반 교수가 깍짓손을 풀더니 두 손바닥을 맞대고 두어 번 문지르고는 책상 서랍에서 흰 봉투 하나를 꺼내 들었다.

"드디어 만주에서 서신이 도착했습니다."

희비의 표정이 단박에 밝아지는 것을 본 설리반 교수가 웃으며 말했다.

"구 박사님의 밝은 표정을 보니 제 마음도 환해지는군요."

비록 오랫동안 조선에서 살았는데도 불구하고 조선어 구사 능력은 형편없었지만, 설리반 교수의 조선인에 대한 애정은 나날이 도타워지고 있었다. 설리반 교수는 본디 책임감이 강한 사람이었다. 몸과 마음이 아픈 자들을 그냥 지나치지 못했고, 늘 진심을 다해 끝까지 환자를 치료하고자 했다. 이런 의사로서의 소명 의식은 그를 더욱 너른 사람으로 만들어주었다. 환자에게 머물렀던 관심과 연민이 어느새 인간 그 자체에까지 이른 것이다. 탄압받는 조선인을 돕고자 나선 것도 그런 이유에서였다.

"사실…… 걱정을 많이 했거든요. 알다시피 만주사변의 여파가 아직 가시지 않았으니까요."

"맞는 말입니다. 저도 걱정하고 있습니다. 게다가 일본이 만주에 괴뢰정권을 수립했으니……."

"네. 지금부터가 더 걱정이죠."

내가 그때 따라갔어야 했는데. 동하와 이모 오연이 경성을 떠나던 그날 밤, 나도 따라나섰어야 했는데. 희비는 무릎에 올려놓은 흰 봉투를 쓰다듬으며 가만히 한숨을 내쉬었다.

"구 박사님. 이런 때일수록 힘을 내야 합니다. 힘내서 견뎌야 합니다. 당신의 인내심과 기다림이 만주에 있는 두 사람에겐 무척 큰 힘이 되어줄 겁니다."

"잘 알고 있어요. 그런데 자꾸 몸이 말썽이라……."

몸만 아프지 않았어도 동하를 그리 혼자 보내지 않았을 것이다. 몸만 불편하지 않았어도 이모 오연의 손을 잡고 함께 여정에 올랐을 것이다. 이제 와서 이런 생각을 한들 아무 소용 없다는 것을 희비도 알고 있다. 그러나 아무리 부질없다 자신에게 일러도, 무시로 몰아닥치는 생각을 막기엔 역부족이었다. 이 모든 걸 잘 알고 있는 설리반 교수가 심각한 표정으로 물었다.

"구 박사님, 제가 지난번에 뭐라고 말씀드렸죠?"

"교수님이 그러셨죠. 제 문제는 몸에 있는 것이 아니라, 마음에 있다고."

"그래요. 구 박사님에게 나타나는 증세는 아주 특이하지요. 걸핏하면 통증 부위가 바뀌는데, 겉으로 보나 안으로 보나 지극히 정상이라니. 저도 난생처음 보는 병증이었죠. 아직까지도 구 박사님과 비슷한 증상을 보이는 환자는 만난 적이 없습니다. 게다가 구 박사님의 증세는 날이 갈수록 정도가 세지고 종잡을 수가 없어요. 지난달엔 두통이 심하더니 이번 달엔 다리 통증이 심하고. 머리와 다리를 아무리 검사해보아도 이상한 점을 찾을 수가 없고. 태아기에 접한 독성 때문이라는 가설도 현재로서는 증명할 방법이 없습니다."

설리반 교수가 안타까워하며 말을 이었다.

"오랜 시간 구 박사님의 병증을 지켜봐온 의사로서 제가 내릴 수 있는 결론은 현실적으로 단 하나뿐입니다. 바로 심리적 고통이 신체적 고통을 야기하고 있다는 것이죠."

악의 주장법

"교수님."

입술을 깨물며 설리반 교수의 얘기를 듣고 있던 희비가 답답함을 토로했다.

"저는 그 말을 믿지 못하겠어요. 제 통증은 분명 실재하는 걸요. 마음의 고통과 신체의 고통 정도는 저도 구분할 수 있다고요."

죽음에서 돌아온 자. 희비는 일곱 살에 비린쑥을 먹고 죽음을 경험했다. 죽음으로부터 깨어난 희비가 가장 먼저 발견한 건 곁에 누운 부모님이었다. 온몸이 마비된 채 숨을 거둔 두 사람. 밥상 위에는 세 식구가 먹던 쑥 무침이 절반쯤 남아 있었다. 멍울독이 조선 땅에 나타나기 시작했던 해, 아직 비린쑥에 대해 아는 이가 없었던 때였다. 그렇게 희비는 나라를 잃은 해에 부모를 잃었다.

"지금 저는 확실히 여기, 이 오른쪽 다리에 엄습한 통증 때문에 고통받고 있어요."

희비는 부모님의 죽음을 목도했던 순간만큼 자기 숨소리를 강렬하게 느낀 적이 없었다. 저릿저릿한 공포와 슬픔. 그것은 희비가 숨 쉬는 동안엔 결코 희비를 떠나지 않을 터였다.

"구 박사님."

이번엔 설리반 교수가 무거운 목소리로 반박했다.

"몸의 문제였다면 마사지나 진통제로 효과를 보았을 겁니다. 하지만 아무 효과도 보지 못했죠. 조심스럽게 제안합니다만, 구 박사님에게 필요한 건 요양이나 명상, 종교가 아닐까 싶습니다."

"허!"

자기도 모르게 헛웃음을 터뜨린 희비는 재빨리 입을 가리며 설리반 교수에게 사과를 표했다.

"죄송해요. 박사님의 뜻을 비웃은 건 아니었어요."

하지만 분명 기분 좋게 들리진 않았으리라.

"다만 순간적으로, 그런 것들이 절 더 미치게 만들 거라는 생각이 들어서……."

희비가 설리반 교수의 아량에 기댈 수밖에 없다는 생각에 기어들어 가는 목소리로 변명하고 있을 때,

"교수님! 설리반 교수님!"

난데없이 진료실 문이 벌컥 열렸다.

"무슨 일이죠?"

희비와 차돌이 화들짝 놀란 데 비해, 설리반 교수는 이런 일이 다반사라는 듯 침착하게 반응했다.

"응급환자가 들어왔는데…… 아, 아무래도 좀 와보셔야 할 것 같아요."

대기실에서 본 견습 간호사가 하얗게 질린 얼굴로 말을 더듬었다. 그러자 설리반 교수가 대뜸 조선말로 받아주었다.

악의 주장법

"갑시다."

설리반 교수는 더 묻지도 따지지도 않고 벌떡 자리에서 일어나 진료실을 나섰다. 그야말로 전광석화 같은 움직임이었다. 수많은 경험에서 비롯된 본능적인 대처이리라. 한편 희비와 차돌은 어리둥절한 표정으로 서로 멀뚱멀뚱 눈만 마주칠 뿐이었다.

잠시 후, 차돌이 뜻밖의 얘기를 했다.

"우리도…… 가볼까요?"

"뭐? 어딜?"

"응급실이요."

그래, 그렇지. 가서 무슨 일이 났는지 살펴볼 순 있겠지. 희비가 장우산을 짚고 자리에서 일어났다.

"……그러자꾸나."

진료실 문을 나서니 왠지 아까보다 좀 더 소란스러워진 듯한 분위기가 느껴졌다. 희비는 웅성거리는 사람들 사이를 뚫고 복도 끝 응급실로 향했다.

"다친 사람이 한 명이 아닌가 봐요."

응급실 앞에 이르자 차돌이 희비 곁으로 다가서며 말했다. 차돌의 말대로 갓 실려온 듯한 환자 둘이 병상에 누워 있었다. 두 사람은 전쟁을 치른 병사처럼 만신창이가 되어 있었다. 젊은 여자는 머리가 깨져 있었고, 젊은 남자는 다리가 꺾여 있었다. 머릿속 피가 모두 흘러나온 듯한 여자의 얼굴은 창백하기 그지없었고, 부러진 뼈가 그대로 드러나 보이는 남자의 다리는 성난 귀신이 마구잡이로 헤집어 놓은 것 같았다.

"도저히……."

도저히 못 보겠어. 피가 낭자한 광경에 희비가 막 눈을 감으려던 찰나, 견습 간호사가 손을 달달 떨며 흰 시트로 환자의 몸을 덮어 주는 장면이 눈에 들어왔다. 머리를 다친 여자가 더 버티지 못하고 숨진 것이다. 망연해진 희비가 흰 천에 배어나는 핏자국을 멀거니 쳐다보는데,

"박사님……."

차돌이 희비의 팔을 붙잡았다.

"아……."

김연순 간호사가 옆 병상에 누운 남자의 몸에 흰 시트를 덮고 있었다. 그 모습을 본 희비는 안타까움에 몸을 떨었다. 일순간 응급실에 실려온 두 환자 모두 사망한 것이다.

무거운 침묵이 응급실 안을 가득 채웠다. 설리반 교수가 고개를 숙이자, 병상을 둘러싼 의료진이 일제히 고개를 숙이고 묵념을 올렸다. 죽음을 항시 마주하는 직업이라고는 하나 죽음 앞에서 항시 초연해질 수는 없는 법. 의료진은 하나같이 참담한 얼굴을 하고 있었다. 응급실에 있던 다른 환자들

도 그 순간만큼은 신음을 잊고 묵념에 동참했다. 차돌도 마찬가지였다.

희비는 잠깐 주저하다가 눈을 질끈 감고 두 손을 모았다. 하지만 이내 자신에게 화를 내듯 중얼거렸다.

"묵도하는 방법을 모르겠어⋯⋯."

잠시 후. 좀처럼 떠날 생각을 못하고 응급실 입구에 서 있는 희비를 차마 못 본 척할 수 없었는지, 묵념을 끝낸 김연순 간호사가 희비를 향해 다가왔다.

"메이지초 백화점 옥상에서 두 사람이 함께 떨어졌대요. 둘 다 병원에 도착했을 땐 이미 손쓰기에 늦은 상태였고요."

메이지초 백화점이라면 은혜 의원에서 멀지 않은 곳에 있는 오 층짜리 백화점이었다.

"혹시 당시 정황을 듣지 못하셨습니까."

연순이 모른다는 의미로 고개를 저어 보이는데, 때마침 견습 간호사가 훌쩍이며 연순에게 다가왔다.

"간호사님, 이건 어찌해야 할까요."

견습 간호사의 손에 피 묻은 책 두 권이 들려 있었다.

"『악의 주장법』⋯⋯?"

책 표지를 본 희비의 심장이 덜컹 내려앉았다. 견습 간호사가 눈에 눈물이 가득 고인 채로 말했다.

"네, 유명한 시집이죠? 두 명의 환자 모두 이 시집을 가슴에 품고 있었어요⋯⋯."

그 순간 희비는 떠올리고 싶지 않은 예언을 떠올리고야
말았다. 차돌의 표정을 보아하니 희비와 같은 생각을 하는
것 같았다. 애당초 예언이라 여기지도 않았는데. 그저 카논
이 넘겨짚은 거라 치부했던 말이 눈앞의 비극으로 현실화되
자 속수무책으로 자책감이 밀려왔다. 좀 더 귀담아들었다면,
좀 더 그 말에 대해 생각해보았다면 이런 일이 벌어지기 전
에 뭔가 할 수 있는 일이 있지 않았을까.

그때였다. 희비의 자책감을 더욱 맹렬히 부채질하여 활활
타오르다 못해 새까만 잿가루로 만들어버리겠다는 듯, 거짓
말 같은 외침이 의원 복도에 쩌렁쩌렁 울렸다.

"응급 환자입니다! 응급이요!"

한눈에 보아도 상태가 위급해 보이는 환자들이 들것에 실
려서, 혹은 누군가에게 업히거나 안긴 채 줄줄이 쏟아져 들
어왔다.

"아이고! 아이고!"

벌써부터 곡소리가 들리다니 불길한 징조였다. 순식간에
의원 복도는 실려 온 환자들의 가족, 진료를 기다리던 사람
들이 한데 섞여 눈물과 공포로 빚어낸 아수라장이 되었다.
강물에 뛰어든 이를 구했다, 수면제 한 통을 삼킨 이를 업어
왔다, 손목에 칼을 댔다⋯⋯. 온갖 소리가 윙윙거렸다. 그리

악의 주장법

고 또다시 들려오는 문제의 이름. 백오교, 백오교, 백오교.

"도대체 이 시집이 뭐요? 왜 이 사달이 난 거요?"

기절한 여인을 업고 온 남자가 손에 쥐고 있던 백오교의 시집을 흔들며 화난 목소리로 외쳤다. 앞사람에게 비켜달라고도 소리쳤지만 앞사람도 오도 가도 못하는 처지인 건 마찬가지였다. 의원 입구는 이미 들어오려는 사람들과 나가려는 사람들로 꽉 막혀 있었다. 아수라장이 아비규환이 되는 건 시간문제였다.

김연순 간호사의 입에서 겁에 질린 탄식이 새어 나왔다.

"맙소사……."

이런 순간만큼은 노련한 의료인도 어쩔 수 없나 보다. 연순은 문득 자기 옆에 서서 떨고 있는 견습 간호사를 의식하고는 가만히 그의 작은 어깨를 감싸안았다. 희비는 정신을 아뜩하게 만드는 피 냄새를 맡으며 두 사람을 지켜보았다. 연순과 견습 간호사는 곧 제 할 일을 찾아 두 팔을 걷어붙일 터였다.

희비도 더는 지체할 수가 없었다.

*

"어? 막동아! 용손아!"

차돌이 길 건너편 반가운 얼굴을 향해 소리쳤다. 막동과 용손을 보자 조금 전까지 침울하기만 했던 마음이 조금 밝아지는 듯도 했다. 차돌은 서대문 성당으로 가자는 희비의 말에 따라 막 은혜 의원을 나선 참이었다.

"언니! 차돌 언니!"

선로를 따라 멀어지는 전차의 뒤꽁무니를 향해 얼굴을 뽈록거리던 막동과 용손이 이내 차돌을 보며 두 팔을 흔들었다. 보나 마나 전차에 몰래 무임승차했다가 안내양에게 호되게 욕먹고 쫓겨났겠지.

"언니! 언니 보고 싶어서 한숨도 못 잤다!"

막동이 한걸음에 달려와 차돌에게 안겼다. 단잠 잔 얼굴을 내 모르지 않는데. 차돌은 깐 달걀같이 탱글탱글한 막동의 볼을 꼬집으며 물었다.

"밥은. 밥은 먹었고?"

"설마 우리가 굶고 다녔을까 봐? 아침에 우유 배급소 들렀다가 만두 가게도 돌아보고, 방금 전에 성당도 다녀와서 배부르다!"

뒤따라온 용손이 희비를 향해 허리가 꺾어지도록 인사를 올리고는 양손으로 배를 문지르며 말했다.

"성당?"

희비가 관심을 가지며 물었다. 차돌도 궁금하긴 마찬가지였다. 우유 배급소에선 상하기 직전의 우유를 얻어먹었을 테고, 만두 가게에선 터져서 팔지 못하는 만두를 얻어먹었겠지. 두 군데 다 아이들이 제집처럼 드나들며 자주 신세 지는 곳이었다. 그런데 안 가던 성당은 갑자기 왜?

"응, 언니. 오늘 성당에서 간식 나눠줬다!"

막동의 말을 들은 차돌이 좀 더 자세히 설명해보라는 듯 용손을 쳐다보았다.

"경성 최고 미남 장례 치르는 날이라고, 사람들이 엄청나게 모여들었더라. 간식도 벌써 다 떨어졌어. 우리는 일찍 가서 챙겨 먹었지."

차돌이 희비를 쳐다보았다. 희비는 사람들이 많이 모일 줄 알았다는 듯이 고개를 끄덕였다.

"그런데, 맹단은?"

어디가 아픈지 걱정되어 물었는데, 막동이 배시시 웃으며 바로 대꾸했다.

"맹단은 성당에 남았다!"

"혼자, 아직도? 왜?"

막동은 동그란 눈을 치뜨곤 용손의 눈치를 보았다. 용손은 맹단 얘기가 나오자마자 입을 빼죽 내밀고 있었다.

"맹단이 그 가시나, 혼자 똑소리 나는 척은 다 하면서 은근히 무지렁이 같단 말이야."

"무슨 말이야?"

"자기는 울고불고하는 여인들이랑 다른 것처럼 굴더니, 말짱 거짓이었어!"

용손은 더 말할 생각이 없는 듯 팔짱을 끼고 씩씩댔다. 아무래도 미카엘을 두고 하는 말 같았지만 용손의 부루퉁한 기세에 더 물어볼 엄두가 나지 않았다. 막동도 더 묻지 말라는 듯 조막만 한 어깨를 으쓱해 보였다. 그때 희비가 화제를 돌리려는 듯 용손에게 말을 걸었다.

"용손아, 어머니는 이제 괜찮으시고?"

"앗, 네……."

용손이 공손히 머리를 조아렸다. 자기 어머니의 생명의 은인이니 당연한 태도였다.

"아직 손발에 마비감이 좀 있다고는 하는데, 그래도 아주 많이 좋아지셨어요. 그런데……."

"그런데?"

잠시 주저하던 용손이 머리를 긁적이며 입을 열었다.

"어무니가…… 그 사달이 나고도 또 광주리를 들고 쑥을 캐러 가셨어요. 이젠 확실히 구별할 줄 안다면서, 그렇게 말렸는데도 기어코."

"환장하겠구나."

희비가 어지럽다는 듯 이마에 손바닥을 대며 푸념했다.

　　　　　　　　　　　　　　　악의 주장법

그럴 만도 했다. 독초 박사도 쉬이 구별하지 못하는 것을 어찌 능히 구별할 수 있다고 호언장담한다는 말인가. 자고로 사람이 떡을 먹다 체하면 명절에 제아무리 기름칠 반지르르한 떡이 쌓여 있어도 쳐다보기도 싫고, 고기를 먹다 탈이 나면 암만 경삿날에 온 마을 숯불 꺼지는 일 없이 잔치를 벌여도 코를 막고 도망가는 법이다. 그런데 하물며 이틀 전 죽다 살아난 사람이 겁도 없이 또 쑥을 캐겠다고 나섰다니, 기가 찰 노릇이었다.

"안 되겠다. 너희들, 내일 만독재에 좀 들러라. 위치는 군산댁에게 물어보도록 하고. 내 선물 하나 줄 게 있어서 그런다."

"무슨 선물이요?"

"내가 쓴 『멍울독 백과』를 몇 권 줄 테니, 천붕대 사람들 모두 돌려 읽게 해. 글을 아는 사람이 큰 소리로 읽어주라 하고. 혹여 글을 몰라도 그림이 큼직큼직하니까 눈으로 판별할 수 있는 독초는 걸러낼 수 있을 거다. 그리고 네 어머니가 캐온 쑥으로는 절대 요리하지 못하게 해라. 가을 쑥은 안 돼. 절대로 먹지 마. 그건 목숨을 가지고 도박하는 거나 다름없어."

"네……."

용손이 자신 없는 목소리로 대답했다. 차돌은 용손을 측은한 표정으로 바라보았다. 천붕대 여인들은 대체로 드세고 유별났다. 한 번 고집을 피우기 시작하면 도통 꺾을 수가 없

155

었다. 차돌의 어머니가 대표적이었으니, 차돌이 용손의 마음을 이해하는 건 당연지사다. 한편, 선물이라는 말을 듣고 눈이 반짝했던 막동은 그것이 『멍울독 백과』임을 알고 실망한 기색이 역력했다.

"차돌아, 그럼 이제 우리도 서둘러 가보자꾸나."

희비가 막동의 정수리를 가볍게 쓰다듬으며 말했다.

"네."

시무룩해하는 막동의 모습이 귀여워서 차돌도 막동의 머리를 어루만졌다. 그러자 금세 다시 생기를 되찾은 막동이 차돌을 올려다보며 물었다.

"어디로 가, 언니?"

성당. 서대문 성당으로 간다. 차돌은 경적 나팔을 울리며 다가오는 전차를 향해 희비와 나란히 걸음을 옮겼다. 차돌도 더는 지체하고 싶지 않았다.

＊

반구형의 천장 아래 빛 알갱이가 흩뿌려졌다. 긴 나무 의자에 촘촘히 모여 앉은 신도들은 두 손을 모으고 성가대의 노래에 귀를 기울였다. 아직 해가 저물지 않은 시간이었지만 성당 내부는 서늘하고 어두웠다. 별다른 여과 없이 정직하게 빛을 통과시키고 있는 건 좌우 벽에 높이 난 작은 창문뿐으로, 나머지 채광은 벽면을 장식한 모자이크에 부딪친 빛 망울과 스테인드글라스 색을 덧입은 가을빛에 기대고 있었다.

"이제 뭘 하실 거예요?"

차돌이 측랑의 기둥 뒤로 몸을 숨기며 물었다. 서대문 성당에서 장례미사가 진행된다는 소식을 듣고 수많은 인파가 몰렸지만 성당 내에서 미사를 드릴 수 있는 자격은 오직 서대문 성당의 신도들에게만 주어졌기에, 희비와 차돌은 한창 미사가 진행되는 중에 사람들의 눈을 피해 구석진 자리로 잠입했다.

"미카엘에 대해 알아봐야지."

희비는 제단 위 흔들리는 촛불에 시선을 뺏긴 채 복화술을 하듯 속삭였다. 들키면 쫓겨날지도 모른다는 걱정 때문이기도 했지만, 그보다는 사방의 광량을 통제한 공간의 오라에 압도당한 탓이 컸다.

"미카엘이 원한을 살 만한 일은 없었는지, 평소 미카엘을 눈엣가시처럼 여겼던 사람은 없었는지 말이야."

차돌을 따라 기둥 뒤에 숨은 희비는 장례미사에 참여한 사람들의 면면을 남몰래 관찰했다. '미카엘이 살해당했을지도 모른다'는 가정은 이제 '미카엘은 살해당한 게 분명하다'는 맹목적인 믿음으로 굳어갔다. 죽음의 소동을 멈추게 하려면 미카엘이 자살하지 않았다는 걸 증명해내는 수밖에 없다는 카논의 말을 이제 더는 무시할 수가 없었다.

"미사가 끝나려나 봐요."

신도들이 자리에서 일어나 차례대로 분향드리는 걸 보니 차돌의 말이 맞는 듯했다. 그렇다면 지금이야말로 어물쩍 섞여 들어가기 좋은 기회. 희비는 지체 없이 움직여 대기 줄 끝에 섰다. 차돌도 그 뒤를 따랐다.

"로사 수녀님, 미카엘에게 회개의 기회가 주어지겠죠? 미카엘은 천국에 갈 수 있겠죠?"

희비 바로 앞에서 분향을 드리던 젊은 여자 신도가 유가족 대신 신도에게 맞절하고 있는 청아한 인상의 수녀에게 물었다. 로사라고 불린 수녀는 마흔이 훌쩍 넘었을 법한 나이에도 불구하고 아이처럼 맑은 분위기를 풍기는 사람이었다.

로사 수녀가 대답했다.

"저는 미카엘이 회개할 이유가 없다고 생각합니다. 대죄를 짓지 않았으니까요."

부드럽지만 단호한 목소리였다.

"그치만 수녀님, 신문에는……."

"미카엘은 하느님의 사랑을 배신할 아이가 아니어요."

로사 수녀가 젊은 여신도의 손을 힘주어 잡았다. 수녀의 말에 다소 당황스러워하던 여신도는 이내 외려 안심이 된다는 듯 기쁜 표정을 지었다.

"수녀님의 말씀을 들으니 하느님의 품에서 안식하는 미카엘의 모습이 그려집니다. 제가 세간의 말에 잠시 휘둘렸어요. 바로잡아 주셔서 고맙습니다."

로사 수녀가 고개를 끄덕였다. 매우 정돈된 로사 수녀의 언행으로 보아 방금 같은 일이 수없이 반복되었으리라 충분히 짐작해볼 수 있었다. 그리고 그때마다 로사 수녀가 한 치의 다름없이 성심성의껏 미카엘을 변호했으리라는 것도 백분 예상할 수 있었다. 이분이다. 이분에게 물어봐야겠어. 희비는 로사 수녀가 자신이 원하는 답을 줄 수 있는 사람임을 직감했다. 이윽고 자기 차례에 이른 희비는 재빨리 한 걸음 앞서 디디며 대뜸 수녀의 관심을 끌 만한 질문을 던졌다.

"수녀님, 미카엘은 정말로 대죄를 짓지 않았을까요? 혹시 대죄를 지을 수밖에 없을 정도로 괴로워했던 일이 있었던 건 아닐까요?"

"제가 아는 한 미카엘은 괴로워하는 이들을 위하고 그들을 구원에 이르도록 돕는 사람이었습니다."

낯선 얼굴이라 느꼈는지 잠깐 멈칫하던 수녀가 다소 경계심 어린 표정으로 대답했다. 희비는 수녀가 철옹성을 칠 틈을 주지 않으려고 수녀에게 더 바짝 다가섰다.

"그럼 아주 살짝이라도, 하느님의 가르침을 벗어난 적은 없을까요?"

"무슨 말씀이죠?"

"하느님이 우리에게 하지 말라고 하신 게 많잖아요. 혹시 미카엘이……."

"자매님."

로사 수녀가 짐짓 엄한 목소리를 냈다.

"네, 수녀님."

희비도 자못 진지한 표정으로 로사 수녀를 맞보았다. 역시 로사 수녀는 뭔가 알고 있다. 미카엘에 대해 뭔가 알고 있어. 희비는 침착하게 말을 이었다.

"저는 고인을 모욕하려는 것이 아닙니다. 그럴 자격도 없고요. 저도 하느님이 보시면 혀를 찰 만한 일들을 많이 하거든요."

"그럼 왜……."

"진실을 알고 싶어요."

이렇듯 투명한 눈빛을 한 수녀에게는 정공법 외에 달리 다가갈 방법이 없으리라.

"수녀님, 오늘만 해도 여러 사람이 미카엘의 뒤를 따르려고 했습니다. 저는 죽음을 막고 싶어요. 더 많은 사람이 삶을 포기하기 전에 진실을 밝히고 싶습니다."

진심을 전하는 희비의 목소리가 무거워졌다. 로사 수녀는

악의 주장법

희비의 목소리보다 더 무거운 한숨을 내쉬었다.

"걱정했던 상황이 벌어졌군요. 오늘 성당에 몰려든 사람들을 보며 안 좋은 예감이 들기는 했습니다만……."

성당 마당을 꽉 채우는 것도 모자라 입구 밖까지 줄지은 행렬. 그 광경을 지켜보았다면 걱정하지 않을 수 없으리라. 특히나 희비를 걱정하게 만든 건 백오교의 시집을 고이 가슴에 품고 온 사람들이었다.

"저쪽으로……."

로사 수녀는 떨리는 마음을 진정시키려는 듯 한 손으로 명치를 지그시 누르며 고갯짓했다.

"저쪽으로 자리를 옮겨 얘기하죠."

희비는 몸을 돌려 차돌에게 신호를 보냈다. 로사 수녀는 희비와 차돌을 제단을 둘러싸고 있는 좁은 통로로 이끌었다. 제단의 뒤쪽엔 오른손에 검을 들고 금빛 날개를 단 천사의 모습이 드높이 그려져 있었다.

"뭘 알고 싶으신가요?"

"미카엘에 대해 말씀해주세요. 미카엘에 대한 모든 걸 알고 싶어요."

"미카엘은……."

로사 수녀의 투명한 갈색 눈동자가 흔들렸다.

"아름다운 아이였어요. 물론 말씀 안 드려도 잘 아시겠죠.

하지만 미카엘은 외면뿐 아니라 내면도 아름다웠습니다. 어려서부터 그랬죠. 식탐이 많은 아이에겐 자기 밥을 양보하고, 혼자 노는 아이에겐 먼저 다가가고. 특히, 우는 친구가 있으면 그냥 내버려두지 못하는 성격이었어요. 종종 미카엘을 질투하는 아이들이 있긴 했지만 끝까지 미카엘을 미워하는 아이는 본 적이 없습니다. 그야말로 하느님의 말씀을 전하러 온 작은 천사 같았죠. 그치만 저는 미카엘이 자기 자신의 아름다움에 갇혀 살게 되면 어쩌나, 노파심이 들더라고요. 그래서 그림을 가르쳤죠. 하느님이 창조하신 아름다운 세계를 알려주고 싶어서요."

"그렇군요. 형편이 좋지 않았을 텐데, 어떻게 그림을 배웠을까 의아했거든요. 로사 수녀님이 미카엘의 그림 스승이셨군요."

"저도 소싯적부터 그림을 그렸던지라……. 주로 문인화를 그리다가, 한 선교사님의 초청으로 미국에 방문했는데, 그때를 기회 삼아 서양화를 배우고 왔죠. 선교사님 역시 화가로 활동하시는 분이었는데, 제가 문방사우를 선물해드리니 너무나 좋아하시면서 서로 그림을 가르쳐주자고 제안하셨거든요. 저는 그때 배운 모든 것을 미카엘에게 가르쳤습니다. 풀잎 하나, 벌레 한 마리에서도 하느님의 뜻을 발견하고 그 아름다움을 표현할 수 있길 바랐죠. 다행히 미카엘은 그림에 흥미를 보였고, 재능도 있었어요. 꾸준히 그림을 사주는 사람들이 있어서 부족하나마 밥벌이도 하게 되었죠. 그런데……."

로사 수녀는 잠시 말을 끊고 짧게 숨을 들이쉬었다.

"어느 날, 미카엘이 자신의 친우를 그리고 있는 모습을 보게 되었죠."

"친우라……."

"백오교였죠."

백오교……. 차돌과 눈맞춤을 한 희비는 로사 수녀의 말을 더 집중해서 듣겠다는 의미로 로사 수녀를 향해 몸을 살짝 기울였다.

"이 년 전 즈음부터 성당에 종종 들르던 사람이었습니다. 신자는 아니었고, 그저 방황하는 영혼처럼 보였어요. 말씀드렸다시피, 미카엘은 그런 자를 결코 그냥 지나치지 못했죠. 아마 미카엘이 먼저 다가갔을 거예요. 그 후로 두 사람은 점점 더 친해지는 듯 보였습니다. 가끔은…… 아슬아슬해 보일 정도로요."

로사 수녀는 마지막 문장을 말하면서 누가 들을까 봐 걱정된다는 듯 목소리를 낮추었다. 그러곤 놀란 기색 하나 없이 가만히 고개를 끄덕이는 희비를 보고 약간은 안심한 표정으로 다시 말을 이었다.

"하지만 당시 저는 무엇 때문에 위태롭다고 느꼈는지 잘 알지 못했어요. 그러다가 그날 알게 된 거죠. 백오교의 초상을 그리는 미카엘을 보던 날에요. 저는 미카엘이 그렇게 몰입해서 그림 그리는 걸 본 적이 없었습니다. 미카엘은 무언가에 집중할 때나 고뇌하는 순간에도 항시 평온을 잃지 않았거든요. 전 그게 그 아이의 천성이려니 했죠. 하지만 그날의 미카엘은 정욕에 사로잡힌 인간 그 자체였어요. 미카엘을 요동케 하는 내적 전율이 저에게 고스란히 느껴질 정도였으니까요."

"그럼 수녀님은…… 미카엘을 비난하진 않으셨나요?"

"저는 미카엘에게 아무것도 묻지 못했어요."

로사 수녀가 고개를 저으며 말했다.

"만약 제가 물어봤다면 미카엘은 정직하게 대답했을 겁니다. 그래서 더 물어보기가 무서웠는지도 몰라요. 미카엘을 영영 잃게 될까 봐……. 미카엘이 저에게 고백하려고 했는지는 잘 모르겠습니다. 다만, 언젠가 의미심장한 말을 한 적이 있었는데, 지금 생각해보면 백오교를 두고 한 말이었지 싶습니다."

"무슨 말인가요?"

"사랑은 사람을 살리는 거라고. 사랑 앞에선 악도 보잘것없는 것이라고 했습니다."

악은 나약하여 바스러지기 쉽다. 문득 오정이 백오교의 시를 두고 했던 말이 떠올랐다.

"백오교가 죽은 뒤 미카엘이 많이 힘들어했나요?"

로사 수녀가 고개를 끄덕였다.

"미카엘은 밤낮으로 기도했습니다. 자신의 노력이 부족했다며 울었어요. 아마도 미카엘은 백오교가 자살할 거 같다는 느낌을 계속 받았던 것 같습니다. 백오교의 죽음을 사랑으로 막을 수 있다고 생각했을 테고요. 하지만 저는 압니다. 미카엘이 낙담하고 상심하고 자책했을지언정 스스로 백오교의 뒤를 따르는 선택을 했을 리는 없어요. 미카엘은 분명히 말했습니다. 다시는 이런 비극이 일어나지 않도록 하겠다고. 하느님이 주신 아름다운 생명을 스스로 버리는 이가 없도록 자기가 더 큰 사랑을 품겠다고. 그런 말을 한 아이가 어찌……."

로사 수녀의 생각이 옳다. 그런 말을 한 사람이 자살했을 리 없다. 희비가 자기 말에 동조한다는 걸 알았는지 로사 수녀는 더욱 목소리에 힘을 주며 덧붙였다.

"저는 미카엘의 그 다짐을 사제의 길을 걷겠다는 뜻으로, 자의적으로 해석했습니다. 이제 그 말뜻의 정확한 의미를 확인할 길은 없죠. 그러나 하나만큼은 확실합니다. 미카엘은 백오교의 뒤를 따를 생각이 전혀 없었어요. 오직 하느님의 품 안에 있고자 했죠. 그것이 사제의 길이든 화가의 길이든 아니면 제가 모르는 다른 길이든, 미카엘은 어떤 방식으로든 사랑을 베풀며 살고자 했어요."

                                    *

　"언니!"

　차돌이 희비와 나란히 성당을 나서는데, 성모상이 있는 마당 한쪽에서 제자리걸음을 하던 맹단이 팔을 번쩍 들며 차돌을 불렀다.

　"맹단아, 너 아직도 집에 안 가고 여기서 뭐 하냐."

　단풍으로 물든 성당 마당은 아직도 발걸음을 돌리지 않은 무채색 옷차림의 조문객들로 적잖이 붐볐다. 맹단은 자기 옆에 선 차돌 또래로 보이는 여자 두 명을 가리키며 히죽, 문상 온 사람에 어울리지 않는 웃음을 지어 보였다.

　"나 여기서 롱아 언니랑 정예 언니랑 이야기 나누고 있지."

　맹단은 뿌듯한 얼굴로 새로 사귄 친구들을 소개했다.

　"여기 롱아 언니는 검무와 살풀이춤으로 월영관을 휘어잡은 인물이고."

　"월영관?"

　뒤따라온 희비가 롱아에게 관심을 보였다. 롱아는 눈물로 밤을 지새운 듯 붓기 있는 얼굴로 다소곳이 손사래를 쳤다.

　"말도 안 됩니다. 저는 그냥 춤을 조금 배운, 월영관 기생이어요."

　쪽찐머리에 무늬 있는 검은색 한복. 손끝이 살아 있고 목선

166　　　　　　　　　　　　　　　　　　　　　악의 주장법

도 참 예쁘다. 차돌은 이런 사람이 추는 춤이라면 내일 한 끼 굶더라도 돈을 내고 감상할 만할 것 같다는 생각이 들었다.

"롱아 언니는 너무 겸손하다. 근데 여기 한정예 언니는 겸 손이랑은 거리가 멀지. 맞지, 언니?"

맹단이 정예를 쳐다보며 짓궂게 웃자 정예 역시 장난스럽 게 맞장구쳤다.

"여학생에게 겸손 따위는 사치지."

흰 저고리에 검은색 치마. 전형적인 여학생의 복장이다.

"암만. 나 잘한다고 암만 소리 높여도 뭐 하나 시켜줄까 말 까인데."

가만 보니 정예도 한참 눈물을 쏟은 듯 눈이 빨갰다. 하지 만 어쩐지 맹단 앞에서는 슬퍼하는 모습을 보이지 않으려 하 는 것 같았다.

"내 그럴 줄 알았어. 오늘 처음 만났지만 정예 언니는 기세 가 남달라. 아무튼 정예 언니로 말할 것 같으면, 장차 스케이 트 선수로 이름을 날릴 인물이란 말이지."

명랑하게 떠들어대는 맹단을 보며 롱아와 정예가 빙그레 미소를 지었다. 오늘 처음 만난 사람들치고는 꽤 스스럼없어 보이는 분위기였다. 정예는 이번에도 적극적으로 맹단의 말 에 호응해주었다.

"조선 여학생을 대상으로 한 빙상경기만 열려봐요. 한강

빙판을 가르는 솜씨는 누구도 나를 못 따라가지. 트로피 딸 날만 기다리고 있다니까."

"정예 언니가 올겨울에 나 스케이트 가르쳐준다고 했다!"

"스케이트뿐인가. 내년 여름엔 뚝섬 가서 수영도 하자."

"나 수영 못 하는데."

"그것도 내가 가르쳐주지."

맹단이 여태 성당을 떠나지 않은 이유가 여기 있었군. 질투하는 용손을 보고 짐작컨대 그간 맹단이 미카엘을 동경했던 것은 사실인 듯하다. 하지만 맹단을 성당에 붙잡아둔 힘은 미카엘의 죽음에만 있지 않을 터였다. 차돌은 맹단이 얼마나 새로운 경험에 목말라하는 성격인지 잘 알고 있었다. 무엇이든 배우고자 하는 욕심이 남다른 아이였기에, 정예의 제안이 꿀보다 달콤할 것은 능히 짐작 가는 바였다. 아마 롱아 역시 검무든 살풀이춤이든 가르쳐주겠노라 했겠지. 다만 이해가 안 가는 건 이들이 왜 맹단에게 호의를 베푸는가 하는 점이었다.

"언니들, 여기는 차돌 언니. 지금 비서로 일하고 있어."

맹단이 뒤늦게 차돌을 소개했다. 차돌은 롱아와 정예에게 꾸벅 목인사를 했다.

"맹단이가 귀찮게 하지요? 버릇없이 구는 거 다 받아주지 마세요."

악의 주장법

"아니에요. 전혀 그렇지 않아요. 우리는 함께 애도하는 마음으로 이미 자매가 되었는걸요."

애도하는 마음? 자매? 이게 무슨 소리인가. 맹단이가 하루아침에 천주교 신자가 되었나? 그때 롱아가 얌전히 고개를 끄덕이며 말했다.

"맞아요. 이 또한 미카엘이 만들어 준 인연인데, 소중히 해야죠. 오늘 이곳에서 맹단을 만난 건 분명 무슨 뜻이 있을 거예요."

"실례지만 세 분이 인연을 쌓는 데 미카엘이 어떤 역할을 한 거죠?"

희비가 불쑥 질문을 던지자, 롱아와 정예가 잠시 무춤했다. 그때 맹단이 마음 놓고 대답해도 된다는 듯 태평하게 희비를 소개했다.

"아, 이분은 차돌 언니가 모시는 사장님."

"사장이 아니라 박사."

"아, 맞다. 박사님. 책도 쓴 박사님."

맹단이 말을 바로잡자, 희비는 만족스러웠는지 고개를 끄덕였다. 그러곤 어서 대답을 내놓으라고 요구하는 듯한 표정을 지으며 롱아와 정예를 빤히 쳐다보았다.

"아…… 우리는 '한마음 미카엘 구락부' 회원이거든요."

"무슨…… 구락부요?"

"좀 이상하다고 여기실 수 있는데…… 그냥 미카엘을 좋아하는 사람들이 모여서 미카엘에 관한 이야기를 나누는 모임이에요. 미카엘이 좋아하는 성경 구절을 필사하고, 미카엘이 그린 작품 감상도 함께하고…….."

"롱아 언니는 미카엘 그림도 여럿 샀다!"

차돌의 입이 저절로 벌어졌다. 솔직히 아까 로사 수녀님이 백오교와 미카엘의 관계에 대해 암시하는 말을 들었을 때보다 지금이 더 새뜻이 놀라웠다. 한 사람을 여럿이 흠모하여 그들끼리 모임을 만들고 친목을 다진다니. 어쩌면 미카엘이 그림을 팔아 살 수 있었던 이유가 한마음 미카엘 구락부 회원들 때문인 듯싶었다. 차돌은 해맑은 맹단의 얼굴을 힐끗 쳐다보았다. 맹단은 이 이상하고도 신기한, 듣도 보도 못한 구락부의 신입 회원이 된 셈이었다. 그때 희비가 목소리를 가다듬으며 말했다.

"전혀…… 이상하지 않습니다."

거짓말하지 마세요, 박사님도 놀랐으면서. 차돌은 희비가 있는 힘을 다해 놀라지 않은 척하고 있다고 생각했다.

"근데 롱아 님. 혹시 지등조라고 아시나요? 월영관에 자주 드나들던 인물인데."

놀라지 않은 척했던 이유는 바로 이 때문이리라. 희비는 질문할 기회를 놓칠 사람이 아니었다.

악의 주장법

"지등조요? 알다마다요. 월영관 기생이라면 모르는 이가 없죠. 아마 다들 지등조라는 이름 석 자 듣자마자 혀를 찰걸요."

롱아가 차분히 대답했다.

"혹시 요즘 이상한 기색은 없었나요? 평소와 다른 점이 있었다든가……."

"있었죠. 워낙 변함없이 술에 취해 있는 양반이니 이상하거나 다를 건 없어도, 큰일이 난 건 분명했죠."

"큰일이요?"

"네. 지등조가 요 몇 달 월영관 문지방이 닳도록 뻔질나게 드나든 이유가 다 그놈의 금광 사업을 한답시고 이 사람 저 사람 만나기 위해서였거든요. 근데 그쪽이, 어디 호구 잡기 쉬운 놈 하나 보이면 조선 팔도 사기꾼들이 귀신같이 냄새 맡고는 득달같이 몰려드는 판이란 말이죠."

롱아는 겉보기에 점잖고 온순해 보였지만, 할 말을 할 때는 수줍음이라곤 찾아볼 수 없는 태도로 임했다. 아니다 싶은 일을 대하면 욕 한 번 뱉지 않고 조곤조곤히 다 말하는 성격 같았다.

"지등조도 사기꾼에게 당했군요?"

"당하다마다요. 뼈도 못 추릴 정도로 당했죠. 월영관 외상장부에 적힌 빚만 해도 몇 달 치 기자 월급은 훌쩍 넘는 데다가, 듣자 하니 월세도 밀릴 대로 밀려 쫓겨날 지경이고, 당장

걸친 옷 빼고는 죄 전당포에 맡겼다고 하더라고요."

"기자? 혹 주먹코에 낯빛이 영 어두운 그이 말하는 건가?"

그때까지 가만히 듣고만 있던 정예가 고개를 갸웃하며 물었다.

"지등조를 아시오?"

희비가 되묻자, 정예가 고개를 주억이며 말했다.

"안다기보단 보았죠. 요즘 미카엘을 따라다니는 수상한 이가 있다길래 예의 주시하고 있었거든요. 그래서 한번은 그이랑 마주치자마자 냉큼 따졌었지요. 근데 자기는 기자라며, 취재할 권리가 있다고 주장하더라고요. 제가 미카엘을 취재하고 싶으면 당당하게 면담을 요청해라, 왜 사람 뒤를 몰래 따라다니냐 했더니, 잠복 취재도 기자의 일이라고 하기에 얼마나 기가 차던지요. 아니, 미카엘이 무슨 죄를 지은 것도 아니고, 미행이 웬 말이냐고요."

정예는 아직도 화가 나 죽겠다는 듯이 씩씩댔다.

"아주 뻔뻔하기 이를 데 없는 게, 돈이 목적인 걸 숨기지도 않더라니까요? 저더러 그러더라고요. '학생이 이러는 걸 보니 미카엘이란 자가 인기가 많긴 많은가 보다. 내가 취잿거리 하난 잘 잡았다. 잘하면 횡재하겠다.' 제가 사람이 어째 그러냐, 기자로서 부끄럽지도 않냐고 하니까 되려 코웃음을 치더라고요. 나중에 자기가 쓴 기사 보고 너무 상심하지 말라고 빈정대면서."

"그게 언제였나요?"

"보름 전쯤이요."

정예의 대답 뒤로 롱아의 질문이 이어졌다.

"그런데 지등조에 대해선 어찌 물으세요?"

"지등조가 살해됐습니다. 경찰은 만취자 강도 살해 사건
이라고 결론지었어요."

"아……."

롱아의 입술 사이로 놀라는 기색이 전혀 느껴지지 않는,
기계적인 탄식이 흘러나왔다.

"그렇게 매일같이 인사불성으로 마셔대고 아무 데서나 퍼
질러 자니……."

"그렇다고 지등조를 탓할 순 없죠. 지등조는 피해자입니
다. 술에 취해 길바닥에서 자든 지붕 꼭대기에서 자든 결코
살해당해서는 안 되는 거 아니겠습니까."

롱아는 희비의 말뜻을 파악하기 위해 애쓰는 듯했다. 마
침 차돌도 지등조가 죽음을 자초했다고 생각하던 참이라 롱
아와 비슷한 표정이 되었다. 이는 정예도, 맹단도 마찬가지
였다.

"미카엘을 괴롭힌 자라 해도 죽어 마땅한 건 아니라는 말
이에요?"

맹단의 머릿속에서 지등조는 이미 죽어 마땅한 사람이 되어버린 것 같았다.

"그건 다른 얘기가 될 것 같구나. 적어도 지등조의 죽음은 지등조 탓이 아니라는 거야."

그러자 맹단이 갈래머리를 어깨 뒤로 넘기며 깜찍하게 물었다.

"박사님, 지등조를 살해한 강도는 잡혔나요?"

얼른 범인이 밝혀져야 지등조를 실컷 욕할 수 있다고 생각한 모양이었다.

피로 물든 넋

사랑하는 조카 희비 보아라.

격조하였구나. 오정 오라버니는 잘 계시니? 가을이 되니 오라버니 걱정이 부쩍 느는구나. 그런데도 편지 한 통 보내지 못하고 미안해.

작년 가을 관동군 장교들이 전쟁을 일으키고 난 뒤부터 지금까지 시간이 어찌 흘렀는지 모르겠어. 네가 얼마나 기다릴지 알면서도 서신 한통 보내기도 여간 조심스러운 게 아니었어. 근래 들어 어찌나 감시가 심한지. 조만간 우리 동지들을 노린 토벌대를 만들 거라는 소문도 들리고. 관동군이 멋대로 만주국 설립을 선포하고 나서, 이곳은 모든 일이 정신없이 돌아가고 있어. 핏빛 칼부림으로 신속하게 새 나라를 조립해가는 광경을 지켜보다 보면 현기증이 날 지경이야. 칼 찬 군인들이 벌써부터 야단스럽게 경제성장이니 뭐니 떠들어대는데도 아무도 무어라 반박하지 못해. 칼 앞에 숨죽이고 돈 앞에 눈감는 것이지. 바야흐로 만주는 힘과 돈에 취한 낭인과 사무라이의 전성시대야.

그래도 다행히 아직까지는 정착촌이 안정적으로 돌아가고 있어. 작년에 만든 비료 공장 수입도 나쁘지 않고, 마침 독일의 마우저 C96을 좋은 가격에 넘기겠다는 공급책이 있어서, 비료 공장에서 낸 수익으로 몇 자루 더 구할 수 있을 것 같아. 물론 비료 공장을 아무리 열심히 돌려봤자 조선에서 보내주는 자금의 십 분의 일도 안 되지만 말이야. 여기 우리 동지들 모두 너와 제임스 설리반 교수에게 깊이 감사하고 있어. 그리고 희비 네가 정말 훌륭히 자금책 임무를 수행하고 있다며 모두가 입을 모아 칭찬한단다.

희비야, 요즘 몸은 좀 어떠니. 나는 만주에 온 걸 한 번도 후회한 적이 없지만 네가 아플 때 곁에 있어 주지 못하는 것만큼은 한탄스럽기 그지없어. 열흘 전 창춘의 한 호텔 식당에서 네 또래의 여인이 고열로 쓰러진 것을 내가 도운 적이 있어. 나나코라는 이름의 일본인이었지. 동지들이 알면 달가워하지 않겠지만, 네 생각이 나는 바람에 돕지 않을 수 없었어. 아픈 사람을 보면 도저히 그냥 지나칠 수가 없거든. 그래서 병원에도 데려가고, 약을 사다 주고, 옆에서 간병도 했지. 하지만 처음엔 나도 나나코에 대해 편견이 있었어. 연고 없는 낯선 땅에 슈트 케이스 하나 달랑 들고 온 일본 여인이라니, 색안경을 끼지 않을 수가 없었지. 그저 세상 무서운 줄 모르는 철부지이거나 배부른 부르주아, 그도 아니면 식민 제국의 위세를 체험하고자 나선 교만한 폐객이려니 생각했단다. 그런데

악의 주장법

알고 보니 나나코는 언니 히카리와 함께 세계 일주의 꿈을 안고 여행을 시작한 여인이더구나. 선양에서 볼일을 마치고 뒤늦게 창춘에 도착한 히카리와 인사를 나누고 나서, 우리 셋은 시간 가는 줄 모르고 이야기를 나누었어. 알고 보니 이들 자매, 퍽 열린 마음을 지닌 방랑자이자 모험가 더라고. 나는 나나코와 히카리의 기질에 감탄하는 동시에 치미는 부러움을 금할 수가 없었단다. 어쩔 수 없이 희비 네 생각이 나는 통에 말이야. 이들 자매처럼 우리도 이 넓디넓은 세상을 함께 누비면 얼마나 좋을까. 이런 생각이 머릿속을 떠나지 않았어.

희비 네가 어릴 때 얼마나 호기심이 많고 잘 뛰어다녔는지 아니? 나는 내 조카가 세계를 유람하는 멋진 신여성이 될 거라 믿어 의심치 않았 단다. 물론 지금도 그 믿음은 유효해. 너는 분명 완치될 수 있고, 자유로 워질 수 있어. 네가 지금보다 훨씬 근사한 세상을 누릴 수 있도록 내가 반드시 일조할 거야. 그것만이 내 언니에게 한 약속을 지키는 길이니까. 동하도 항상 내게 얘기한단다. 너와 한 약속을 꼭 지킬 거라고. 무슨 약 속인지 내게 말하진 않았지만, 아마도 살아서 돌아가겠다는 약속이겠 지? 동하는 자기가 한 말은 무슨 일이 있어도 지키는 아이지. 우리 모두 동하의 그런 점을 사랑하잖니.

사실 이번에 동하가 좀 위험한 임무를 맡았어. 지난 4월 상해 홍커우 공원 의거 성공 후에 일본이 불령선인 색출 운운하며 비열한 공세를 펼 쳤고, 그 바람에 상해에서 활동하던 동지들이 잠시 거점을 옮기기로 했 거든. 동하는 급히 그 일을 도우러 갔어. 그래서 동하는 서신을 보내지 못한 것이니 너무 서운해하지 말아라. 동하가 태양처럼 환한 미소를 지으며 너에게 돌아갈 거라는 믿음도 절대로 버려서는 안 된다. 동하 역시 그 믿음 하나로 버티고 있으니까. 어찌 아냐고? 만주를 떠나기 전, 일본군에 잡혀서 모진 고문을 당할 때를 대비해 자결을 위한 청산가리 알약을 건네주는데, 동하가 단호히 그러더구나. 자신은 이런 약이 필요 없다고 말이야. 그런데 그 얘기를 들은 우리 모두 전혀 놀라지 않았단다. 다만 불가피한 순간에 동하의 고통을 덜어주고 싶었을 뿐, 동하가 고문을 이기지 못해 동지들의 정보를 넘길 거라 생각하는 사람은 아무도 없었으니까. 동하는 이미 우리에게 수없이, 자신이 얼마나 탁월한 지도자의 재목인지 증명해 보였단다. 그리고 난 동하가 너에게도, 자신이 얼마나 신실한 연인인지 증명해 보일 거라고 믿어. 동하가 알약을 거부한 이유는 그 어떤 고통을 감수하더라도 마지막 순간까지 너에게로 가는 길을 포기하지 않으려는 의지 때문일 테니까.

또 내용이 심각해지고 말았구나. 하지만 우리가 늘 얼굴을 찌푸린 채 엄숙하게 지내는 건 아니야. 동하가 떠나기 전날 밤에도 우리는 휘영청 밝은 만주의 달을 올려다보며 보드카를 마셨지. 한껏 멋을 부리고 노래하는 모습들이 얼마나 아름다웠는지. 이런 상황에서도, 다들 운치와 풍류를 잃지 않으려고 노력하고 있단다. 되찾은 나라에 낭만이 없다면 그 또한 애석한 일 아니겠어.

너의 비장한 나날들에도 다소간의 낭만이 깃들길 바라며, 이만 줄인다.

사무친 그리움으로
허오연 보냄

까막거리는 호롱불 아래 오연의 서신 위로 눈물이 뚝뚝 떨어졌다. 희비는 젖은 서신을 가슴에 품고 한참을 흐느꼈다. 절절한 그리움. 먹먹한 슬픔. 심장을 쥐어짜는 이 감정이 곧 실재하는 통증이 되어 엄습하리라는 걸 알았지만 눈물이 멈추지 않았다. 자그마치 오 년이다. 살아생이별은 생초목에 불붙는다는 말도 있지 않은가. 애타고 애끓는 마음은 오 년을 오십 년처럼 느끼게 했다. 만주 땅은 또 오죽이나 먼가. 오연과 동하가 있는 압록강 너머 북만이 희비에게는 저승보다 멀게 느껴졌다. 때로는 괴로움이 너무 지나쳐 차라리 콱 죽어버리는 것이 속 편하겠다는 생각도 들었다. 통증이 밀려올 때는 더욱더 그랬다. 하지만 동하의 약속 때문에 그럴 수가 없었다. 꼭 살아 돌아오겠다는 말. 희비는 그 말을 마음에 새겼다. 동하의 약속은 희비의 심장을 뛰게 하는 마력의 문신이자 부적이었다.

마음을 굳게 먹자. 동하도 그걸 바랄 거야. 속눈물까지 싹싹 닦아낸 희비는 자세를 고쳐 앉고 방 한구석에 놓인 적갈색 머릿장을 열었다. 머릿장 안에는 다섯 해가 지나는 동안 만주에서 보내온 서신들이 차곡차곡 쌓여 있었다. 문득 처음 오연이 보냈던 글이 떠올랐다. 낯선 타국의 황무지를 밟고 느꼈던 생경함과 당황스러움이 그대로 느껴졌던 오연의 서신. 실 한 오라기 걸치지 못하고 알몸으로 가시밭 땅끝에 서서 따귀를 맞는 기분이라고 했던가. 참판을 지냈던 고조부 아래 양반가의 권세를 보호막처럼 두르고 자란 오연이니, 그 후 아무리 가세가 기울어 험한 꼴을 많이 봤다 해도 만주 땅의 경험에 비할 바는 아닐 터였다. 하지만 오연은 더 이상 그때의 오연이 아니었다. 죽기 살기로 비적 떼와 싸우고, 밤낮으로 토성을 쌓고, 동토를 개간해 논밭을 만들고, 하늘을 찌를 듯 솟은 아름드리나무를 베고, 농장을 관리하고, 학교를 운영하고. 희비는 오연이 그 많은 일을 어찌 다 해내는지 그저 놀라울 뿐이었다. 매일이 전쟁터인 현실에서 기개를 떨치며 싸우면서도 한 줄기 낭만의 빛을 잃지 않으려 애쓰는 여중호걸. 희비는 그런 오연이 자랑스러웠다.

오정도 마찬가지일 터였다. 오연을 안쓰러워하는 마음이 우선이긴 해도, 희비가 그러하듯 오정 역시 오연을 분명 자랑스러워했다. 오늘은 하루 종일 행랑방 문을 걸어 잠근 채 두문불출이라 말 한마디 나누지 못했지만, 내일 날이 밝자마자 삼촌에게 서신을 보여드려야지. 희비는 머릿장을 닫고 호롱불을 껐다. 호롱에서 피어오른 그을음이 천장에 가닿자 방 안에 어둠이 드리웠다. 그렇게 희비가 막 자리에 누우려

던 때,

"죽창이다! 죽창! 사방이 죽창이다!"

밖에서 고성이 들려왔다.

"네놈들이 이리 사람을 해하고도 무사할 듯싶으냐! 그깟 죽창으로 하늘도 찌를 수 있을 것 같더냐!"

오정의 외침이었다. 놀란 희비가 황급히 방문을 젖히며 대청으로 나섰다.

"박사님……."

때마침 소리를 듣고 뛰어나온 차돌이 영문을 모르겠다는 표정으로 희비를 쳐다보았다. 하지만 지금은 차돌에게 자초지종을 설명할 겨를이 없었다. 대문이 활짝 열려 있던 것이다. 희비가 맨발로 뒤뚱이며 마당을 가로지르자 어느새 뒤따라온 차돌이 희비의 팔과 허리를 잡고 부축했다.

"삼촌! 오정 삼촌!"

팔 년 동안 단 한 번도 집 밖을 나선 적이 없는 오정이었다. 오정의 발작은 뜻밖의 일이 아니었으나 그런 오정이 대문을 열고 문지방을 넘었다는 사실은 가히 의외의 일이었다.

"삼촌!"

오정은 대문에서 몇 걸음 떨어진 곳에 무릎을 꿇고 앉아 숨을 몰아쉬고 있었다.

"오정 아재, 괜찮으세요?"

희비와 차돌은 재빨리 오정의 몸 상태를 확인했다. 다행히 다친 데는 없어 보였다. 다만 종이 뭉치를 쥔 손에 너무 힘을 주고 있어서 손등의 핏줄이 터질 듯 부풀어 올라 있었다.

"희비야……."

"네, 삼촌."

"진이의 배가 갈라진 것이 보이냐."

"삼촌……."

오정은 바닥에 시선을 내리꽂은 채 두 팔을 앞으로 뻗고는 헛손질을 하며 말했다.

"내 눈에만 보이는 것이냐. 이렇게 살이 반으로 쩍 갈라져서 뱃속의 아이가 훤히 들여다보이는데, 피맺힌 눈을 차마 감지도 못하고 사천왕처럼 부릅뜨고 있는데, 이 모습이 정녕 내 눈에만 보이는 것이냐……."

울컥, 가슴에 뜨거운 기운이 치솟았다. 오정의 처, 백진이는 살해당했던 당시 임신 중이었다. 진이는 제국대학 농학부 조교수 일을 마치고 퇴근하는 오정을 마중 나갔다가 대로 한복판에서 참변을 당했다.

"삼촌, 이제 외숙모는 보내주셔요. 외숙모도 그만 쉬어야죠."

희비가 눈물을 삼키며 말했다.

"못 보내. 절대로 못 보내줘. 구천까지 한이 사무쳤는데 거길 어떻게 혼자 보내."

악의 주장법

오정은 발작할 때마다 이렇게 말하곤 했다.

'진이야, 너를 혼자 보낼 수 없다. 조금만 더 이승을 떠돌아다녀다오. 내가 죽는 날 함께 구천으로 가자.'

오정이 진이에게 기다려달라고 애원하는 이유를 희비는 알고 있었다.

"희비야…… 희비야……."

오정이 종이 뭉치를 더욱 세게 쥐며 중얼거렸다. 그 종이 뭉치는 처의 뒤를 따르고자 하는, 수시로 치미는 오정의 충동을 억눌러주는 것이었다. 오정은 그날의 참상을 낱낱이 기록해야 한다는 일념 하나로 목숨을 부지하고 있었다.

"삼촌……."

"사람들이 사냥당했다. 조선인들이 사냥당했어. 짐승 사냥도 그렇게는 안 한다. 죽이고, 죽이고, 또 죽였어. 갈라진 땅을 시신으로 채웠어. 땅이 화가 났다고 우리를 제물로 바쳤어."

공포와 광기, 끔찍한 폭력으로 물들었던 천구백이십삼 년 동경의 가을밤은 오정의 머릿속에서 쉼 없이 반복되었다. 오정에게 그날의 기억은 무간옥이었다. 희비는 오정이 발작할 때마다 분심이 솟구쳤다. 악행을 저지른 자들은 따로 있는데 왜 오정이 무간옥에 빠져 끝없이 고통받아야 하는가?

"네 이놈들!"

오정이 벌떡 일어나 손에 쥔 종이 뭉치를 흔들며 추상같은 호통을 쳤다.

"어디 한번 훔쳐보아라! 힘닿는 데까지 찢어봐! 찢는다고 잊을쏘냐! 백 년이 지나도 천 년이 지나도 원통하게 죽은 영혼들이 너희 땅을 떠돌며 모골이 송연하도록 장송곡을 울릴 것이다!"

"삼촌…… 누가 훔친다고 그래요. 누가 찢는다고……."

잠깐. 오정을 진정시키려던 희비의 머릿속에 불쑥 물음표가 떠올랐다. 혹시 정말 누군가가 삼촌의 기록을 훔치려고, 찢으려고 했단 말인가? 차돌도 희비와 비슷한 생각을 했는지 의문이 드리운 눈빛으로 희비를 쳐다보았다.

"삼촌, 누가 만독재에 숨어들려고 했어요? 침입자를 쫓으려고 문밖에 나오신 거예요?"

장승처럼 우뚝 선 오정은 어둠 속에 모습을 감춘 지평선만 뚫어져라 쳐다보았다. 희비는 차돌과 다시 눈을 맞췄다. 삼촌은 지금 침입자가 도망간 방향을 쳐다보고 있는 거야. 분명 누군가 만독재 담을 넘으려 했군. 삼촌이 그것을 알아채고 뛰쳐나온 거고. 그동안 여러 번의 발작이 있었지만 오정은 결코 자기 손으로 대문을 열고 뛰쳐나간 적이 없었다. 설령 오정의 기록을 뺏으려 한 자는 없었을지 모르지만 오정을 흥분시킨 이는 분명히 있었으리라.

"도망쳐도 소용없다! 발 없는 귀신처럼 달아나도 아무 소용 없어!"

오정이 어깨를 떨며 소리쳤다.

"원혼은 망각할 줄 모른다! 피로 물든 넋은 사라지지 않는다!"

오정의 외침은 점점 울부짖음으로 변했다. 곧이어 서슬 퍼런 절규가 하늘과 땅을 흔들었다.

"네놈들이 암만 손바닥으로 하늘을 가리려 해도 소용없다! 네놈들이 무너뜨린 땅에 흐른 조선인의 피는 우리가 붉게 간 먹이다! 붉디붉게 간 먹물이란 말이다! 어디 감히 죽창을 들어보아라! 내 손엔 피먹을 찍은 붓이 들려 있다! 죽은 자들이 흘린 피로 남길 것이다! 산 자들이 피를 토해 남길 것이다!"

"삼촌……."

눈물이 희비의 시야를 뿌옇게 만들었다. 쇳소리를 쏟아내던 오정은 가슴을 부풀리며 으흐흡 숨을 들이마시고 흐느꼈다.

"진이야…… 진이야…… 내 끝까지 남길 것이다……."

오정의 가슴이 들썩거렸다.

"진이…… 가여운 진이……."

하늘도 울릴 처연한 흐느낌이었다. 창자가 끊어질 듯 애달픈 모습에 희비가 오정을 껴안으려 다가서는 순간,

"오정 아재!"

기력을 소진한 오정이 푹 고꾸라졌다. 차돌이 몸을 던져 혼절한 오정을 받아내지 않았더라면 머리가 깨졌을 터였다. 오정을 거뜬히 들쳐 업는 차돌을 보며 희비는 눈물을 삼키며 안도의 한숨을 내쉬었다. 그러나 한편으로는 지평선 너머 흔적도 없이 사라진 침입자를 향해 아드득 이를 갈았다.

도대체 누가, 왜 만독재에 침입하려 했단 말인가.

*

차돌은 밤새 잠을 이루지 못했다. 오정의 발작으로 놀라기도 했지만 그 때문만은 아니었다. 오정을 행랑방에 눕히고 차돌에게도 눈 좀 붙이라고 한 뒤 방에 든 희비는 새벽까지 신음을 내뱉었다. 후드득후드득 떨어지는 빗소리 사이를 타고 도는 신음. 도저히 혼자 둘 수 없는 앓음이었다. 차돌이 희비의 방문을 연 것은 선택의 여지가 없는 일이었다.

"등이…… 너무 아파. 척추뼈가 으스러진 것도 같고 뒷등에 기름칠을 해서 불붙인 것도 같아."

하지만 희비의 등은 겉으로 아무 이상이 없어 보였다. 온몸을 축축이 적신 식은땀만이 희비의 통증이 실재한다는 것을 말해줄 뿐이었다. 차돌은 희비의 무명 저고리를 벗기고 치마를 걷어 올린 뒤, 물수건으로 희비의 몸을 닦아주었다.

악의 주장법

통증과 피로로 몽롱해진 희비는 계속 등이 불에 덴 것 같다고 중얼거렸다. 차돌은 말없이 희비의 등에 부채질을 해주었다. 그렇게 밤이 지났다.

"한 달 전에 백오교가 죽었고…… 백오교의 아파트에서 미카엘이 죽었고, 이제 지등조가 죽었지. 백오교의 시를 찬미하던 사람들이 죽었고. 애석하지만 우리는 지금부터 자살과 살인을 구분해내야 해. 그리고 누가 자비초를 훔쳤는지, 누가 만독재에 침입하려 했는지 알아내야 하지."

차돌이 까물까물 잠에 빠져들었던 새벽, 비로소 통증이 잠잠해진 듯 희비는 메마른 입술을 떼었다. 부스스 일어난 차돌은 물잔을 건네며 희비의 안색을 살폈다.

"좀 괜찮으세요? 지금은 너무 많이 생각하지 마세요."

"많이 놀랐지? 삼촌이 여느 때보다 훨씬 흥분하셔서 나도 당황했어. 그래서 몸이 좀 놀랐나 봐. 내가 원체 약골이라, 자주 아파."

희비가 해쓱한 얼굴을 매만지며 억지웃음을 지어 보였다.

"이제 살 만하신가 보네요."

간밤의 고통 따위는 싹 잊어버렸다는 듯 씩씩한 체하는 희비를, 차돌은 복잡한 심경으로 바라보았다. 딱하기도 하고, 안심되기도 하고, 동시에 괜스레 부루퉁히 굴고 싶을 만큼 얄밉기도 했다.

"그래, 맞아. 살 만하니 좋구나. 세상살이가 늘 이렇게 살 만하면 바랄 것이 없겠는데."

사람이 살 만한 세상. 그런 세상이 오기는 오는가. 차돌은 거창한 이념이나 사상 같은 건 몰랐다. 세상이라는 말은 자신이 품기에 너무 큰 단어 같았다. 차돌이 아는 세상은 아버지를 잃고 떠나온 군산과 천봉대밖에 없었다. 이제 거기에 만독재가 더해졌을 뿐이다. 그럼에도 불구하고 지금이 사람이 살 만한 세상이 아니라는 것쯤은 알았다. 살 만한 세상에서 이렇게 많은 목숨이 죽어 나갈 리 없지 않은가. 게다가 오정의 발작은 차돌에게 적잖은 충격을 안겨주었다. 어릴 적 곁귀로 들었던 바다 건너의 비극을 어젯밤 오정의 추상같은 재현으로 목도했고, 차돌은 그 충격만큼 자신의 세상이 한 뼘 정도 늘어난 것 같은 기분이 들었다. 이 또한 죽음으로 확장된 세상이었다.

"밖에 좀 나가보자. 날이 밝았으니 지난밤에 침입자가 남겨놓은 흔적 같은 건 없는지 확인 좀 해봐야겠다."

희비가 주섬주섬 저고리를 걸치며 자리에서 일어났다.

"밤새 비가 내렸어요. 감기 드셔요."

차돌은 얼른 머릿장 위 얇은 담요를 집어 들고는 희비의 어깨에 걸쳐주었다. 방문을 열자 새벽의 찬 기운이 훅 밀려들었다. 희비는 쪽마루 구석에 비스듬히 세워둔 장우산을 짚

악의 주장법

고 밖으로 향했다.

"발자국 하나 없구나. 비에 다 쓸렸어."

희비가 대문 밖 벌판을 살피며 씁쓸한 목소리로 말했다. 그때 사방을 둘러보던 차돌의 눈에 들어온 것이 있었다.

"엇, 저기 좀 보세요, 박사님. 저기……."

담벼락 아래 놓인 평평하고 큼지막한 돌. 분명 못 보던 돌이었다.

"어라? 저쪽에도 있어요."

다섯 발자국쯤 떨어진 곳에도 비슷한 모양의 돌이 놓여 있었다. 희비의 눈매가 가늘어졌다.

"차돌아, 저기 행랑방 위편에 열려 있는 창문 보이지?"

차돌이 고개를 끄덕였다. 행랑채 밖으로 나 있는, 아래짝을 밀어 여는 작은 걸창. 차돌이 만독재에 온 첫날, 헛것을 봤나 싶었던 창문이었다.

"삼촌은 경계심이 많아. 아마 어젯밤에도 저 창으로 밖을 살펴보시다가 만독재에 접근하는 침입자를 발견하셨을 거다."

그럼 그날도 오정 아재가 밖을 내다본 거였구나. 차돌은 귀신이 아니어서 그나마 다행이라고 여겼다.

"침입자는 담을 넘기 위한 디딤대가 필요했겠지. 적당한 돌을 찾으려고 벌판을 돌아다녔을 테고. 그때 삼촌 눈에 띈 거야. 근데, 저만한 돌 하나로 모자랐다면 키가 크진 않겠구나."

나라면 한 번에 넘어버렸을 텐데. 차돌은 고개를 끄덕이며 자신보다는 훨씬 왜소한 자임이 틀림없다고 생각했다.

"그런데 왜 만독재에 몰래 들어오려고 한 걸까요?"

"그게, 아무리 생각해도 삼촌의 기록 때문인 거 같진 않아."

희비가 담요를 여미며 말을 이었다.

"삼촌이 손에 쥐고 있던 종이 뭉치 말이야. 행랑방에 한가득 쌓여 있거든. 삼촌이 뭘 적고 있는지 아는 사람은 나밖에 없어. 이젠 너도 알아챘겠지만."

잊지 말아야 할 것이 있다면, 두고두고 알려야 할 것이 있다면 역시 글만 한 것이 없는 걸까. 차돌은 아직 글을 몰랐지만 어렴풋하게나마 글의 의미에 대해 알 것 같았다. 오정이 그토록 기록하는 일에 매달리는 이유도.

"그전까지는 종이 뭉치를 들고 방을 나선 적도 없었고, 그 방엔 아무도 못 들어가기도 했지만, 삼촌은 물론 나 역시 그 기록에 대해 다른 누구에게도 말한 적이 없으니까. 존재 여부를 아는 사람이 없는데 어찌 훔치려는 자가 있겠니?"

"그럼 도대체 무슨 이유로……."

"어쩌면 앞선 죽음들과 관련이 있는지도 모르지."

다음 말을 기다리는 차돌을 향해 희비는 장난기 어린 미소를 지으며 슬쩍 몸을 흔들었다.

"아직은 말하지 않는 편이 좋겠구나. 네가 너무 걱정할까

악의 주장법

봐. 나를 걱정할 네가 걱정되어서 말이야."

"그게 무슨……."

나를 놀리는 거구나. 희비의 몸이 불면 날아갈 듯 쥐면 꺼질 듯하기에 과하게 신경 쓰고 있거늘, 차돌은 그런 자기 마음도 몰라주고 놀리는 희비가 조금 야속했다. 하지만 희비는 얼굴이 불룩해진 차돌을 달랠 생각이 없어 보였다.

"이제 그만 들어가자. 갈 데가 있으니."

희비가 몸을 돌려 대문으로 향하자, 차돌도 시무룩하니 옅은 입김을 뱉으며 희비를 뒤따랐다. 끼이익. 만독재 안에 들어선 차돌이 문짝을 잡아끌었다.

"차돌 언니!"

별안간 차돌의 이름이 들려오지 않았다면, 대문은 그대로 닫혔을 것이다.

벌판의 저편에서 두 팔을 흔들며 깡총깡총 뛰어오는 막동과 맹단, 그 뒤로 어슬렁어슬렁 걸어오는 용손이 보였다.

"책을 받으러 왔나 보구나."

희비가 어제 약조한 일이 떠올랐다는 듯 빙그레 웃으며 손을 흔들었다. 차돌은 풋, 하고 튀어나오는 웃음을 가까스로 삼켰다. 아이들은 박사님이 쓴 『멍울독 백과』에 그리 흥미가 있을 리 없다고요. 『멍울독 백과』는 핑계일 뿐 막동, 맹단, 용손은 분명 자기를 보러 아침 일찍부터 발걸음한 거라고, 차

돌은 자신했다. 그런데,

"박사님!"

숨차게 달려온 맹단이 쪼르르 선 자리는 차돌의 앞이 아닌 희비의 바로 앞이었다.

"지등조 지갑이요, 누가 털었는지 알아냈어요."

"그래?"

기대한 적 없었던 정보여서일까. 희비가 '요 녀석 봐라' 하는 표정으로 맹단을 쳐다보았다.

"맹단이 소매치기 정식을 탈탈 털었어."

막동이 차돌의 가랑이 사이를 파고들며 속삭였다. 맹단은 기세등등하게 들은 것을 읊었다.

"정식이 그러는데, 맹세컨대 자기는 지등조의 숨이 붙어 있을 때 지갑을 훔쳤다는 거예요. 그냥 붙어 있는 것도 아니고 아주 힘차게 붙어 있었다고. 술에 취해 길바닥에 쓰러져 있긴 했지만, 그때까지만 해도 자기한테 말을 씨불일 정도로 쌩쌩했다고 하더라고요."

"흥, 소매치기하는 놈의 맹세를 믿냐?"

용손은 여전히 정식 얘기만 나오면 고까운 모양이었다.

"나도 처음엔 안 믿었지. 근데 박사님, 정식이 지등조한테 들었다는 말이 너무 그럴듯하더라니까요."

"지등조가 뭐라고 했다든?"

"정식이 지등조가 잠든 줄 알고 몰래 윗옷 안주머니에서 지갑을 빼내려는데, 지등조가 갑자기 확!"

다들 깜짝 놀라 움찔하자, 맹단이 만족스러운 표정을 지으며 말을 이었다.

"정식의 손목을 잡고 빤히 노려보다가 갑자기 해탈한 듯 흐흐 웃으며 가져가라고 했다는 거예요."

"그게 말이 되냐! 내 그럴 줄 알았다. 맹단이 너도 참, 도둑놈이 하는 말에 속냐."

"아, 쫌!"

맹단이 용손에게 가볍게 짜증을 내고는 바로 희비를 향해 말을 늘어놓았다.

"박사님, 근데 그다음에 지등조가 혀 꼬부라진 소리로 이래 말했다잖아요. '돈이 웬수다, 돈이 웬수야. 그래, 다 가져가라. 가져가서 너라도 잘 살아라. 도둑질이 주식이나 금광보다 낫다. 금광이 다 무어냐. 이제 나한테 남은 건 그 지갑에 든 돈뿐이다. 그깟 몇 푼 있으나 없으나. 나는 돈 나올 구멍 따로 있다. 내 평생 기자 노릇 하며 밥벌이했으니 마지막 횡재도 기자 노릇으로 하련다. 그리고 미련 없이 원산으로 뜨련다.' 이거, 지등조 사정을 알지 못하면 할 수 없는 말 아니어요? 정식이 이렇게 상세하게 알고 있을 리 없다고요."

맹단이 똑똑한 건 알고 있었지만 어린데도 이 정도로 똑

소리 날 줄이야. 한참 동생이라 하더라도 맹단의 적극성과 총명함만큼은 차돌도 기꺼이 본받고 싶었다. 희비도 맹단의 말이 충분히 일리 있다고 생각한 듯 진지한 표정으로 고개를 끄덕였다.

"그래, 맹단 네 말이 맞다."

맹단의 광대가 보기 좋게 솟아올랐다.

"네 친구 정식이 지등조를 살해한 게 아니라면……."

"그깟 놈이랑 친구는 무슨!"

용손이 툴툴대며 희비의 말을 끊었다. 차돌이 말없이 용손의 어깨를 다독였지만 맹단이 달래주지 않는 이상 용손의 토라진 마음은 좀처럼 풀리지 않을 것 같았다. 희비는 얕게 한숨을 내쉬고 다시 말을 이었다.

"그러니까, 소매치기 정식의 말이 사실이라면 '만취자 강도 살해 사건'이라는 경찰의 발표는 잘못된 것이지."

"금품을 노린 살인이 아니군요."

차돌의 말에 희비가 "그렇지, 그렇지" 하며 맞장구를 쳐주었다. 어쩐지 칭찬받는 듯한 기분이 들어 쑥스러워진 차돌은 뒤통수를 복복 긁적였다. 그런 차돌에게 생끗 웃음을 날린 맹단이 희비를 향해 말했다.

"그럼 어서 진짜 범인을 찾아주세요. 그래야 구락부 회원들이랑 맘 놓고 지등조 욕을 하죠."

악의 주장법

"죽은 사람 욕을 뭐 하러?"

용손이 또 시비를 걸었다. 하지만 맹단은 용손의 태도에는 전혀 개의치 않는 듯했다.

"살아서 미카엘을 괴롭혔으니, 죽어서 욕이라도 먹어야지!"

맹단은 구락부 회원들과 생전 지등조의 행실을 욕할 생각에 신나 보였다.

"어후……."

용손이 속 터진다는 듯 고개를 저었다. 그때 희비가 퍼뜩 생각이 났다는 듯 손짓하며 말했다.

"참, 너희들 책 받아 가야지. 잠시만 기다려라."

희비가 몸을 돌려 대문 안으로 들어가자 막동과 맹단, 용손이 서로 눈을 맞추며 '무슨 책을 받아 가라는 거지?' 하는 의아한 표정을 지었다. 내 이럴 줄 알았지. 아이들이 여기 온 목적이 결코 책에 있을 리 없는데. 내 추측과 달리 내가 그리워 달려온 것도 아니었지만. 차돌은 피식 새어 나오는 웃음을 삼키며 아이들을 향해 작은 목소리로 "멍울독 백과"라고 귀띔했다. 그러곤 그제야 '아하' 하고 깨친 표정을 짓는 아이들을 뒤로하고 희비를 쫓아가는데,

"용손이 질투할 대상은 정식도 미카엘도 아닌 듯한데."

희비가 씩 웃으며 말했다. 무슨 뜻인지 단박에 이해가 안 되는 말이었다. 희비는 나란히 걸음을 옮기는 차돌을 힐끗

처다보며 말했다.

"그…… 한마음 미카엘 구락부 회원들 말이다. 맹단의 마음이 온통 쏠려 있는 데는 그쪽 아니겠니?"

차돌은 이번에도 힘주어 뒤통수를 긁는 것 말고는 별도리가 없었다.

악의 주장법

한 가지
더 중요한 것

아이들이 돌아간 뒤 사토가에 기별을 넣은 희비는 정오가 되기도 전에 카논으로부터 회신을 받았다.

기다리고 있었습니다.

한 줄짜리 회신이었지만 희비가 곧장 사토가로 향하기에 충분한 답이었다.

"박사님, 홍칠 아재가 왔어요."

차돌이 대문을 열며 말했다. 나갈 채비를 마친 희비는 대청에서 미음을 먹는 둥 마는 둥 하는 오정에게 다녀오겠노라 일렀다. 오정은 멍하니 고개를 끄덕였다. 예상대로 오정은 전날 밤 일에 대해 아무것도 기억하지 못했다. 오정을 통해 침입자에 대해 알아내기는 어려울 터였다. 다만, 희비는 짐작 가는 바가 있었다. 전에 없이 오정을 흥분하게 만든 것. 그러나 그것이 무엇인지 알아도 침입자를 특정할 수 없다는 게 문제였지만.

*

"어찌 또 오셨소."

은실이 시무룩한 얼굴로 대문을 열었다. 차돌은 왜 이리도 은실의 목소리에 힘이 없는지 의아해했다. 희비도 차돌과 비슷한 느낌을 받은 듯 은실의 얼굴을 들여다보며 짐짓 장난스럽게 물었다.

"나를 보는 것이 아직도 그리 싫으냐."

은실은 눈동자를 옆으로 굴리며 희비의 시선을 피했다.

"내가 언제 박사님을 보기 싫어했소? 보기 싫다고 먼저 쫓아낸 사람이 누군데. 난 억울했던 것뿐이오. 물론 내가 잘못한 게 없진 않지만……. 그래도 야속한 걸 어쩌오."

은실은 도대체 왜 손찌검을 당하고 쫓겨난 걸까. 은실이 뭘 잘못한 걸까. 하지만 그렇다고 박사님이 손찌검을 하다니. 차돌은 희비가 무슨 연유로 은실을 때렸는지 조만간 꼭 물어보고 따져봐야겠다고 속다짐했다.

"그래, 그래. 나도 그때 심했다. 내 지금은 약식으로 사과하고, 나중에 한 상 푸짐하게 차려 대접도 하면서 정식으로 사과하마."

희비가 차돌의 눈치를 보며 은실에게 말했다. 차돌은 진즉 눈치채고 있었다. 은실이 쫓겨난 얘기를 할 때면 희비가 자신의 눈치를 본다는 것을.

"흥…… 그 말 들으니 오정 아재 밥상이 그리워지는구만."

"네가 식사하러 온다고 하면, 삼촌도 기쁜 마음으로 반겨주실 거다."

"오정 아재는 원래 내게 항상 친절했소. 그리고 사실……나도 그 댁에 있을 때가 좋았고."

"응?"

난데없는 고백에 희비의 눈이 동그래졌다. 은실이 이번엔 눈동자를 위로 굴리며 덧붙였다.

"뭐 어려운 말 했다고 못 알아듣소? 생각해보니 그 댁에 있었을 때가 제일 행복했던 것 같다는 말이오."

차돌은 희비의 옆얼굴을 힐끔 쳐다보았다. 말문이 막히신 듯하네. 아무래도 희비는 고백에 약한 유형 같았다. 게다가 은실이 만독재에서 일할 때 가장 행복해했을 거라고는 꿈에서도 생각해보지 못했다는 얼굴이었으니…….

희비가 아무 말도 하지 못하자 은실이 답답해하며 소리

쳤다.

"뭘 그리 놀라오! 오정 아재가 밥을 오죽 맛있게 잘 차려 줬소! 그래서 그렇다는 것이지!"

아마도 밥은 핑계일 것이다.

"아, 그렇지, 그렇지."

희비가 어색해하며 맞장구를 쳤다. 그러자 은실이 검지손 가락으로 코밑을 문지르며 은근슬쩍 말했다.

"내 오정 아재 밥 때문이라도 그 집에 다시 들어가면 전보 다 더 잘해볼까 하오."

"응?"

이거야말로 난데없는 소리였다. 은실더러 만독재에 다시 와달라고 한 적도 없는데, 은실은 마치 선심 쓰듯 만독재에 다시 가주겠다고 말하고 있었다. 차돌이 기가 찬 얼굴로 어 리둥절해하는 희비를 쳐다보자, 이 모습을 본 은실이 엉큼한 표정으로 차돌을 가리키며 말했다.

"애는 비서인지 뭔지라고 안 했소? 나도 다 알아봤소. 비 서는 온종일 박사님을 쫓아다녀야 할 테니, 집안일을 할 사 람이 필요하오, 필요 안 하오?"

"그게……."

"왜, 요즘 책이 잘 안 팔리오? 사람 하나 더 못 두오?"

"아니, 그건 아니다."

"그럼 뭐가 문제요? 내가 가서 돕겠다는데. 오정 아재 혼자 살림하랴 밭 관리하랴. 힘들겠소, 안 힘들겠소?"

카랑카랑 캐묻는 은실 앞에서 꼼짝 못 하는 희비가 안쓰러우면서도 한편으로는 우스워 보였다. 희비는 그런 자신이 어이없었는지 웃음기 어린 한숨을 내뱉으며 은실을 달래듯 말했다.

"오늘따라 우리 은실이가 왜 이러지?"

"그냥, 뭐……."

은실은 다시 풀 죽은 얼굴이 되었다가 이내 팽 돌아서며 바락 성을 냈다.

"나도 가을을 타나 보오! 맘이 싱숭생숭해서 그렇소!"

은실 이 여인, 보면 볼수록 참 이상한 사람이야. 은실이 만독재에서 다시 일하게 된다 해도 우리 둘이 친해지기는 어려우리라. 차돌은 은실의 성격이 자신과 상극이라고 판단했다. 역시 거리를 두는 편이 좋겠다고 생각한 것이다.

"제가 원하는 정보를 가져오셨나요."

은실이 찻잔을 내려놓고 나가자 지난번과 다름없이 꼿꼿하고 우아하게 앉은 자세로 카논이 물었다. 차돌은 이번에도 지남석에 날바늘 끌리듯 희비 곁에 자리했다. 카논도 차돌에 대해 두 번 묻지 않았다.

"마음이 급하시군요."

희비가 은은한 미소를 지으며 대꾸했다. 박사님은 무척 여유로워 보이네. 차돌은 아직 카논도, 카논의 약방도 불편하기만 했다. 오늘따라 복장도 참 요란하구나. 희디흰 비단에 붉은 꽃문양. 꽃색에 맞먹는 입술 색. 카논에게서는 약방 독초들을 세뇌한 수하 부리듯 써먹을 것만 같은 기운이 풍겼다.

"이런, 제가 서둘렀군요. 먼저 차를 좀 드시지요. 오늘은 특별히 향이 진한 쑥차를 준비했어요."

"흐음."

진한 쑥 향이 퍼져 오르는 찻잔을 희비가 묘한 표정으로 쳐다보았다. 차돌은 찻잔을 들다 말고 희비의 눈치를 살폈다. 역시나 희비는 찻잔에 손을 대지 않았다.

"저는 쑥차를 즐기지 않습니다."

"뜻밖이군요. 특별한 이유라도 있나요?"

"비린쑥에 대해 모르시지 않을 텐데요."

희비가 진중히 대답했다.

"조심성이 많으시군요. 하지만 이건 제가 수년간 믿고 주문해온 차방에서 구한 것이니 안심하고 드셔도 됩니다. 봄철 여린 쑥 잎만 따서 꽃바람 부는 해그늘에서 잘 말린 일 등급 쑥차랍니다."

하지만 희비는 힐긋 눈을 내리뜨고 찻잔에 잠깐 시선을 둘 뿐이었다.

"설마 제가 차에 독이라도 탔을까 봐요."

"만약 카논 님이 저를, 아니 누군가를 죽일 생각을 한다 면⋯⋯."

그다음 말을 기다리는 카논의 얼굴에 호기심이 드리웠다. 잠시 뜸을 들인 희비는 확신하는 표정으로 말했다.

"이리 흔한 독을 쓰진 않을 거 같군요."

"그런가요?"

"암시장에서 헐값에 살 수 있는 독을 쓴다니, 독초 수집가 자존심이 허락할 수 없는 일 아닙니까."

희비의 대답은 카논을 꽤 만족시켰을 뿐 아니라 카논의 흥미를 더 돋우기까지 한 듯했다.

"그럼 저는 어떤 독을 쓸 거 같나요? 그러니까 만약에, 아 주 만약에 제가 사람을 죽인다면 말이어요."

"자비초 정도는 되어야겠죠."

의미심장한 희비의 말에, 차돌은 침을 꿀꺽 삼켰다. 의도 가 담긴 말일까. 그렇다면 무슨 의도로 한 걸까.

"재미있는 말씀을 하시네요."

카논도 희비의 의도를 궁금해하는 것 같았다.

"재미있으시다니 다행입니다. 지금부터 이 이야기를 좀

더 끌어갈 생각이라서요."

희비는 자신이 의도한 바대로 카논의 주의를 집중시키는 데 성공했다는 듯 자신감 있는 태도로 대화를 주도했다.

"카논 님. 일전에 이 약방에 우리 외에는 아무도 들인 적이 없다고 하셨죠."

"맞아요."

"확실한가요?"

"제가 거짓말을 한다는 건가요?"

"그건 저도 모릅니다. 하지만 카논 님이 약방에 사람을 들이고도 그런 적이 없다고 한다면, 왜 그런 거짓말을 하는지 생각해볼 순 있겠죠."

"거짓말이 아니에요. 저는 약방에 사람을 들인 적이 없습니다!"

카논의 언성이 살짝 올라갔다.

"약방에 카논 님과 다른 이가 있는 걸 본 자가 있다면요?"

"그건…… 그건 불가능해요."

"카논 님이 거짓말하는 게 아니라면 목격자의 말이 거짓이거나 아니면 목격자가 잘못 본 거겠군요."

"누구죠? 그 목격자가."

"그건 아직 말씀드리면 안 될 것 같네요."

희비가 슬쩍 차돌을 쳐다보았다. 차돌은 희비와 단둘이

공유하는 비밀이 생긴 듯하여 괜스레 뿌듯했다. 반면 카논은 살짝 화가 난 듯 예스럽게 다듬은 눈썹을 치켜올리며 정제된 몸짓으로 찻잔을 집어 들었다.

"잠시만요, 카논 님."

희비의 말에 카논이 멈칫했다.

"쑥차는 드시지 않는 게 좋겠습니다. 취향을 바꿔보시는 게 어떠실지요."

"못 말리겠군요."

카논이 쌀쌀맞은 미소를 지으며 말을 이었다.

"정 그렇게 걱정된다면 제가 은침에 찻물을 찍어 확인해 드리지요."

"그러실 필요 없습니다. 매번 차를 마실 때마다 은침으로 확인하는 것도 고상한 차도에 어긋나지요. 역시 그냥 속 편히 쑥차를 끊는 게……."

하지만 카논은 희비의 말을 귀담아들을 생각이 전혀 없는 듯했다. 소리 없이 자리에서 일어난 카논은 문갑 맨 위에 있는 서랍에서 정교한 조각이 새겨진 은색 침통을 꺼내 들었다. 카논은 다시 찻잔 앞에 무릎을 꿇고 앉아 능숙한 손놀림으로 은침을 다뤘다. 희비는 더 말리지 않고 잠자코 카논의 행동을 지켜보았다. 그런데,

"이럴 수가……."

찻물에 닿은 은침이 순식간에 검어졌다.

"도대체 어떻게 이런 일이⋯⋯."

카논이 기겁하여 중얼거렸다. 박사님은 알고 있었던 걸까? 쑥차에 독이 든 것을? 차돌은 재빨리 희비의 표정을 살폈다. 카논만큼 경악하는 표정은 아니었으나 희비도 자못 놀란 듯 보였다. 그러나 희비는 짐짓 차분하게 옆에 벗어놓은 트렌치코트 안주머니에서 침통을 꺼냈다.

"제 것도 마찬가지군요."

희비의 은침도 찻물에 닿자마자 검게 변했다.

"차돌아, 보나 마나 네 것도 마찬가지일 듯싶구나."

하마터면 모두 저승길에 오를 뻔했다. 입안의 침을 모아 꿀꺽 삼켜도 바싹 목이 탔다. 그때 카논이 벌떡 자리에서 일어나 은실을 불렀다.

"하나 상⋯⋯."

고아한 자태는 사라진 지 오래고 카논의 얼굴에는 생것 그대로의 역정이 드러났다. 카논은 얄팍한 걸음나비로 발을 동동 구르듯 방을 가로질렀다. 차돌은 자신과 희비 사이를 쌩하고 지나가는 카논을 멀뚱히 올려다보았다. 도대체 지금 무슨 일이 벌어지고 있는 것인가.

"차돌아."

희비가 다급히 자리에서 일어서며 차돌에게 눈짓했다. 퍼뜩 정신을 차린 차돌이 희비를 부축하여 카논의 뒤를 쫓았다.

"하나 상! 하나 상!"

카논은 복도를 지나 커다란 식탁이 놓인 방을 통과한 뒤 문이 활짝 열려 있는 부엌으로 향했다. 차를 내린 은실에게 자초지종을 따져 물을 생각인 듯했다. 하지만 은실에게 무슨 죄가 있겠는가? 카논의 말대로 그 쑥차를 자신이 신뢰하는 차방에서 구한 것이라면, 그저 차를 내린 은실에게는 아무 잘못이 없을 터였다. 은실에게 너무 모질게 하지 말았으면……. 아무리 자신과는 영 맞지 않을 것 같은 사람이라 해도 그 사람이 곤란한 상황에 처하는 것을 반길 하등의 이유가 없기에, 차돌은 부엌 문지방 앞에 오뚝 선 카논의 뒷모습을 쳐다보며 은실을 걱정했다. 그런데,

"하나 상……?"

카논의 목소리가 파르르 떨렸다. 심상치 않은 떨림이었다.

"구 박사님, 하나 상이……."

카논이 가슴에 손을 얹고 뒤를 돌아보았다.

"하나 상이 죽은 것 같아요."

쿵. 차돌은 무언가 아주 커다랗고 무거운 것이 희비 안에서 쿵 하고 떨어져 내리는 소리를 들은 듯했다.

"박사님……."

희비의 등은 아무런 미동도 하지 않았지만, 외려 그 부동

의 상태야말로 희비가 받은 충격이 고스란히 드러나는 것 같았다.

차돌은 앞으로 한 발 내밀고는 카논이 비켜선 부엌 안을 들여다보았다. 식사실보다 한 뼘 낮게 깔린 찬마루에 은실이 눈을 뜬 채 천장을 보고 쓰러져 있었다. 퍼런 입술. 퍼런 손끝. 입술 사이로 올라온 거품. 용손 어멈이 비린쑥을 먹었을 때와 같다. 황급히 부엌 안으로 들어선 차돌이 희비를 향해 소리쳤다.

"박사님, 침! 침통을 꺼내세요, 어서!"

희비는 그제야 정신이 돌아온 듯 어깨를 움찔했다.

"아직 살릴 수 있을지도 모르잖아요!"

차돌이 두 팔로 은실의 몸을 꺼안고 목소리를 높였다. 하지만 축 늘어진 은실의 몸은 이미 싸늘하게 식어 있었다.

"용손 어무니도 살리셨잖아요……."

차돌도 은실이 죽은 것을 모르지 않았다. 하지만 뭐라도 해보고 싶었다. 벌써 얼마나 많은 사람이 목숨을 잃었는가. 앞으로 더 얼마나 많은 사람이 죽게 된다는 말인가. 차돌은 지금 자신이 느끼는 감정이 화인지 슬픔인지 구분할 수가 없었다.

"박사님은 살릴 수 있잖아요……."

불편한 걸음걸이로 천천히 다가온 희비가 은실 옆에 한쪽

무릎을 꿇고 앉았다. 해야만 하는 일을 하기 위해, 할 수 있는 일을 하기 위해 희비는 온몸을 짜내어 끌어모은 힘을 오직 복받치는 감정을 억누르는 데 쓰고 있는 것 같았다. 간신히 버티고 있는 박사님에게 내가 억지를 부렸구나. 부끄러움이 밀려오자 차돌이 맥없이 희비를 불렀다.

"박사님⋯⋯."

희비가 무거운 표정으로 은실의 맥을 짚었다. 맥이 뛸 리가 없었다. 코밑에 손을 대보았다. 숨을 쉴 리가 없었다. 희비는 손바닥으로 은실의 얼굴을 쓸어내렸다. 죽는 순간까지 차마 감지 못한 두 눈을 감겨주기 위해서였다. 하지만 은실의 눈꺼풀은 뻣뻣하기만 했다. 어찌 버티는가. 이승에 남겨둔 연연한 마음이 있어서인가. 이루지 못한 초롱한 바람 때문인가. 그도 아니면 덩이덩이 피맺힌 응어리라도 있는가. 차돌은 막부득이 감긴 은실의 눈꺼풀에서 차마 시선을 떼지 못했다. 허망하다는 말조차 허망한, 허망하기 그지없는 죽음이었다.

"무슨 일이에요, 엄마?"

비통한 분위기를 일순간 깨부순 목소리의 주인공은 사토 미유였다. 새하얀 꽃 모양의 머리 장식을 한 미유는 그에 어울리는 잔꽃 무늬로 가득한 흰색 유카타를 맞춰 입고서 아이처럼 발랄한 웃음을 지어 보였다.

"왜 여기 모여 있어요? 난 하나 상 찾으러 왔는데⋯⋯."

카논을 제친 미유는 그제야 부엌 바닥에 시선을 돌렸다.

"하나 상……?"

미유의 얼굴이 충격으로 뒤덮였다. 나이에 비해 죽음을 인식하는 감각이 가히 동물적이었다. 미유는 즉각적으로 반응했다.

"하나 상, 왜 이래?"

미유가 은실에게 와락 달려들더니 울먹이며 은실의 몸을 흔들었다. 그 바람에 미유의 머리에 꽂혀 있던 장식이 떨어졌다. 은실이 만들어 주었다던 머리 장식이겠지. 바닥에 떨어진 흰꽃 장식이 처연히 빛났다. 미유가 엉엉 울음을 터뜨렸다.

"하나 상, 죽은 거야? 왜? 하나 상이 왜 죽어?"

억누르는 것 하나 없이 솔직하게 다 쏟아내는 애도. 미유의 얼굴은 금세 눈물범벅이 되었다. 줄줄 눈물 줄기가 목을 타고 흘러내렸다. 여린 피부가 발갛게 달아올랐고, 눈과 코는 물먹은 솜처럼 부풀었다. 미유의 행실이나 성정을 탐탁지 않게 여겼던 차돌도, 은실의 죽음에 애통해하며 목 놓아 우는 여린 모습을 마주하니 자기 마음도 갑자기 물렁해지는 것이, 가까운 이를 잃은 사람에 대한 연민이랄까 측은함 같은 것이 차올랐다. 문득 은실이 미유에 대해 했던 말이 떠올랐다. 마음에 든 이에겐 한없이 정을 준다고 했던가. 물론 미유가 은

실에게 쏟은 마음이 딱히 사려 깊은 애정이었을 것 같지는
않지만.

그런데 그때,

"어머니……."

사토 쥰이 모리 치요와 함께 나타났다. 사토 쥰은 평소와
다름없이 파리해 보였고, 치요는 평소보다 훨씬 더 수척해
보였다.

"어머니, 무슨 일이어요?"

불길한 예감을 느낀 듯 쥰이 조심스럽게 물었다.

"마님, 설마 하나 상이…… 죽은 건가요?"

쥰보다 한 발 앞에 선 치요가 부엌 바닥에 쓰러져 있는 은
실을 보고 이어 물었다. 카논은 그제야 고개를 끄덕이며 대
답했다.

"그래. 이게 다 무슨 일인지 모르겠어."

"시신…… 하나 상의 시신……."

쥰의 낯빛이 퍼렇게 질렸다.

"전 시신이 무서워요……."

쥰이 질겁하여 치요 뒤로 몸을 숨기자, 치요가 쥰을 두둔
하듯 말했다.

"도련님이 백오교의 시신을 발견한 이후로 많이 심약해지
신 탓에……."

카논은 아무런 대꾸도 하지 않았다. 다만 그런 쥰을 한심해하는 표정을 완벽히 다 감추진 못했다. 쥰도 카논이 자신을 어찌 생각하는지 잘 알고 있다는 듯 더욱 기죽은 얼굴로 치요의 소맷자락을 꼭 붙잡았다. 그런데 무정한 카논보다 한 술 더 뜬 사람이 있었으니,

"겁쟁이!"

미유가 쥰을 쏘아보며 외쳤다. 미유는 쥰을 대놓고 한심하다면서 힐난했다.

"조금 전까지만 해도 우리랑 같이 웃고 떠들던 하나 상이야. 그런데 무섭다고? 슬퍼하진 못할망정 뭐가 무서워서 숨는 거야?"

은실을 잃은 슬픔을 애꿏은 쥰에게 호통치는 것으로 달래려는 듯, 미유가 날 선 목소리로 비난했다. 하지만 미유의 공격은 쥰을 더욱 움츠러들게 할 뿐이었다. 쥰은 치요 뒤에 숨어서 꼼짝도 하지 않았다. 미유는 그런 쥰을 마치 삼켜버릴 듯 노려보았다. 남매 사이에 흐르는, 알 수 없는 적의와 긴장감을 깨고 분위기의 전환을 가져온 사람은 희비였다.

"잠시만요. 여기…… 뭔가 있네요."

희비가 행주치마를 묶은 은실의 허리춤에서 종잇조각을 집어 들었다. 이때까지 왜 못 본 거지. 차돌은 자기 자신에게 적잖이 실망했다. 누구보다 먼저 은실의 시신을 살폈으면서

치마끈 사이에 종잇조각이 꽂혀 있는 것을 알아차리지 못했다니. 어쩐지 비서로서 해야 할 일을 제대로 하지 못한 것 같은 기분이 들었다. 차돌뿐 아니라 다른 이들 모두 은실이 죽었다는 사실에 놀란 나머지 여타 부분은 살펴볼 경황이 없었는데, 역시 가장 빠르게 정신을 차린 사람은 희비였다.

희비가 반으로 접힌 종이를 펼치자, 차돌이 종이에 적힌 일본 글자를 내려다보며 물었다.

"뭐라고 쓰여 있어요?"

차돌은 일본말을 알아듣기는 했지만 일본 글을 읽지는 못했다.

"'미안합니다'라고."

"그게 다예요?"

희비가 고개를 끄덕이는데, 미유가 종이를 뺏더니 이해가 안 간다는 듯이 혼잣소리로 중얼거렸다.

"맙소사, 이건 하나 상 필체가 맞아. 근데 뭐가 미안하다는 거야? 하나 상이 왜 이런 유서를 남겼지?"

"설마 하나 상이 우리를 죽이려고 한 걸까요? 원래 먹던 쑥차를 비린쑥으로 바꿔치기해서 살해 시도를……."

카논이 떨리는 목소리로 말했다. 팔다리의 떨림을 간신히 진정시켰지만 성대의 잔떨림만큼은 어찌할 수 없는 듯했다.

"말도 안 돼. 하나 상이 누굴 죽이려고 했다는 거예요?"

"미유, 구 박사와 내 찻잔에 비린쑥이라는 독이 들어 있었어. 하나 상이 준비한 차였지."

독은 내 차에도 들어 있었을 텐데. 차돌도 죽을 뻔했다는 건 전혀 기억조차 하지 못하고 있는 듯한 카논의 태도에 차돌의 입술 사이로 씁쓸한 웃음이 새어 나왔다.

"엄마도 죽을 뻔했다고요?"

그러나 미유 역시 카논과 희비가 죽을 뻔했다는 사실에 개의치 않는 듯했다. 차돌은 카논보다 미유의 태도에 더 심기가 불편해졌지만 희비는 별 반응을 보이지 않았다. 그저 '미안합니다'라고 적힌 종잇조각에 시선을 두고 무언가 골똘히 생각하는 듯 보였다.

"하나 상이 왜 엄마를……."

"그건 모르겠구나. 근데 하나 상도 비린쑥을 먹고 죽은 건 확실해. 저기 조리대 위 컵에 담긴 차를 마신 거 같은데. 거기에도 분명 독이 들어 있겠지."

"하나 상이 엄마에게 드릴 차를 준비할 때, 처음 우린 찻물을 버리지 않고 두었다가 마시는 건 치요도 나도 다 알고 있었던 사실이에요."

미유가 말했다. 희비는 자리에서 일어나 입식 조리대 앞으로 향했다. 조리대 옆에는 커다란 찬장과 밖으로 난 문이 나란히 자리했다. 그리고 문 옆으로는 두꺼운 천으로 가려진

골방이 있었는데, 부엌에서 일하는 이들이 오다가다 쉬는 공간인 듯했다.

희비는 침착하게 컵에 든 찻물에 은침을 담갔다 뺐다.

"같은 향의 쑥차이고, 역시 독이 들어 있네요."

이윽고 은침의 색을 확인한 희비가 컵 옆에 놓인 차통을 가리키며 말했다.

"여기 차통에 담긴 찻잎도 확인해봐야겠군요."

카논이 고개를 끄덕이자 치요가 마지못해 나섰다.

"제가 찻물을 끓일게요."

"찻잎이 손에 닿지 않도록 조심하세요. 찻잎에 코를 가까이 대고 냄새를 맡아서도 안 됩니다."

치요가 고개를 끄덕이며 몸을 돌렸다. 치요라는 가림막이 사라지자 혼자 오도카니 남게 된 준의 어깨가 살짝 떨렸다. 무언가에 놀란 것인지, 아니면 은실의 시신을 마주하기 힘든 것인지 준은 고개를 돌린 채 시선을 떨궜다. 미유는 그런 준을 향해 싸늘한 표정을 지어 보이고는 카논을 향해 말했다.

"하지만 하나 상이 왜 엄마를 살해하려 했겠어요? 엄마한테 무슨 억하심정이 있어서?"

"아가씨, 기억나세요?"

혼란스러워하는 미유의 말을 끊고 나선 사람은 뜻밖에도 모리 치요였다. 부엌에 들어선 치요는 한 손에는 주전자를 들고 다른 한 손으로는 희비를 가리키며 말을 이었다.

"하나 상이 여기 이 손님을 얼마나 싫어했는지 말이에요."

미유가 멈칫했다.

"응. 기억해."

미유가 얼굴에 남아 있는 눈물 자국을 닦으며 희비를 쳐다보았다.

"나한테 맨날 당신 욕을 했지요. 듣자 하니, 하나 상에게 손찌검을 하고 쫓아냈다던데. 그런 일에 원한을 품지 않기는 어려우니까."

차돌은 지금 희비의 심정이 어떨지 심히 걱정되었다. 은실이 평소 자신을 그토록 원망했다는 말을 결코 속 편하게 들을 수 있을 리가 없었다. 하지만 그러든지 말든지 미유는 치요를 향해 고개를 돌리며 더 거침없이 증언을 쏟아냈다.

"게다가 새로 구한 여자애는 자기보다 잘난 것도 없는데 비서랍시고 더 후하게 대접해주는 것 같다며 엄청 짜증을 냈어. 이 여자애, 토막촌에서 데려왔다며? 보나 마나 이도 득실득실하고 온갖 병도 다 옮겨올 거라면서 은실이 진저리를 치던데. 박사가 똑똑한 척해도 은근 세상 물정 모르고 어리숙한 면이 있어서 천붕대 사람들한테 사기당한 거라고도 했어."

미유는 치요에게 시선을 두고 얘기하면서도 중간중간 희비와 차돌을 삐딱하게 쳐다보았다. 주먹이 불끈 쥐어질 정도

악의 주장법

로 불쾌한 시선이었다. 조금 전까지 희비가 상처받을까 봐 걱정을 금치 못했던 차돌은, 이제 행여나 자신이 욱하는 마음을 참지 못하고 허튼짓을 할까 봐 걱정해야 하는 처지가 되었다. 그때 잠자코 미유의 말을 듣고 있던 희비가 낮은 목소리로 입을 열었다.

"천붕대는······."

희비는 차돌에게 슬쩍 눈맞춤을 한 뒤 미유에게로 시선을 돌렸다.

"사람들이 생각하는 것처럼 그렇게 불결하고 위험한 곳이 아닙니다. 천붕대 사람들이 얼마나 순하고 착한데요. 아이들은 또 어찌나 천진한지. 천붕대에 다녀오고 나니 저도 마음이 한결 편안해지더라니까요. 그래서 일부러 종종 찾아가려고 마음도 먹었는걸요. 내일이 천붕대에 가는 날이지, 차돌아?"

차돌이 엉겁결에 고개를 끄덕였다. 하지만 아무리 희비가 천붕대를 좋게 이야기하려고 과장하여 말하는 거라 해도 머리가 갸우뚱해지는 면이 있었다.

"벌써부터 내일이 기다려지는군요. 차돌은 차돌대로 아이들과 어울리며 쉬라 하고, 저는 천붕대의 운치를 즐기며 혼자 여유롭게 시간을 보내고. 얼마나 좋습니까. 여러분도 시간날 때 천붕대에 방문해보세요. 다들 한마음 한뜻으로 반겨줄 터이니."

운치? 무슨 운치? 닷새에 한 번 천붕대에 들르기로 한 건 맞지만, 도대체 천붕대에서 무슨 운치를 즐긴단 말인가? 하천에서 풍기는 악취와 화장터에서 뿜어내는 연기로 뒤덮인 천붕대에서?

"천붕대가 어떠하든, 지금 그게 뭐가 중요하겠어요."

미유가 무어라 대꾸하기도 전에 나선 사람이 있었으니, 모리 치요였다. 천붕대에 대해서 아무것도 모르는 치요는 희비의 말을 이상하게 여기기는커녕 무의미하고 쓸데없다고 치부하는 듯한 태도를 보였다.

"중요한 건 하나 상이 손님을 싫어했다는 데 있지 않나요? 어쩌면 죽이고 싶을 만큼 싫어했을 수도 있겠죠. 하나 상이 미움을 가득 담아 하는 말을, 마님 빼고는 다 한자리에서 들었는걸요."

"그럼 구 박사를 살해하려고 나까지……."

카논이 굳은 얼굴로 말끝을 흐리자 치요가 물을 받은 주전자를 풍로 위에 올려놓으며 고개를 끄덕였다.

"찻물을 한 주전자에 우렸으니 그대로 나간 거겠죠. 어차피 자기도 죽을 결심을 한 마당에, 한 명 더 죽이는 게 뭐 그리 대수였겠어요. 그래도 일말의 죄책감은 있었는지 죄송하다고 유서를 남겼네요."

가당치도 않은 말이다. 하지만 지금 눈앞에 펼쳐진 상황은 그 가당치도 않은 말을 그럴듯하게 뒷받침하고 있었다. 특히나 은실의 몸에서 유서가 발견된 점이 그랬다. 아니나 다를까. 치요의 추리에 반감을 느낀 차돌과 달리 카논과 미유, 쥰까지 이 세 사람은 치요의 말에 일리가 있다는 듯이 고개를 끄덕였다. 이를 본 희비가 자리에서 일어서며 말했다.

"그렇군요. 여러분은 은실이 저를 살해하려고 차에 독을 탄 거라 생각하시는군요."

"은실이 누구야?"

미유가 처음 듣는 이름이라는 듯 물었다.

"하나 상이 아니라, 은실이어요. 은실이 본명이라고요."

참다못한 차돌이 설명을 했지만, 정작 은실이 누구냐고 물어본 미유는 그닥 관심이 없어 보였다. 카논도 마찬가지였다. 카논은 차돌의 설명 따위 귓등으로 흘려듣듯 무신경한 표정으로 입을 열었다.

"치요 말도 그럴듯해요. 하나 상이 나를 살해할 목적이었다면 굳이 손님을 들인 날에 시도할 이유가 없었겠죠."

하나 상, 또 하나 상. 이 집에서는 은실이라 불러줄 사람이 아무도 없구나. 차돌은 죽은 은실이 한없이 가여웠다. 살아서 만독재에 돌아왔으면 좋았을 것을. 그러면 하루에도 열 번씩 은실이라 불렀을 텐데. 그런데 이번엔 차돌만 쓸쓸한 슬픔을 느끼는 게 아닌 듯했다.

"그럴듯한 가설이지만……"

희비의 목소리에서 은은한 노기가 느껴졌다.

"동시에 그럴듯한 헛소리죠. 은실은 살해당했습니다. 범인은 따로 있어요."

"범인이 따로 있다니요?"

"아마도 범인은 목격자들을 다 처리했다고 생각하겠죠."

"목격자? 하나 상이 목격자라고요?"

"네, 카논 님. 제가 아까 약방에 사람이 있었다는 걸 본 목격자에 대해 언급했는데, 기억하시나요. 그자가 바로 은실입니다. 은실은 누가 자비초를 훔쳤는지 알고 있다고 했습니다. 범인이 약방에서 자비초를 훔치는 현장을 목격했다고요. 바로 오늘 저에게 범인의 정체에 대해 말해주기로 했지요. 하지만 그전에 이렇게 살해당하고 말았어요. 분명 범인이 입막음한 것이죠."

은실이 박사님에게 범인이 누구인지 말해주려 했다고? 차돌은 처음 듣는 소리다. 하지만 나 몰래 은실과 연통하고 있었다 한들 뭐 그리 대수랴. 박사님은 언제고 때가 되면 내게 진실을 말해줄 것이다. 차돌은 그렇게 믿었다.

"혹시 지등조를 기억하시나요? 일전에 백오교의 아파트 앞에서 제게 명함을 건넸던 이가 있었죠."

희비가 미유와 준을 번갈아 쳐다보며 물었다. 하지만 미

　　　　　　　　　　　　악의 주장법

유도, 쥰도 그런 하찮은 인간 따위는 일절 기억나지 않는다는 듯 동시에 고개를 저었다.

"지등조는 특종을 노리고 미카엘을 따라다니던 기자였습니다. 그 역시 목격자였고요. 밤낮으로 미카엘의 뒤를 밟다보니, 미카엘을 죽이고 백오교의 집을 나서는 범인을 봤던 거죠. 파산 직전이던 지등조는 범인을 협박해서 돈을 뜯어내려고 했어요. 혹시나 범인이 배 째라는 식으로 나오면 저를 이용해 압박하려는 속셈으로 함께 사건을 조사하자며 제게 접근하기도 했고요. 지등조는 누가 범인인지 알고 있다고 제게 말한 다음 날 살해당했습니다. 경찰은 만취자 강도 살해 사건이라고 결론 내렸지만 지등조의 지갑을 훔쳐간 이는 따로 있었죠. 강도를 목적으로 한 살인이 아니었던 거예요. 범인은 입막음을 위해 지등조를 살해했습니다. 그리고 오늘 동일한 이유로 은실을 살해했지요. 미카엘을 죽인 범인을 알고 있는 지등조, 자비초를 훔친 범인을 알고 있는 은실까지 모두 사망하면서, 결국 사건은 미궁에 빠진 셈이죠."

"하지만 하나 상의 죽음은 아무리 봐도 이상하지 않나요? 범인이 입막음을 위해서 하나 상을 죽이려 했다면 그냥 하나 상 한 명만 죽이면 되지, 왜 마님과 손님까지 죽이려고 한 건지……."

치요가 미심쩍어하며 의문을 제기했지만 희비는 마땅히

나올 법한 질문이라는 듯이 여유롭게 대답했다.

"일거양득…… 아니, 일거다득을 노린 걸 수도 있겠죠. 카논 님은 자비초를 훔친 자를 알아내려고 했고, 저와 차돌은 미카엘의 죽음에 대해 조사하고 있었으니까요."

한 번에 네 명을 죽이려 했다니, 차돌은 생각할수록 섬뜩했다. 도대체 어떻게 생겨먹은 사람인 걸까. 그때 미유가 고개를 갸우뚱하며 물었다.

"그런데…… 범인은 어떻게 여기까지 들어왔을까요?"

미유는 범인이 네 명의 목숨을 노렸다는 사실보다 어떻게 사토가에 몰래 숨어들었는지를 더 궁금해하는 것 같았다.

"저기, 부엌의 골방은 자주 쓰는 편인가요?"

부엌 한편으로 시선을 옮긴 희비가 치요를 향해 물었다. 치요는 김이 폴폴 오르는 주전자를 들어 올리며 건조한 목소리로 대답했다.

"아니요. 저도 제 방이 따로 있고, 하나 상도 집에 가서 자니까 저 방은 딱히 사용하지 않아요."

"그렇다면 범인은 부엌 바깥으로 난 문으로 들어와서 저 골방에 숨어 있었겠군요. 지금도 활짝 열려 있는 걸 보면, 평소에도 저 문은 자주 열어두는 편인 듯한데."

"그건 그래요……. 환기를 위해서 열어두는 편이죠. 그치만 부엌엔 쉽게 잠입했다 해도, 이 집에 어떻게 들어왔는지는 설명할 수 없잖아요?"

"담을 넘어 들어왔거나, 대문이 잠기지 않은 틈을 타서 들어왔겠죠."

"하지만 여기 담은 제법 높다고요. 대문 단속도 신경 쓰는 편이고. 누가 쉬이 들어올 수는 없어요."

"그런가요? 그럼 그것참 희한하군요."

희비가 의뭉스러운 표정으로 대꾸했다. 속뜻이 따로 있는 듯한 희비의 표정에 당황한 걸까. 치요의 어깨가 움찔했다.

"뭐야, 시시해."

미유가 볼멘소리로 말했다.

"집에 어떻게 들어왔는지 밝혀내지 못하면 무슨 근거로 은실을 죽인 범인이 따로 있다고 하는 건지. 엄마, 이 사람의 추리는 아무 증거가 없어요. 미카엘과 은실의 경우엔 유서라도 확실히 있잖아요."

미유는 자기가 좋아했던 은실과 어머니를 죽이려 했던 은실을 분리해서 생각하고 있는 듯했다. 그렇지 않고서야 어찌 여태 은실의 손을 다정히 잡고 있겠는가. 은실이 쓴 유서를 진짜라고 믿으면서 말이다.

"그게……."

카논은 곤란해 보이는 표정을 지었다. 그럴 만도 했다. 애초에 자비초를 훔친 자가 백오교가 아닐 거라고 생각한 사람은 카논 아니었는가. 은실의 유서에 대해선 잘 모르겠다고 둘러대며 넘어간다고 쳐도, 미카엘의 경우는 그리하기 어려울 터였다. 차돌은 송아지 같은 눈으로 카논을 말똥말똥 쳐다보았다. 이제 와서 미카엘의 시신과 함께 발견된 유서의 진위를 따져본 적 없다고 발뺌진 못하겠지. 희비 역시 카논을 빤히 쳐다보았다. 차돌과 희비의 압박에 카논은 입을 다물어버렸다. 그러자 희비가 미유에게 고개를 돌리며 말했다.

"아까 거실을 지나다 보니, 전에 본 다트판이 아직 그대로더군요."

"그게 뭐 어때서요?"

"범인은 미유 상이 다트판을 조작했던 것처럼 유서를 조작했어요. 자신이 원하는 대로 상황이 보여지길 바라면서요. 하지만 어설펐죠. 하나는 과했고, 하나는 덜했습니다. 미카엘의 유서는 쓸데없이 곡진했어요. 은실의 유서는 지나치게 간결하고요."

"그건 아무런 증거도 못 돼요."

"앞서 말씀드렸다시피, 우리는 증인이 되어줄 목격자를 모두 잃었습니다. 그리고 말씀하셨다시피, 우리는 범인을 밝힐 수 있는 증거 또한 가지고 있지 않습니다. 이처럼 증인이나 증거가 없는 사건은 무엇보다 가정이 중요하죠. 상황의 맥락을 이해해서 논리적으로 상상해봐야 합니다. 그리고 제

악의 주장법

생각에는 한 가지 더 중요한 것이 있는데, 그건 차차 알려드리도록 하고……."

왜 또 의뭉스러운 표정을 짓는 거지. 차돌은 희비의 머릿속에 도대체 어떤 생각이 굴러다니고 있는 건지 궁금했다. 그런데 카논은 차돌이 궁금해하는 것과는 다른 것을 궁금해하는 것 같았다.

"가장 중요한 걸 알려주셔야죠. 그래서 구 박사님은 범인이 누구라고 생각하시나요?"

물론 범인을 밝히는 것이 가장 중요하다는 점에는 차돌도 동의했다. 하지만 차돌은 희비가 차차 알려주겠다며 생략한 '한 가지 더 중요한 것'에 자꾸 신경이 쓰였다.

"확실한 증거 없이 범인을 지목하는 것은 위험합니다."

희비가 진지한 얼굴로 대답했다. 진지하다 못해 엄중해 보이기까지 했다.

"제 일신상의 안위를 두고 말하는 게 아니어요. 물론 그것도 염두에 두지 않은 건 아니지만요. 범인을 밝힐 때는 분명한 증거를 가지고 있어야 합니다. 누구나 범행 과정을 추리할 순 있지만, 증거를 가지고 있지 않으면 함부로 범인을 단정 지어선 안 됩니다. 증거 없이 범인에 대해 떠들어대는 행위는 비극을 초래할 수 있어요."

"그치만 증거가 하나도 없다면서요. 그럼 끝내 범인을 잡지 못하는 거 아닌가요?"

"전 포기하지 않을 겁니다."

희비의 단호한 태도에 카논과 치요, 미유와 준이 서로 눈을 마주치며 눈치를 보았다. 더 이상 어떻게 논쟁을 끌고 나가야 할지 몰라 다들 말문이 막힌 듯했다. 이윽고 어쩔 수 없다는 듯, 카논이 한숨을 쉬며 말했다.

"그래요. 그럼 구 박사님이 증거를 찾아서, 범인이 누구인지 알려주세요. 하마터면 저도 죽을 뻔했잖아요. 전폭적으로 지원할 테니, 진범을 꼭 밝혀주세요."

희비가 가만히 고개를 끄덕이는데, 치요가 무뚝뚝하게 찻잔을 건넸다. 차통에 있던 찻잎을 어느새 다 우려낸 모양이었다.

"확인해보세요."

치요는 이제 자기 할 일이 다 끝났다는 듯 뒤도 돌아보지 않고 준에게로 향했다.

"차통의 찻잎을 전부 바꿔치기했군요."

주저 없이 찻물에 은침을 꽂은 희비가 검게 변하는 은침을 들어 보이며 말했다.

"은실이 독살을 계획했다면 굳이 원래 들어 있던 찻잎을 모두 버리고 비린쑥을 채워 넣을 이유가 없었겠죠. 준비해온 비린쑥을 우리면 됐을 텐데. 이건 범인이 은실을 속이려고 미리 손써둔 게 분명해요."

"그 말을 경찰이 믿어줬으면 좋겠군요."

카논이 별 감흥 없는 말투로 대꾸했다. 차돌은 문득 지등조가 죽기 전에 한 말이 떠올랐다. 지등조의 말대로, 경찰은 조선인의 죽음에 관심 없을 터였다. 확실한 증거가 없으면 정황만 보고 판단할 것이다. 나아가 조선인을 범인으로 만드는 데에 더 큰 관심을 보일 수도 있고.

"치요, 일단 경찰을 부르도록 해. 시신을 이대로 계속 둘 순 없으니."

치요는 자기 팔에 매달린 쥰을 다독인 뒤 카논을 향해 고개를 숙였다. 카논은 치요를 쳐다보지도 않고 쥰에게 면박을 주었다.

"쥰, 적당히 좀 하렴. 하나 상의 시신에서 피가 흐르는 것도 아니잖니. 언제까지 그렇게 온갖 것에 겁내며 살래?"

카논의 핀잔에도 쥰은 치요의 품에서 벗어나려고 하지 않았다. 무엇이 그리 무서운 걸까. 차돌은 새삼 쥰에게 호기심이 생겼다. 공포로 가득하면서도 혼자만의 비밀을 꼭꼭 숨기고 있는 듯한 그렁그렁한 쥰의 눈동자. 그 순간 차돌의 눈에 비친 쥰은 알고 싶지 않은 것을 알게 되어 무서워하는, 두려움에 떠는 세 번째 목격자 같았다.

자비로운 죽음

"날씨가 지극히 좋구나."

희비가 인력거에서 내리며 하늘을 올려다보았다. 차돌은 희비를 곁부축하며 드높은 하늘에 닿을 듯 자리한 천붕대를 바라보았다. 희비의 말마따나 더없이 청명한 가을 날씨 때문인지 오늘따라 천붕대도 제법 반짝반짝 윤이 나는 듯했다.

"박사님, 그 다트판 말이어요. 미유의 다트판."

"응. 다트판이 왜?"

희비의 얼굴에 얼핏 호기심이 어렸다. 차돌은 어젯밤부터 골몰해 있던 생각을 희비에게 말하고 싶어서 계속 안달이 난 상태였다.

"아무래도 전 미유가 의심스러워요. 미유가 다트판을 조작했듯 미카엘과 은실의 유서도 조작한 것 같아서요."

"그래. 용의자의 전과를 살피는 것도 좋은 방법이지."

"그럼 박사님도 미유를 용의자로 보시는 거예요?"

희비는 대답 없이 빙그레 미소만 지었다. 사토가에 다녀온 뒤로 희비는 사건에 대해 별다른 말을 꺼내지 않았다. 차돌은 희비가 너무 느긋한 거 아닌가 생각했다. 그런데 희비는 더 한가한 소리만 읊었다.

"빛과 바람이 닿는 곳곳에 계절이 배어 있구나."

지금 경치나 감상하실 때가 아니지 않냐고, 차돌은 한마디 하려다가 입을 꾹 다물었다. 대신 가만히 희비의 옆얼굴을 쳐다보았다. 진하디진한 가을색으로 물든 눈동자. 어쩐지 그저 한갓진 감상에 젖어 있는 눈빛은 아닌 듯했다. 박사님은 지금 무슨 생각을 하고 계신 걸까. 그때 희비가 마치 차돌의 생각을 읽은 듯 입을 열었다.

"은실도 이 계절을 함께했으면 좋았을 텐데."

아름다운 것을 보면 먼저 떠난 이를 떠올리게 된다는 것을, 차돌은 그날 처음 알았다.

*

"누가 좋아라 헌다고 또 걸음을 허고 그라우."

군산댁이 희비를 향해 눈을 흘기며 중얼거렸다. 희비는

쌀쌀맞은 군산댁의 태도에도 아랑곳하지 않고 새로운 거처를 들여다보았다. 비록 사립문 하나 없는 방 한 칸짜리 초가집이었지만 웬만한 비바람은 충분히 막을 듯하고 번듯한 아궁이도 있으니 온돌도 뜨끈히 뗄 수 있을 터였다. 이제 차돌도 적잖이 안심하리라.

"아만 보내믄 되지. 머 볼 거 있다고 따라온당가."

"뭐 그렇게까지 박대하시오. 그래도 이리 걸음을 하였으니 물 한 잔이나 내주시지."

돈이 없어 궁색하다 뿐이지 군산댁이 원래 눈썰미나 요령이 없는 사람은 아닌 듯했다. 집 자체도 여러모로 알맞춤인데, 집의 위치 또한 딱 좋지 않은가. 토막촌의 밀집된 골목에서 떨어져 있되 가까운 거리에 이웃을 하나 두었고, 제법 그럴듯한 모양새를 갖춘 야트막한 야산도 접해 있으니 살기에 좋은 건 말할 것도 없다. 그리고 공교롭게도 오늘 희비가 실행할 계획을 위해서도 좋지 않던가.

"흥. 나가 주는 물 마셔서 좋을 게 없을 꺼이다! 천봉대 물이 그짝 속에 맞기나 헐랑가?"

군산댁은 차돌 들으란 듯 희비에게 더 모질게 대꾸하면서도 뱉은 말과는 딴판으로 몸을 움직여 물동이 뚜껑을 열었다.

"난중에 탈 나도 나는 모르능 기요!"

희비는 군산댁이 건네준 표주박을 받아 들고는 한 모금

악의 주장법

꼴깍 삼키더니 이내 말했다.

"물맛이 좋기만 한걸."

"그렁깨, 어짓깨 깨구락지 한 넘이 빠져뿌라서 물맛이 오지개 좋아져삐린 걸 어찌까, 이!"

개구리란 말에 놀란 희비가 캑캑거리자 시종 안절부절못하던 차돌이 집에 들어선 후 처음으로 입을 열었다.

"괜찮으세요, 박사님? 어무니가 장난치신 거예요."

"장난은 무신……."

닷새 만에 자식 목소리를 들어서일까. 군산댁이 치맛자락에 손을 문지르며 다소 누그러진 표정으로 차돌을 쓱 쳐다보았다. 차돌은 그제야 군산댁에게 뒤늦은 인사를 건넸다.

"어무니, 잘 계셨어요."

"잘 있었지. 보면 모르냐. 짐도 후딱 다 옮겨뿔고 새집도 얼추 다 정리했응께 아주 살맛 나게 잘 있었지. 시방 아주 좋아 죽겄당께. 인자 좀 살겄고마. 올겨울 어찌 날지 걱정도 덜어뿔고. 그 움막에서 여지껏 우째 살았능가 시푸네."

새집이 마음에 든 모양이었다. 웬일로 군산댁 입에서 싫은 소리가 나오지 않자 차돌의 낯빛이 밝아졌다.

"집에 뭐 손볼 거는 없어요? 온 김에 다 해드리고 갈게요."

"손볼 게 머 있당가? 여근 괜안으니 니는 언능 아그들 보러 가거라."

"왜요. 여기서 어무니랑 더 이야기도 나누고⋯⋯."

"먼 야그를 나눈다고. 더 볼 것도 없고 말헐 것도 없당께! 싸게싸게 안 나가냐."

군산댁은 서두르는 기색을 감추지 못했다. 조금 전 나한테 야멸차게 굴었던 건 연기가 아니었군. 본심 그대로 보여주었던 게야. 정작 차돌을 쫓아내는 연기를 해야 할 때 어설프기 그지없는 말투와 몸짓을 하는 군산댁을 보며 희비는 헛웃음을 지었다.

"차돌아, 나가서 일 보렴. 나는 여기서 군산댁이랑 이야기 좀 나누다가 주변도 둘러보고 시간을 좀 보내련다."

희비의 말에 차돌이 머리를 긁적였다.

"여기 뭐 볼 게 있다고⋯⋯."

그러자 군산댁이 빽 소리를 질렀다.

"야를 워쩨야 쓰까. 엄니 말 안 듣냐! 나가서 니 일 보라고 안 허냐!"

그때 엉거주춤 뒷걸음질 치는 차돌을 막아선 사람이 있었으니,

"차돌 언니!"

깜찍한 손님, 막동이다. 오늘도 역시 막동이의 양옆엔 좌우 날개처럼 용손과 맹단이 버티고 서 있었다.

"맨날 보니까 좋다!"

막동이 차돌의 종아리를 꽉 껴안으며 외쳤다.

"마침 잘들 왔네그려. 느그들 언능 차돌이 데불고 나가 놀 그라이!"

군산댁이 차돌을 쫓아내지 못해 안달 난 사람처럼 굴자, 용손이 말을 걸었다.

"아지매."

"와!"

"그 책이요. 아부지가 책 다 봤으면 넘기라고 하시는데요."

"어째 이리 깝쳐 쌌냐. 느그 아부지, 글 좀 읽을 줄 안다꼬 태를 내는 것이냐. 아이고 티꺼바라."

군산댁은 용손 아범이 재촉하는 게 영 못마땅하면서도 얼른 책을 쥐여주어야 차돌과 아이들이 떠날 거라고 생각했는지 후딱 방에 들어가 아랫목에서 『멍울독 백과』를 꺼내왔다.

"머, 그림은 개안터만."

군산댁이 슬쩍 희비를 쳐다보며 말했다.

"그림도 내가 그렸소."

희비가 뿌듯해하며 말했다. 희비는 어릴 적부터 식물을 관찰하고 세밀하게 그림으로 그려 남겨놓길 좋아했다. 『멍울독 백과』는 그동안 쌓아온 그림 실력을 십분 발휘한 책이었다. 멍울독 백 종을 세밀화로 그린다는 것이 결코 쉬운 일은 아니었지만, 지금 군산댁의 반응을 보니 애쓴 보람이 있다

싶었다. 글을 모르더라도 그림으로 알아볼 수 있다면, 그렇게 한 명이라도 더 멍울독을 구별해서 피할 수 있다면 그보다 더 큰 보람이 어디 있겠는가.

"그러코롬 태를 내고 싶소잉. 아이고, 티꺼바라. 티꺼바 죽것네!"

군산댁이 고개를 절레절레 흔들며 용손에게 책을 건네주자, 용손 옆에 서 있던 맹단이 차돌을 향해 말했다.

"언니! 언니도 같이 가서 책 보자. 용손 아부지가 읽어주신다네."

차돌이 희비의 눈치를 살폈다.

"다녀오래도. 너무 멀리 가진 말고."

"멀리는요, 무슨. 용손네에서 엎어지면 코 닿을 거리예요. 이사 와서 더 가까워졌어요. 무슨 일 있으면 바로 부르세요."

그렇잖아도 희비 역시 아까 용손네의 위치를 눈여겨보았던지라 순순히 고개를 끄덕였다. 언제 이렇게 든든한 비서가 되었는지. 차돌이 지근거리에 있을 거라는 사실만으로도 희비는 자신이 생각했던 것보다 훨씬 안심이 되었다.

"그래. 알았다."

애초에 차돌이 없었으면 엄두도 내지 못했을 계획이었다. 하지만 지금은 차돌이 자리를 비워주어야만 계획대로 일이 진행될 터. 희비는 이제 그만 가라는 의미로 차돌을 향한 애

악의 주장법

틋한 시선을 거두어들였다.

"언니! 가자, 가자!"

차돌은 못 이기는 척 아이들을 따라나서면서도 희비를 혼자 두는 게 영 마음에 걸렸는지, 발걸음과는 반대 방향으로 머리와 몸통을 비틀어 돌리고는 좀처럼 희비에게서 시선을 떼지 못했다.

"속없는 가스나. 닷새 만에 지 엄니 생각은 내삐리고 여시에게 홀린 거 맹키로 정신을 못 차리네. 맨날 쌀밥에 괴기 반찬이라도 주는 모양이제."

군산댁이 혀를 차며 말했다.

"어떻게 아셨소? 먹는 거 하나는 꽤 신경 쓰고 있다오."

"그람…… 다행인디. 참말로."

군산댁은 차돌이 용손네 사립문 안으로 들어설 때까지 물끄러미 바라보다가 퍼뜩 정신을 차린 듯 양 손바닥으로 치마를 쫙쫙 펴며 말했다.

"나도 이제 나가보겄소잉."

군산댁이 서둘러 떠나자 삼간초옥에 남겨진 이는 이제 희비 한 명밖에 없었다. 낯선 집에 혼자 있어서일까. 어쩐지 온 마을이 텅 빈 듯 고요하게 느껴졌다. 군산댁의 씨불거림도, 아이들의 조잘거림도 한꺼번에 다 사라진 탓에 더욱 그랬다. 어디선가 바람 한 줄기가 사늘하게 불어왔다. 화장터의 그을

음내가 실려오는 듯도 하고 하천의 물비린내가 실려오는 듯도 했다. 덩달아 구름도 바람에 밀려 해를 가리더니 초가 앞 흙 마당에 그늘을 드리웠다. 일순간 새도 울지 않았다. 참 절묘하게도 그것은 딱 희비가 바랐던 고요함이었다. 희비는 외따로 남겨진 새끼 짐승처럼 보이고 싶었다. 어서 나를 찾아오거라. 초가집 쪽마루 앞에 장우산을 짚고 서 있던 희비는 자신의 가냘픔을 그대로 드러냈다. 스스로 미끼가 된 사냥꾼은 그렇게 범인을 기다렸다.

오거라. 희비는 초가집을 향해 돌아서서 방 안을 들여다보는 척했다. 일부러 등을 보임으로써 범인이 선호하는 먹잇감이 되고자 했다. 범인은 결코 이 순간을 놓치지 않을 터였다. 지금 달려들지 않고는 못 배길 것이야, 너의 병든 정신으로는…… 이제 희비에게 필요한 것은 인내심뿐이다. 그런데 예상보다 빨리 등 뒤에서 인기척이 느껴졌다. 되었다. 놈이 미끼를 물었다. 긴장감 속에서도 야릇한 미소가 배어 나왔다. 바로 그 순간, 놈의 한기 어린 손이 희비를 덮쳤다. 놈은 메마른 한 손으로 희비의 목을 움켜쥐고 땀이 배어난 다른 한 손으로 희비의 입을 틀어막았다. 네놈이구나. 네놈이 맞구나. 희비는 등 뒤의 존재감이나 손의 느낌만으로 자신의 추리가 맞았다고 확신했다. 그렇다면 네놈이 좀 더 기고만장하도록 해주지. 놈은 주저 없이 희비를 방 안으로 끌고 들어갔다. 하

악의 주장법

지만 희비는 반항하지 않았다. 실컷 의기양양해보거라. 맘껏 고양되어 보거라. 희비는 그놈이 방문을 닫고 자신을 쓰러뜨릴 때까지 다 잡은 먹잇감처럼 굴었다.

우쭐한 놈이 기괴한 탄성을 내뱉었다.

"구희비!"

놈이 희비 위에 올라탔다. 부채꼴 모양의 대나무 모자를 눌러쓴 놈은 천으로 얼굴을 가리고 있었다. 따라서 놈의 표정을 볼 수는 없었지만 숨소리만큼은 생생히 들을 수 있었다. 거칠지만 얄팍한 입김. 입을 가린 천이 볼품없이 부풀고 꺼지길 반복했다. 이윽고 놈은 준비가 되었다는 듯 뻣뻣한 손으로 희비의 목을 강하게 조르기 시작했다. 지금이다. 이제 사람을 불러야 한다. 저항하고 소리를 질러야 한다. 갑작스러운 압박감. 아찔한 두려움. 머리가 뜨거워졌다. 하지만 조금만, 조금만 더 기다린다면…….

희비는 오랜 시간 가슴 깊이 묻어둔, 차마 꺼내어 볼 생각도 하지 못했던 은밀한 충동과 마주했다. 우울과 환멸, 지리멸렬한 통증이 한데 고여 곪아버린 우물 밑바닥에서, 죽기를 바란다고 말할 용기조차 없었던 시간들이 주마등처럼 스쳐갔다. 내가 무슨 자격으로 죽음을 이야기한단 말인가. 사지가 잘려나간 듯한 상실감과 골수에 사무친 원한이 넘쳐나는 세상에서 어찌. 생때같은 피붙이들을 남겨두고 고향을 떠나 목숨 바쳐 투쟁하고 있는 이들에게 어찌. 부채감과 죄책감, 타오르는 부끄러움 없이는 단 한마디도 할 수 없거늘.

그러니 지금 이 순간은 미혹의 시간이다. 어쩌면 찰나일지도 모른다고, 눈 한 번 딱 감으면 모든 얽매임으로부터 아주 간단히 벗어날 수 있을지도 모른다고 생각했다. 그러자 바라 마지않던 까마득한 평온이 땅끝과 하늘 끝에서 폭풍처럼 밀려오는 듯했다.

"마치 죽기를 바라는 듯한 얼굴이구나."

기막힌 놈. 네놈은 죽음의 냄새를 맡는구나. 일단 냄새를 맡았다 하면 자기 멋대로 왜곡해서 죽음을 요리하는, 과민하고 용렬한 망상 환자. 죽음의 냄새로 배를 채우다가도 자신은 죽음으로부터 도망가는, 비겁하고 야비한 겁쟁이 족속. 결국 네놈이 사람들을 죽인 이유는 그깟 거짓 배부름 때문이렷다.

"그래. 너 또한 백오교처럼 죽음을 원하는 거야. 그럼 내가 그 소원을 이루게 해주지. 너에게 자비를 베풀어주겠어."

"웃기는…… 소리……!"

희비는 그제야 손에 힘을 주고 버티기 시작했다. 놈이 움찔했다. 다 끝났다고 생각했겠지. 네 번째 살인도 별거 아니라고 생각했겠지. 이제 내가 그 같잖은 착각을 깨부숴주지.

"어……."

애석하게도, 놈은 자기가 바라는 것만큼 강하지 않았다. 희비가 놈을 힘으로 압도할 순 없어도 충분히 저항할 만은 했다. 둘은 엎치락뒤치락하며 힘 싸움을 벌였다. 놈을 착각하도록 만든 것은 희비의 전략이었고, 다행히 그 전략은 제대로 먹혔다. 놈이 당황한 것이다. 게다가 놈의 몸은 삐걱삐걱 소리가 날 듯 굳어 있었다. 마비 증상이 시작된 것이리라.

희비는 힐끗 방문을 쳐다보았다. 군산댁이 돌아올 때가 되었는데. 놈은 끝까지 희비의 목을 조르려고 악을 썼지만, 희비는 무릎으로 놈의 급소를 가격하고는 냅다 밖을 향해 소리를 질렀다.

"차돌아! 차……!"

희비가 차돌의 이름을 부르고 한 번 더 부르기도 전에,

"박사님!"

낡은 세살문이 와당탕 바닥으로 떨어져 내렸다. 차돌의 발길질 한 번에 맥없이 문짝이 뜯겨 나간 것이다.

"네 이놈!"

차돌이 맹수처럼 포효했다. 벼락처럼 꽂히는 차돌의 호령에 놈의 등짝이 펄쩍 뛰었다. 차돌은 지체 없이 놈에게 달려들었다. 그리고 한 손으로는 놈의 목을, 다른 한 손으로는 놈의 허벅지를 움켜쥐고 머리 위로 번쩍 들어 올렸다. 그 바람에 놈의 몸이 쿵 하고 천장에 부딪히면서 초옥에 진동을 일

으켰다.

"아이고, 이 가시나야. 집 홀랑 다 무너지겠고마!"

쪽마루에서 군산댁이 다급히 소리쳤다.

"차돌아, 나 괜찮⋯⋯."

희비가 목소리를 짜내며 차돌을 향해 손을 뻗었다. 목이 너무 아팠지만 차돌이 성났을 때 힘쓰는 모습은 처음 본 터라 얼른 말려야겠다는 생각뿐이었다.

"언니! 차돌 언니! 본때를 보여줘!"

"혼쭐나게 맞아봐야지 정신을 차리지!"

군산댁 옆에 몰려든 아이들이 소리쳤다. 막동도, 맹단도, 용손도 오랜만에 보는 속 시원한 광경에 흥분한 듯했다. 하지만 아이들이 차돌의 힘을 믿어 의심치 않는 건 그럴 만하다고 쳐도 지금 상황에서 차돌을 부추기는 건 결코 괜찮다고 할 수 없었다. 만약 차돌이 놈의 허리를 분질러 두 동강 내기라도 한다면⋯⋯.

"차돌아, 이제 괜찮다. 내려놓거라."

희비가 비틀비틀 자리에서 일어나며 차돌을 달랬다. 씩씩대던 차돌이 놈의 손자국으로 벌게진 희비의 목에 시선을 멈추고는 그대로 놈을 바닥으로 내팽개쳤다.

"큰일 날 뻔했잖아요. 잠시 잠깐 떨어져 있었을 뿐인데, 어떻게 이런 일이 생겨요."

차돌이 희비의 목을 어루만지며 입술을 꽉 깨물었다.

"별거 아니야."

희비는 볼품없이 바닥에 뻗어 있는 놈을 향해 눈을 내리떴다.

"애당초 이놈의 손에 죽을 생각 따위 없었어."

"그게 무슨……."

차돌은 아직도 무슨 영문인지 모르는 눈치였다. 희비가 놈을 향해 말했다.

"쥰, 네놈은 미끼를 덥석 문 거야."

"쥰이요? 사토 쥰?"

희비가 고개를 끄덕이자, 차돌이 자세를 낮추더니 놈의 얼굴을 가리고 있던 모자와 천을 벗겨냈다. 차돌이 믿기 어렵다는 듯 중얼거렸다.

"이놈이 세 사람을 다 죽였다고요? 미카엘, 지등조, 은실까지……?"

"뭐? 미카엘을 죽인 놈이라고?"

맹단이 발끈하며 쪽마루에서 방 안으로 상체를 들이밀었다. 용손이 말리지 않았다면 당장이라도 뛰어들어 쥰의 머리채를 쥐어뜯을 기세였다.

"어쩔 수 없었어! 내 입장에선 어쩔 수 없었다고! 심지어 난 자비초를 썼잖아! 그건 자비로운 죽음이었어!"

쥰의 변명은 맹단을 더 자극할 뿐이었다. 맹단이 차돌에게 물었다.

"지금 뭐라 지껄이는 거야? 잘못했다고 하는 거 아니지?"

차돌이 고개를 끄덕이자, 맹단은 곧장 신을 벗더니 쥰을 향해 내던지며 소리쳤다.

"헛소리만 하는 입은 확 꿰매어버리는 수밖에!"

"호랭이도 씹다 뱉을 넘이제!"

군산댁도 분통을 터뜨리며 제 가슴을 두드려댔다.

"암시랑 않게 사람 죽이는 것들, 참말로 징해뿌려. 아이고, 써글 넘들 때문에 나 속이 어장나뿐 거 생각허면⋯⋯."

맹단에 이어 군산댁까지 거들자, 잔뜩 겁먹은 사토 쥰이 방구석으로 기어가 몸을 웅크렸다.

"사토 쥰."

희비가 사토 쥰을 내려다보며 싸늘한 목소리로 말을 이었다.

"자비로운 죽음 같은 건 없어. 그건 네 안의 병증이 만든 썩어빠진 환상 같은 거야. 네 나라의 병증이 너 같은 병자를 만들어냈구나."

잔뜩 옴츠러든 사토 쥰의 몸은 그대로 작고 작아져 사라져버릴 것만 같았다.

죽은 자에 대한 예

"어떻게 그러실 수가 있어요. 제가 명색이 박사님 비서인데, 저 모르게 그런 위험한 일을 꾸미시고. 정말 큰일 날 뻔했잖아요."

천붕대에서의 난리통 이후 이틀이 지났을 때, 비로소 차돌이 입을 열었다. 미끼니 뭐니 하는 일의 전모를 알게 된 뒤 좀처럼 희비에 대한 서운함이 풀리지 않았던 탓이다. 자기 모르게 위험을 자초한 것도 기가 찬데, 거기다 자신의 어머니가 가담했다는 사실에 차돌은 그야말로 할 말을 잊었다. 그래서 입을 꾹 닫아버렸다.

"드디어 나랑 대화해주는 거니?"

희비가 반색하며 이 기회를 놓칠세라 차돌에게 다가서며 말했다. 늦은 저녁, 차돌은 이제 막 목욕을 마치고 나서던 참이었다. 문 앞에 서서 기다리고 있던 희비는 냉큼 빗을 들고 차돌을 이끌었다. 차돌은 못 이기는 척 희비를 따라 초롱불이 켜진 대청에 앉았다.

"나 정말 속 타서 죽는 줄 알았잖아. 이제 정말 우리 차돌 삐지게 하지 말아야지. 삐지면 이렇게 아무 말도 안 하는 줄은 꿈에도 몰랐네. 내가 미안해. 잘못했어. 다신 안 그럴게. 그러니까 한 번만 봐줘. 응?"

희비가 차돌의 머리카락을 빗겨주며 말했다. 이제는 남아 있는 이도 없을 텐데, 희비는 머리를 한 번 빗을 때마다 꼼꼼히 참빗을 살폈다.

"먼저 아무 말도 안 한 사람은 박사님이죠. 저한테 아무 설명도 안 해주셨으니, 저도 혼자 생각할 시간이 필요했어요."

"차돌 네가 워낙 내 걱정을 많이 하니까, 티 날까 봐 그랬지. 알다시피 쥰을 방심하게 만들려면 내가 오롯이 혼자인 상태, 즉 무방비 상태로 보여야 했단 말이야. 도와줄 사람이 한 명 필요하긴 하니 군산댁에게 미리 연통을 넣은 거고. 일이 끝나자마자 너에게 모두 설명하려고 했어."

"어무니랑 언제부터 그렇게 살가운 사이였다고⋯⋯."

"군산댁이 아무렴 자초지종도 모르고 널 나에게 보냈겠니? 나보다 먼저 들른 이가 상세히 설명하였으니 믿고 맡긴 것이지. 보수 때문에 실랑이는 좀 있었지만⋯⋯. 아무튼 내

보기엔 군산댁도 나라를 위하는 마음이 각별하더구나. 네가 두루두루 많이 배워 큰일을 하길 바라는 거 같아. 티는 잘 안 내지만 말이야."

어무니와 애국은 너무 안 어울리는걸. 희비의 말을 들었는데도 차돌은 쉽게 수긍할 수 없었다. 군산에서 겪었던 일이나 아버지의 죽음에 얽힌 사연이 희비를 도운 연유와 무관하진 않으리라 생각했지만, 차돌은 자기도 모르게 어머니에 대한 평가를 야박하게 하고 있었던 것이다.

"나라 위하는 마음이 따로 있겠니. 이웃 죽는 꼴을 그냥 앉아서 보고 있지 못하는 성정도 그에 포함되겠지."

희비가 차돌의 마음을 읽은 듯 넌지시 말했다. 차돌은 순순히 고개를 끄덕였다. 자신을 희비에게 보낸 이유가 정말 따로 있는지는 몰라도, 어머니가 희비를 도와 범인을 잡는데 일조했다는 사실만큼은 퍽 자랑스러웠기 때문이다.

"그런데, 이틀 동안 혼자서, 무슨 생각을 그리 골똘히 했던 거니?"

희비의 목소리가 차돌 정수리에서 목덜미를 타고 내려왔다.

"여러 가지 생각했죠. 박사님의 거짓말과 유인책은 물론이고 박사님이 어떻게 범인을 짐작했는지, 그리고 저는 왜 그 모든 걸 눈치채지 못했는지에 대해서요."

차돌은 홀로 곱씹고 또 곱씹었다. 애초에 미유를 범인으로 넘겨짚었던 차돌은 진범이 밝혀진 후에야 희비가 했던 말의 뜻을 절절히 깨달았다. 증거도 없이 범인을 지목하는 것은 얼마나 위험한 행동인가.

"먼저, 저는 박사님이 말한 '한 가지 더 중요한 것'이 무엇인지, 그 말을 듣는 순간부터 궁금했어요. 증인이나 증거가 없는 사건에서 상황의 맥락을 이해해서 논리적으로 상상해 내는 '가정' 외에 한 가지 더 중요한 것. 그게 뭘까."

"이젠 그게 뭔지 잘 알았겠지."

"미끼죠. 범인이 덥석 물 미끼."

"바로 그거야!"

희비가 빗을 쥔 채 차돌 앞으로 자리를 옮겨 앉으며 눈을 반짝였다. 차돌이 자기 생각을 알아주어서 기뻐하는 듯한 표정이었다.

"그래서 그런 얼토당토아니한 말씀을 하셨던 거예요. 천봉대에서 마음이 편해진다는 둥 천봉대의 운치를 즐기겠다는 둥 하는 소리요. 사실은 '내일' 천봉대에 간다는 사실을 강조하고 싶으셨던 거겠죠."

"그래, 맞다. 그런데 천봉대에 가면 마음이 편해진다고 한 건 진심인데?"

이번엔 차돌의 마음이 기쁨으로 물들었다. 당연히 희비가 천봉대를 불편해할 거라고 생각했기에 더욱 기뻤다. 하지만

악의 주장법

애써 기쁜 티를 숨기고 희비를 나무라듯 말했다.

"범인을 잡고 싶어 하시는 마음은 알겠지만…… 어쩌자고 자기 목숨을 미끼로 삼으셔요."

희비가 참빗을 턱끝에 갖다 대며 빙긋이 웃었다.

"차돌아. 너, 사토 쥰이 미카엘과 지등조, 그리고 은실을 살해한 수법의 공통점이 뭔지 아니?"

"미카엘과 은실은 독살. 지등조는 교살이었죠. 공통점이라 하면……."

"피를 보지 않았다는 거지."

그렇구나. 왜 그 생각을 하지 못했지. 차돌이 시무룩한 표정으로 물었다.

"그럼 쥰을…… 피를 보면 기절하는 쥰을 처음부터 의심하셨던 거예요?"

희비가 애매한 미소를 지었다.

"의심은 했지만 확신할 순 없었지. 하지만 은실이 죽었을 때는 더 이상 주저할 수가 없었어. 내가 파악한 범인의 범행 수법을 보면 범인이 총칼을 들고 덤빌 확률은 희박했고, 그러니 여기에 무게를 두고 도박을 해보는 수밖에. 지등조가 만취한 틈을 타 뒤에서 목을 조른 거나 만독재 담벼락 아래 하나도 아닌 두 개의 큰 돌을 놓으려 했던 걸 보면 범인이 왜소한 체구라는 건 분명했으니까. 게다가 범인이 비린쑥을 맨

손으로 만졌다거나 냄새를 맡았다면 분명 어느 정도의 마비 증상을 겪고 있을 테니까 범인과 마주하고도 충분히 시간을 벌 수 있을 거라고 판단한 거야. 네가 날 구하러 올 때까지의 시간 말이야."

내가 박사님을 구하러 갈 때까지의 시간. 차돌은 그 말을 되뇌며 자신을 마주하고 있는 희비의 얼굴을 바라보았다. 초롱불에 비친 얼굴이 참으로 해사했다. 이리 해사한 얼굴로 나를 기다렸다고 말하는데 내가 풀 죽을 이유가 무엇인가. 차돌은 희비가 무슨 말을 해도 다 받아줄 듯이 가슴을 쫙 폈다.

"만독재에 침입하려던 것도 그렇고, 비린쑥을 이용한 것도 그렇고. 두 사건의 교집합은 바로 나였어. 그렇다면 나 자신을 미끼로 삼아야 범인이 걸려들지 않겠니? 비린쑥의 경우, 내가 일 순위 살해 대상이었는지는 잘 모르겠지만⋯⋯."

만약 애당초 나를 죽이려 했던 거라면 은실은 나 때문에 죽은 거지. 차돌은 희비가 입 밖으로 내지 못한 말을 눈으로 읽었다.

"은실을 살해한 범인을 박사님이 잡으셨잖아요. 박사님이 죽은 이에 대한 예를 갖추셨으니, 은실도 이제 편히 눈 감을 거예요."

차돌은 뻣뻣이 감기지 않던 은실의 눈을 떠올리며 희비를 위로했다. 그러나 희비는 위로 따위 필요 없다는 듯이, 아니

　　　　　　　　　　　　　악의 주장법

자신은 위로받을 자격이 없다는 듯이 말을 돌렸다.

"어쨌든 범인은 내가 사건을 파헤치는 게 무척 싫었나 봐. 그런데 내가 죽지도 않은 데다가 조사도 계속할 것처럼 보이니, 당연히 다시 죽이려 들 거라 생각했어."

희비의 설명을 듣고 나니 차돌의 머릿속에 퍼뜩 떠오르는 것이 있었다.

"그럼 은실이 자비초를 누가 훔쳤는지 박사님에게 말해주기로 했었다는 것도, 사건을 계속 조사하겠다는 의지를 보이려고 그렇게 말씀하신 거예요? 은실이 그랬다는 거, 거짓말 맞죠?"

"그래, 맞아. 내가 거짓말을 했지. 은실하고는 대문 앞에서 나눈 대화가 전부인걸. 너도 그때 다 들었잖니."

차돌이 잠자코 고개를 끄덕이자 희비가 말을 이었다.

"물론 그때의 분위기만으로도 나로서는 은실이 날 죽이려고 했을 리 없다고 믿기에 충분했지. 그치만 그건 내 믿음일 뿐이잖아. 사토가 사람들은 그렇게 받아들일 이유가 없어. 그래서 은실을 범인을 본 목격자로 만들었어. 범인이 따로 있다고 믿게 해야 카논이 내게 조사를 계속해달라고 부탁할 테니."

"언제부터 사토가 사람 중에 범인이 있다고 생각하신 거예요?"

"처음부터 확신했던 건 아니야. 자비초를 훔친 범인이 백 오교가 아니라면 사토가를 자유롭게 드나드는 사람 중 하나일 거라고 짐작했던 거지. 사실 난…… 은실이 본 그림자가 아마도 치요와 준의 그림자였을 거라고 생각해."

"모리 치요요?"

희비가 고개를 끄덕였다.

"아마도 준의 부탁에 넘어갔겠지. 치요는 카논의 약방 열쇠에 손쉽게 접근할 수 있는 사람이잖니. 사람을 부리는 이들이 잘 깨닫지 못하거나 종종 무시하는 것이 하나 있지. 바로 시중드는 사람들이 그들의 면면을 속속들이 파악하고 있다는 사실이야. 다만 치요가 열쇠를 훔쳤다는 걸 카논이 정말 몰랐을까 하는 의심은 들어. 너도 느꼈겠지만, 카논은 자신만의 어둠을 가지고 있는 사람이지. 그 속내를 알 길도 없지만…… 사실 알고 싶지도 않구나."

희비가 카논에 대해서는 더 말하고 싶지도 않다는 듯 피곤한 표정으로 말을 이었다.

"치요가 준의 행각을 어디까지 알고 있었는지는 잘 모르겠어. 다만 본능적으로 계속 준을 감싸려는 언행을 하더라고. 치요가 했던 말 기억하니? '여기 담은 제법 높다고요. 대문 단속도 신경 쓰는 편이고'라고 했지. 치요는 은실을 범인으로 몰고 싶어서 한 말이겠지만 나에겐 되려 범인이 사토가

250 악의 주장법

내에 있다는 걸 확인시켜 주는 말이었지."

"그래서 그때 그렇게 의뭉스러워 보이는 표정을 지으셨던 거군요!"

당시 치요가 뒤늦게 희비의 의도를 알아차리고 아차 싶어 움찔했듯이, 차돌도 몸을 움찔하며 목소리를 높였다. 그러자 희비가 후훗 소리를 내며 빗을 든 손으로 차돌의 가슴을 톡 쳤다.

"그걸 봤어? 하여튼 차돌 넌 내 일언일행에 신경을 곤두세운다니까……."

신경이 쓰이는 걸 어떡해요. 차돌은 모든 일이 끝나고도 여전히, 좀처럼 마음이 놓이지 않는다는 표정으로 희비를 바라보았다.

"이런 표현이 맞는지 모르겠지만…… 박사님은 물가에 내놓은 애 같단 말이어요."

"물가면 어떻고 물속이면 또 어떻니? 네가 항상 내 옆에 있어 주면 되잖아."

또, 또 해사한 표정. 차돌은 속절없이 고개를 끄덕였다. 희비의 곁에서 늘 함께하겠다는 다짐을 하고 보니 마음이 여간 뿌듯하지 않은 것이 비서라는 직업이 천직인 듯하였다.

"그래도 이제 저 모르게 위험을 감수하는 일은 하지 마셔요. 절대로."

이번엔 희비가 고개를 끄덕였다. 찢긴 문풍지 사이로 솔솔 부는 바람을 이기지 못한 채 팔랑거리는 듯한 고갯짓이었다. 이런 사람이, 불면 날아갈 듯 쥐면 꺼질 듯한 몸으로 쥰과 몸싸움을 벌였다니. 사토 쥰, 이 망할 놈! 사람 좀 약해 보인다고 교활한 이리처럼 틈을 봐 달려들다니. 당시 상황을 떠올린 차돌의 이맛살이 꼬깃꼬깃 구겨졌다.

"쥰은 이제 잡혔잖니. 다 끝났다."

희비가 두 손가락으로 차돌의 이맛살을 펴주며 그만 생각하라는 투로 말했다. 희비의 격의 없는 행동에 차돌은 저도 모르게 몸을 뒤로 젖혔다가 이내 다시 자세를 바로잡고 앉았다. 그동안 줄곧 의문으로 남아 있던 쥰의 범행 동기에 관해 묻고 싶어졌기 때문이다.

"도대체 쥰은 왜 미카엘을 죽였을까요? 지등조는 입막음하려고 죽였다고 해도, 은실은 또 왜?"

희비는 가만히 차돌을 쳐다보다가 초롱불로 시선을 옮기며 심드렁하게 말했다.

"글쎄다. 쥰이 내막을 털어놓지 않는 이상 어찌 알겠니."

진짜로 무관심한 것인지 그런 척하는 것인지, 알 수 없는 말투였다.

"박사님은 쥰이 왜 살인을 했는지 궁금하지 않으셔요?"

"범인을 잡았으니 그 속 따위는 들여다보고 싶지 않구나.

오정 삼촌도 그러셨잖아. 악은 바스러지기 쉬운 거라고. 그러니 보나 마나 뻔해. 보잘것없는 이유였겠지. 그런 악을 굳이 들여다볼 필요가 있을까? 악을 들여다보면 볼수록 악에 물들기 쉬운 법이야."

하지만 저는 물들지 않을 자신이 있는걸요. 차돌은 사람이 어찌하여 자기 손으로 사람을 죽이는지 궁금하고 또 궁금하였다.

악에 대하여

시라시이 유이토는 나를 버리고 갔다. 나를 데리고 달아나시오. 나를 데리고 달아나시오. 그의 시구는 내 절규였는데. 나는 그와 함께 달아나려고 내 어머니의 자비초를 훔쳤는데. 그는 혼자 달아났다.

미카엘. 시라시이 상의 작업실 앞에서 얼쩡거리는 그자를 처음 보았을 때만 해도 나는 그를 죽일 생각이 전혀 없었다. 오히려 그에게 친근함을 느꼈다. 시라시이 유이토의 시를 사랑하고, 그의 죽음을 애석해하는 이를 만났으니 어찌 반갑지 아니했겠는가. 하여 기꺼이 그를 작업실 안으로 불러들이고, 차를 대접했다. 우리는 밤이 깊도록 시라시이 유이토에 관해 이야기를 나누었다. 나는 시라시이 상이 얼마나 천재적이었는지 회상했고, 미카엘은 백오교가 얼마나 매력적이고 재미

있는 사람이었는지 떠들어댔다. 우리가 서로의 이야기를 경청할 수 있었던 건 순전히 시라시이 유이토에 대한 그리움 때문이었다. 거기까지만 했으면 좋았을 것이다. 거기까지만.

하지만 미카엘은 선을 넘었다. 그는 나로 하여금 시라시이 유이토와 자신이 특별한 관계였다는 걸 눈치채도록 만들었다. 그를 그리워하는 마음이 단순히 좋아하는 시인의 죽음을 안타까워하는 수준을 넘어서 떠나간 정인을 사무치게 보고 싶어 하는 마음이라는 것을 내가 알도록 했다. 직접적으로 말하진 않았지만 그의 눈빛, 그의 말투, 그의 몸짓에서 느낄 수 있었다. 게다가 그의 눈빛, 그의 말투, 그의 몸짓은 불필요할 정도로 지독하게 아름다웠다. 나는 질투에 불탔다. 질투에 눈먼 자는 의외로 직감이 예리한 법이다. 나의 직감이 내게 말했다. 미카엘의 아름다움은 분명 시라시이 유이토의 탐미성을 자극했을 것이라고. 시라시이 유이토는 미카엘을 갈구했을 것이고, 그 갈망은 시라시이 상을 더욱 가열차게 죽음으로 몰아넣었을 것이라고. 그 직감은 질투를 더욱 활활 타오르게 했다. 그리고 질투는 걷잡을 수 없는 분노가 되었다. 타오르는 분노! 분노가 나를 잿더미로 만들기 전에 먼저 손을 써야 했다. 나를 분노하게 만든 자를 제거하는 것은 어찌할 도리가 없는 선택이었다. 모두 미카엘이 자초한 것. 미카엘, 미카엘, 미카엘의 탓이다.

지등조는 또 어떠한가. 내가 미카엘을 죽일 수밖에 없었던 이유를 아무리 설명해도 그저 나를 미친놈 취급하며 돈이나 내놓으라고 하지 않았던가. 나는 피를 보지 않고 그를 죽일 방법을 고심했다. 마침 그는 못 말리는 술꾼이었으니, 내가 아무리 힘이 약하다 해도 만취해서 쓰러진 자를 목 조르는 정도는 할 수 있을 거라 생각했다. 과연 내 생각이 맞았다. 지등조가 저항다운 저항 한 번 하지 못하고 숨을 거둔 것이다. 한 번의 살인도 모자라서 두 번의 살인을 하게 되다니. 하지만 이 또한 어찌 내 탓이라 할 수 있겠는가. 내가 두 번째 살인을 하게 된 이유는 내게 아직 아무것도 물려주지 않은 부모님 탓이다. 입막음할 돈만 있었더라도 지등조를 죽이지 않았을 터이니.

잠깐 내 오래된 생각을 말해보려 한다. 나는 한 명의 소년이 자라는 데에는 한 명의 남자가 필요한 법이라 믿으며 자랐다. 하지만 친부는 나를 버렸고, 양부는 나를 버리려 했다. 이미 버림받은 것이야 어쩔 수 없다 해도 앞으로 버림받을지 모른다는 불안은 나를 미치게 했다. 전쟁터로! 포화에 휩싸인 전쟁터로 나를 보내버리겠다니! 피만 보면 혼절하는 나를 피비린내 가득한 곳으로 보내겠다는 말은, 나를 그냥 버리는 게 아니라 죽여버리겠다는 협박이었다. 양부의 협박은 미유가 집 안 곳곳을 뛰어다니며 사토가의 생동하는 기운 그

악의 주장법

자체가 되었을 때부터 시작되었다. 나는 내 천성과 기질로는 내가 미유를 대신할 수 없을 거라는 사실을 일찍이 깨달았다. 그리하여 머지않아 나도 마음속에서 양부를 버렸다. 한때는 양부의 사랑을 받고 싶어 안달한 적도 있었지만 나를 죽이고 싶어 하는 사람을 계속 필요로 할 수는 없었다.

내가 필요로 한 사람은 단 한 명, 시라시이 유이토였다. 시라시이 유이토. 그가 늘 말했던 것. 세계의 어둠과 모순, 그리고 환멸. 그가 그의 시에 대고 토했던 것. 속박할 수 없는 존재에 대한 환상, 우뚝 선 자유를 향한 몸부림, 그리고 죽음을 향한 동경. 그는 환멸을 노래했고, 환멸에 무릎 꿇고자 하는 자신을 변호했고, 그런 자신을 반박해보라 했다. 하지만 나는 그에게 반박할 생각이 없었다. 전혀, 조금도 없었다. 오히려 나는 그를 추종했다. 그의 말과 그의 시는 각혈과도 같았고, 나는 그 각혈을 성수라도 되는 듯 받아들였다. 진리가 없는 세계에서 그의 말과 시는 내게 유일한 진리처럼 느껴졌다. 나는 시라이시 유이토의 소년이었다. 내가 시라시이 유이토를 사랑하는 만큼 그는 나를 파괴할 수 있었다. 그리고 나는 기꺼이 그와 함께 파괴될 용의가 있었다. 결국 나의 살인은 나의 우상이 내게 심어준 파괴성에서 기인한 것이다. 그러니 다시 한번 말하지만 모든 것은 나의 탓이 아니다.

비록 시라시이 유이토의 시신을 본 순간 혼절하긴 했지

만 나는 그의 죽음 자체를 놀라워하지는 않았다. 그는 젊어서 죽지 않으면 이상한 자였다. 젊어서 죽는 것이 사명인 사람이었다. 그런 시를 써놓고 어찌 백발이 성성할 때까지 구차하게 목숨을 부지한단 말인가! 물론 놀라지 않았다 해서 슬프지 않았다는 건 아니다. 나는 그가 죽어서 슬펐고, 나만 혼자 남겨두고 가서 슬펐다. 시라시이 상과의 동반자살은 내 유일한 소망이었다. 하지만 나는 자신하지 못했다. 과연 그가 나와 함께 죽고 싶어 할까. 그때 불현듯 자비초가 떠올랐다. 자비초를 가지고 가면 유이토가 내 뜻을 받아줄지 모른다고 생각했다. 그의 수업이 모두 끝나는 날, 그가 지루한 관료의 세계에 발을 디디기 전에 그를 찾아가 자비초를 바치리라.

나는 어머니의 약방을 구경하고 싶다며 치요에게 약방 열쇠를 몰래 훔쳐달라고 졸랐다. 치요는 내 청을 거절할 줄 모른다. 항상 자기가 내 어머니라도 되는 것처럼 군다. 내게 어머니라는 존재가 필요 없는 줄도 모르고. 한마디로 치요는 눈치가 없고 어리석다. 그토록 오래 나를 봐왔으면서도 나에 대해 아는 것이 없다. 그저 나를 위할 줄만 안다. 다만 사토가에선 치요처럼 나를 위해 무엇이든 해주는 사람이 없었기에 내 곁에 늘 치요를 둔 것뿐이다. 아무튼 치요는 열쇠를 훔쳐다 주었다. 꽤 고지식한 사람이라 압박감과 불안감이 심해 보이긴 했지만. 그런데 그게 문제였다. 기어코 나를 따라 약

악의 주장법

방에 들어온 치요가, 구경만 하겠다던 내가 말을 바꾸어 자비초를 훔치려 하자 훼방을 놓았다. 결국 치요와 실랑이를 하다 보니 시간이 지체되었다. 그런데 이 모습을 하나 상이 볼 줄은 꿈에도 몰랐다.

하나 상, 고 앙큼한 것이 무서운 줄도 모르고 나를 닦달했다. 지등조처럼 돈을 요구한 건 아니다. 자수하라고, 약방에 몰래 들어갔던 사실을 털어놓으라고 했다. 그래서 하나 상을 죽였다. 세 번째 살인이라 여유가 생겨서, 부엌의 골방에 숨어 하나 상이 죽어가는 모습을 지켜보기도 했다. 지금 생각해보면 하나 상은 그저 정황상 약방에 있던 사람이 나와 치요였을 거라고 짐작했던 것 같다. 약방에 숨어 들어간 정도는 쉬이 용서받으리라 생각했던 것도 같다. 나중에 들키느니 차라리 먼저 솔직하게 고백하라고, 그러면 어머니가 나의 솔직한 면을 높이 사줄 거라는 말도 했다. 이 얼마나 순진한 생각인가!

나를 위하는 척, 동정하는 척 말하는 하나 상이 괘씸하기는 했지만 하나 상과의 대화로 알게 된 사실이 하나 있었다. 바로 하나 상의 기억을 떠올리게 한 자가 구희비라는 것이다. 어머니의 사주를 받은 독초 박사가 여기저기 들쑤시고 다니는 게 분명했다. 구희비를 어찌해야 할까 고민하던 중에 은혜 의원에서 구희비를 보았다. 마침 미카엘의 죽음 뒤로 연달아 자살 소동이 일어나고 있다는 소문을 듣고 의원 근처를 서성이던 참이었다. 피를 볼 수 없기에 멀리 숨어서 지켜보긴 했지만, 내가 저지른 살인 덕에 이제야 백오교의 뒤를 따르는 이들이 줄을 잇고 있으니 너무 흥분되어서 도저히 가만있을 수가 없었던 것이다. 그런데 그때 백오교의 시집을 손에 쥐고 의원 밖을 나서는 구희비를 발견했다. 구희비는 그 길로 미카엘의 추모 미사가 열리는 서대문 성당으로 향했다. 저렇게 열심히 조사하는데 언제 뭘 찾아낼지 모를 일이었다. 나는 결국 구희비를 제거하려고 마음먹었다. 하지만 어떻게 죽여야 할지 알 수가 없었다. 구희비 옆에는 팔척장신의 비서라는 놈이 언제나 떡하니 버티고 서 있었기 때문이다. 그놈은 한시도 구희비 곁을 떠나지 않았다. 그래서 만독재를 노린 것이다. 적어도 잘 때는 떨어져 있겠지 싶어서. 구희비가 잠들어 있을 때 그 방에 침입해 손을 쓸 생각이었다. 하지만 어떤 미친 할배가 뛰어나와 발악하는 바람에 그 일은 성사되지 못했다.

결국 나는 다시 독에 손을 대었다. 암시장에서 파는 비린쑥을 구해다가 차통에 든 쑥차 잎과 바꿔치기를 했다. 미카엘의 찻잔에 몰래 자비초 가루를 넣는 것보다 훨씬 간단한 일이었다. 함께 마신 내 찻잔을 처리해야 하는 번거로움도 없었다. 비록 비린쑥을 차통에 그대로 두는 실수를 범했지만

악의 주장법

그 정도 과실이 뭐 그리 대수라고.

나는 하나 상이 어머니께 드릴 차를 우리면서 처음 우린 찻물을 남겨두었다가 몰래 마신다는 사실을 알고 있었다. 그날도 하나 상은 늘 자신이 하던 대로 했고, 곧이어 내가 바라던 대로 거품을 물고 쓰러져 죽었다. 약방의 손님들과 어머니도 그즈음 차를 마셨을 테니 하나 상이 죽은 뒤 내가 할 일은, 미유가 하나 상에게 일본어를 가르쳐주면서 받아쓰게 했던 '미안합니다'라고 적힌 쪽지를 하나 상의 허리춤에 끼워 넣는 것뿐이었다. 그렇게 나는 할 일을 다 했는데, 약방에 있던 사람들은 제 할 일을 다하지 못했다. 그것을 뒤늦게 알았다. 아무도, 단 한 명도 차를 마시지 않았다! 구희비가 그리도 철두철미하게 비린쑥을 경계하는지 내가 어찌 알았겠는가. 게다가 구희비가 치요에게 찻잎을 다룰 때 조심하라고 하는 말을 듣고 얼마나 움찔했는지. 어쩐지 손마디가 뻣뻣한 느낌이 들어 이상하다고 생각하던 차였기에 더욱 놀랐다. 망할 놈의 암시장 장사꾼! 웃돈도 얹어 주었건만 내게 아무런 주의 사항도 일러주지 않다니.

불행히도 거기서부터 모든 일이 틀어졌다. 마음이 급해진 나는 몸상태를 살필 겨를도 없이 구희비가 던진 미끼를 냉큼 물었고, 구희비가 쳐놓은 덫에 꼼짝없이 걸려들고 말았다. 구희비가 비서 없이 천붕대에서 혼자 여유를 즐기는 줄로만 알았고, 지등조를 교살하면서 자신감을 얻은 터라 구희비 같은 약골은 손쉽게 제압할 수 있을 줄 알았다. 이런 내 예상은 모두 틀렸다. 게다가 겁에 질려 내 죄상을 자백하고 얻어맞기까지 했으니. 어디 그냥 맞기만 했는가. 그 무지막지한 비서라는 놈 때문에 허리가 두 동강 날 뻔했다. 그 바람에 나는 포악한 토막민들에게 결박당한 채 인력거에 실려 경찰서까지 가는 동안 허리가 끊어질 듯한 통증을 느꼈고, 아무 생각도 할 수가 없었다. 그래도 그저 버텼다. 이를 악물고 견뎠다. 그들이 아무리 목청 높여 내 신상을 퍼뜨리면서 나를 모욕해도, 오직 버티고 견뎌야 한다는 생각뿐이었다. 경찰서에 가면 다 해결될 테니 말이다.

내 말이 믿기지 않는가? 그렇다면 지금 나를 보라. 나는 경찰서에서 나와 집으로 가는 중이다. 좍좍 쏟아지는 비를 시원하게 맞으며 집으로 가고 있다. 허리는 여전히 좀 아프지만 마음은 이보다 더 상쾌할 수가 없다. 솔직히 경찰이 나를 체포할 리 없다는 것을, 나는 처음부터 알고 있었다. 내가 구희비를 덮치는 현장이 발각되었다고 한들, 오오하라 쇼의 조카를 범죄자 취급한다고? 게다가 미카엘부터 지등조, 하나상에 이르기까지 모든 사건의 범인이 나라는 사실을 경찰이 구태여 입증하려 한다고? 말도 안 되는 소리. 나는 내가 잡힐까 봐 마음이 다급해졌던 것이 아니다. 구희비를 죽이지 못

할까 봐 마음이 다급해졌던 것도 아니다. 내가 다급했던 이유는 단 하나다. 미카엘을 죽인 진범이 나라는 게 밝혀지면, 백오교의 죽음을 따르는 사람들이 없어질까 봐 걱정되었던 것이다. 백오교를 따라 달아나는, 그 장엄한 행렬을 구경하지 못하게 될까 봐.

"도련님!"

치요가 달려 나와 나를 반긴다. 은실이 죽었을 때, 뭔지 모를 불길한 느낌에 사로잡혀 나를 위해 앞으로 나섰던 치요. 은실을 범인으로 몰기 위해 자기 딴에는 한다고 했지만 별 도움이 되지 않았던 치요. 내 팔을 잡고 선 치요의 눈에 눈물이 그렁그렁하다.

"우산도 없이, 왜 이리 비를 맞으셨어요."

치요가 내 젖은 얼굴을 닦아주려고 했지만 나는 괜찮다는 뜻으로 치요의 손등을 토닥인다.

"어서 들어가세요. 마님도, 아가씨도 기다리고 계셔요."

나는 부드러운 미소를 지으며 고개를 끄덕인다. 속으로는 양부가 집에 없다는 사실에 이를 갈면서. 내가 집에 온다는 사실을 전해 듣지 못했을 리 없는데.

"쥰."

본관 거실에 오도카니 서 있던 미유가 차분한 목소리로 나를 부른다. 우리 사이를 가로막고 있는 빗줄기 때문일까.

미유의 목소리가 더없이 가라앉은 듯이 들린다. 미유답지 않은 차분함. 나는 자못 달라진 미유의 분위기에 의아해하다가 곧 납득해버린다. 하긴 많은 일이 있었지. 미유는 진정으로 사모하던 오라버니 시라시이 유이토를 떠나보냈고, 곧이어 자매처럼 어울려 지내던 하나 상을 떠나보냈다. 그토록 많이 울었으니 이제 차분해질 때도 되었지.

"미유, 걱정 많이 했지?"

적어도 시라시이 유이토에 한해서, 미유는 깨달아야만 한다. 미유는 시라시이 유이토를 제대로 이해하지도 못하면서 그를 사모했다. 어둠의 깊이가 그토록 얕은 아이가 분수에 맞지도 않는 사랑을 했다는 말이다.

"도련님, 어서 오르세요."

아무 대답도 하지 않는 미유 대신 치요가 시중을 들며 말한다. 나는 돌단 아래 무릎을 꿇고 앉은 치요에게 순순히 발을 맡기고 신을 벗기게 했다. 그런 나를, 나의 어머니 카논은 여느 때와 다름없는 표정으로 쳐다본다. 한심해죽겠다는 표정으로! 정말이지 내 어머니는 나라는 존재를 세상에 내보내고도 지워버리지 못해 안달인 사람이다. 내가 이런 고초를 겪고 왔는데도 나를 저런 표정으로 쳐다보다니. 어머니라는 존재에게 아무런 기대를 하지 않은 지 오래되었는데도 갑자기 분노가 솟구친다. 나는 물이 뚝뚝 떨어지는 몸을 거실로 들인다. 그리고 금세 흥건해진 바닥을 노려본다. 내 어머니 카논이 아닌, 마룻바닥을.

"돌아왔습니다. 심려가 크셨지요, 어머니."

대답은 돌아오지 않는다. 나는 어머니의 응답을 기다리지 않는다. 대신, 속으로 내갈긴다. 당신이 기어코 자비초를 훔친 진범을 찾으려고 했던 이유를 내가 모를 줄 알아? 날 진범이라 여기고 구회비를 불러들였다는 걸 내가 모를 줄 알아? 당신은 내 친부와 도망갔던 그때 죽었어야 했어. 그날 음독이 실패로 끝나지만 않았다면 나도 태어날 일이 없었겠지. 당신은 정말 내가 알고 있다는 걸 몰라? 당신이 그날 죽지 못한 것을 한스러워한 나머지 독에 집착하는 것을?

그때 미유가 내게 말한다.

"쥰, 나 이상한 말을 들었어."

"무슨 말?"

"쥰이 하나 상을 죽였다는 말."

다 오해라고 발뺌하고 싶다. 전부 다 오해라고. 나는 아무도 죽이지 않았다고. 하지만 무표정한 미유의 얼굴을 맞대하고 있으니 입이 떨어지지 않는다.

"진짜로 쥰이 하나 상을 죽였어?"

미유는 이유 따위 중요하지 않다는 듯이 묻는다. 언제나 그랬다, 이 아이는. 좋으면 좋고 싫으면 싫고. 마치 그렇게 단

순하게 굴 권리를 쥐고 태어났다는 듯이 말이다. 매사를 자기 좋을 대로 생각해버리는 미유는 나와 다른 방식으로 곪았다. 얄팍하고 가벼운 방식으로 병들었다. 자신도 모르게 병들어버렸다. 그러니 생각해보라. 다트판의 정중앙에 다트 핀을 꽂아 상황을 조작한다는 생각이 이런 아이 머리에서 나올 수 있었을까? 내가 귀띔해준 대로 해놓고서, 자기가 속였다고 기뻐하는 이 아이는 병든 내 누이다.

문득 구희비가 했던 말이 떠오른다. "네 나라의 병증이 너 같은 병자를 만들어냈구나"라고 했던가. 그래, 맞는 말이다. 결국 내 탓이 아니다. 미유의 탓도 아니다. 따지고 보면 다 내 나라 탓이다. 세계를 대환멸의 구렁텅이로 만들어버린 우리의 조국 탓이다.

"대답하지 못하는 걸 보니, 네 짓이 맞구나."

어머니가 싸늘하게 말한다. 나는 이번에도 입이 떨어지지 않는다.

"이 겁쟁이! 왜 사실대로 말을 못 해!"

"내가…… 내가 왜 겁쟁이야! 겁쟁이가 어떻게 사람을…… 사람을 죽여!"

나는 그제야 목소리를 짜내어 반박한다.

"역시 그랬구나. 오빠가 하나 상을 죽였어. 하나 상이 나한테 얼마나 잘해줬는데…… 내 하나뿐인 친구였는데……."

악의 주장법

미유가 어째서인지 자신의 하얀 머리 장식을 만지작거리며 나를 노려본다.

"그럼 나는 왜 죽이려 한 거니?"

어머니가 묻는다.

"아니어요, 아니어요. 그런 생각은 꿈에도 해본 적 없어요."

거짓말이다. 완전한 거짓말이다. 하지만 설령 목에 칼이 들어와도 어머니의 면전에 대고 진심을 말할 순 없다. 무서우니까. 지독히 무서우니까. 어머니가 내게 자기 진심을 말하지 못하는 것도 같은 이유일 테지. 어머니는 말을 하지 않는 대신 언제나 똑같은 표정으로 나를 쳐다본다. 나는 그 표정이 사무치게 싫어서 어머니를 똑바로 쳐다볼 수가 없다.

"정말이에요. 제가 감히 어떻게 그런 생각을……."

또, 또, 내가 사라지길 바라는 표정. 실은 나도 어머니의 뜻대로 사라지고 싶었는데.

"겁쟁이에 거짓말쟁이! 네가 죽였어! 네가 다 죽였다고!"

빗소리에 미유의 외침이 더해진다. 나 때문에 미유가 펄쩍 뛰는 모습은 처음 보는지라 나는 잠시 넋을 놓고 미유를 바라본다.

"쥰……!"

미유가 몸을 파들파들 떤다. 미유의 어깨가 들썩거린다. 재미있다. 재미있는 광경이다. 언제나 부들부들 떠는 쪽은 나였는데. 미유가 다시 내 이름을 부른다.

"사토 쥰……!"

분이 풀릴 때까지 내 이름을 부르려나 보다. 그것도 재미있다. 돌연 몸을 돌린 미유가 걸음을 옮긴다. 우분하여 걷는 모양이 재미있다. 우습기 그지없다. 계속 더 지켜보고 싶다.

"오교 오라버니도 네가 죽였지!"

이번에야말로 진짜 오해였지만 풀고 싶지 않다. 시라시이 유이토를 내가 죽였다고 생각하도록 놔두고 싶다. 그래야 미유가 더욱 노여워하겠지. 우스꽝스러운 모습을 계속 보려면 아무 말도 하지 말아야 한다. 미유의 말을 부정해선 안 된다.

내가 가만히 있으니 미유가 이상한 말을 한다.

"너는 오교 오라버니의 시를 오독했어! 누구보다 살고 싶어 했던 이를 죽여? 얼마나 힘들면, 오죽하면 악을 자처하며 목놓아 부르짖었겠어? 왜 그토록 간절히 자기주장을 깨부숴 달라고 했겠어?"

미유가 시라시이 유이토에 대해 아는 척을 한다. 나만큼 읽지도 않은 주제에 그의 시집을 이해하는 척한다. 그런데 미유의 해석이 나를 움찔하게 한다. 미유의 주장에 미카엘의 말이 겹쳐진다. '저는 백오교를 살리는 데 실패했습니다'라고 했었지.

"오교 오라버니가 살려달라고 외치는 소리를 못 들었어?"

악의 주장법

듣지 못했다. 나는 듣지 못했어.

"네가 죽인 거야!"

내가? 내가 시라시이 유이토를 죽였다고? 그런가? 정말 내가 죽였나? 설마 내가 살려달라는 그의 호소를 듣고도 못 들은 척한 것인가?

"네가 죽였어! 오교 오라버니를 네가 죽였어!"

"내가……."

아니다. 아니야. 나는 시라시이 유이토를 죽이지 않았다. 하지만 어째서인지 나는 사실과 반대로 외친다.

"그래…… 내가 죽였어! 전부 다 내가 죽였다!"

나는 악을 쓴다. 악에 물든 세상에서 나 하나쯤 더 물들었다고 뭐 그리 대수랴. 세상이 날 이렇게 만들었는데 어찌 나만을 탓하랴. 분하다. 억울하다. 나는 다시 입에 거품을 물고 악을 쓴다.

"하지만 그건 내 탓이 아니야! 죽은 자들의 탓이다! 너의 탓, 어머니의 탓! 그리고 내 나라의 탓이야!"

"끝까지……."

미유가 달려든다. 내게로 달려든다. 마치 내게 달려들 권리가 있다는 듯이 당당하게 달려든다.

"비겁한 새끼!"

번쩍. 은빛 포물선이 눈앞에 그려진다. 머리 위에서 내 어깨로 뚝 떨어지는 포물선이다.

"도련님!"

"미유!"

치요의 목소리와 어머니의 목소리가 귓전에 울린다. 나는 그제야 미유의 손에 들린 것이 무엇인지 알아챈다. 거실 벽에 걸려 있던 칼이다. 양부가 사 오고, 미유가 가지고 놀고, 어머니가 그리워했던 내 나라의 칼. 그 검이 내 어깨를 파고든다. 둔탁한 마찰음 뒤로 뼈와 혈관이 터지는 파열음이 들린다. 통증은 그다음이다.

"어떡해요! 어떡해요, 아가씨! 도련님 팔이 떨어져 나갔잖아요!"

바보 같은 치요. 이 집에서 나를 걱정해주는 사람은 역시 치요 한 명밖에 없다. 나는 바닥에 쓰러진 채로 미유가 쥔 칼에서 흐르는 피를 본다. 내 죽음이 칼을 타고 흐르는 것만 같다. 내 오른팔은 어디로 갔는지 찾을 수가 없다. 정신이 아뜩해진다.

"마님! 아가씨! 어서 지혈을⋯⋯!"

치요가 급한 대로 자신의 허리띠를 푼다. 나는 치요의 손을 붙잡는다. 그러지 마. 치요도 이제 나를 버려. 하지만 말이 나오지 않는다. 말하더라도 빗소리에 묻힐 것만 같다. 눈이 감긴다. 순식간이다. 피를 본 이상 별다른 도리가 없다. 치요의 울음소리가 들린다. 빗물과 핏물의 비린내를 입은 울음이다. 나는 체념한다. 그래, 어쩌면 잘되었다. 이대로 시라시이 유이토의 뒤를 따르는 것이 나을지도 모른다. 달아나자, 달아나자. 시라시이 상을 따라 달아나자.

그때 미유가 내 생각을 읽은 듯이 말한다.

"이대로 죽게 내버려두는 것이 우리가 가족으로서 베풀 수 있는 최고의 자비예요."

자비, 자비라. 하필 이럴 때 구희비가 떠오른다. 죽음을 목전에 두고 구희비를 생각하다니. 하지만 저승에서라도 구희비에게 말을 전하고 싶다. 네가 틀렸다고.

자비로운 죽음이 왜 없단 말인가.

해사한 시대

비망린 섶골에 노을이 내렸다. 은행나무에, 갈대밭에, 그리고 만독재의 정원에 휘황하면서도 아련한 듯한 저녁놀이 내려앉았다. 독초 밭을 가꾸고 있는 오정을 거들던 희비와 차돌은 약속이나 한 듯이 동시에 서편 하늘에 시선을 두었다. 아직 푸르른 하늘빛에 붉고 노란빛이 섞여들어 지나가는 새마저 아름답게 물들였다.

"올해 가을은 왜 이리 비가 많이 내리는지. 장대비에 죽은 애들이 꽤 있어."

오정이 밭을 고르며 안타까워했다.

"아끼던 독초는 곤죽이 되어 죽었는데, 잡초는 끈질기게 살아 있네요."

희비가 해마다 찾아오는 쇠뜨기를 뿌리째 뽑으며 툴툴거

리자 오정이 빙긋 웃으며 말했다.

"잡초는 퇴비로도 쓸 수 있으니 얼마나 좋으냐."

"삼촌은 왜 그리 맞는 말씀만 하세요? 저도 힘들어서 투덜거린 것뿐이에요."

뾰족하게 입술을 내미는 희비를 보며 구근을 심던 차돌이 놀렸다.

"오정 아재 앞에서 맨날 어린아이처럼 구니까 그렇죠, 박사님."

"그건 당연한 거 아니니? 삼촌, 삼촌도 마찬가지 아니에요? 제가 아무리 나이를 먹어도 삼촌 눈엔 어린아이처럼 보이지 않겠어요?"

"허, 글쎄다. 좀 의젓해지면 더 좋을 수도……?"

오정의 농담에 희비는 부러 더 새치름한 척을 했다. 그러자 오정이 껄껄 웃었다. 희비가 좋아하는 웃음소리였다.

"그나저나 차돌은 한 번만 가르쳐줘도 일을 아주 척척 잘하는구나."

차돌이 헤헤 웃으며 호미로 땅을 골랐다. 희비 역시 밭일도 곧잘 하는 차돌이 기특하기 그지없었다. 일정한 깊이와 간격을 잘 지키면서도 얼마나 빠른 속도로 구근을 심는지. 구근류 독초를 좋아하는 희비는 이맘때면 꼭 독초 밭의 한가운데에 구근을 심었다. 가을에 심은 구근은 겨우내 추위를 견디며 꽃눈을 피울 것이다. 봄철 만독재의 독초 밭을 점령할 탐스러운 꽃송이들. 겨울을 버텨낸 독초는 훨씬 더 강렬한 독을 품기 마련이다.

"첫서리가 내리기 전에 월동 준비를 해야 해서 앞으로 더 바빠질 거야."

희비가 온실을 향해 눈짓하며 차돌에게 말했다. 온실에서 겨울을 나야 하는 독초들을 선별해서 옮기는 일도 만만치 않게 힘이 들 터였다. 희비의 근심스러운 표정을 읽었는지, 차돌이 씩씩하게 말했다.

"걱정하지 마세요. 제가 도울게요."

"독초 박사의 비서가 되어서 고생이 많구나."

"아닌데요? 하나도 힘들지 않아요. 정말로요."

차돌은 만독재에서 지내는 일상이 즐거워죽겠다는 듯이 웃어 보였다. 차돌의 넉살에 희비도 별다른 저항 없이 웃음을 터뜨렸다. 그때 오정이 땀을 닦으며 말했다.

"오늘은 게를 굽고 연잎주를 곁들일까."

그 소리에 차돌이 군침을 삼켰다. 희비는 그런 차돌을 흐뭇하게 바라보았다. 이 아이가 있어서 얼마나 다행인지. 희비는 자신도 차돌에게 다행인 존재가 돼주고 싶다는 바람을 가졌다. 서로를 다행이라 여기며 함께할 수 있다면 차돌과의 인연에서 더 바랄 것이 없겠다 싶었다.

악의 주장법

"그만한 게 없겠네요, 오늘 같은 날엔."

희비가 나직이 맞장구쳤다. 그동안 호사라고 생각했던 것들을 오늘만큼은 낭만이라 여기고 싶었다.

"차돌 언니! 박사님!"

밭일을 정리하고 쪽마루에서 잠시 쉬는데, 대문을 두드리는 소리가 났다. 그 소리에 놀란 오정이 부엌에서 저녁 식사를 준비하다 말고 밖으로 뛰쳐나왔다.

"언니! 언니! 구희비 박사님!"

천붕대 삼총사의 목소리였다. 차돌이 머리를 긁적이며 오정에게 말했다.

"제…… 친구들이어요."

오정은 무어라 대꾸해야 할지 모르겠다는 듯이 앞치마에 손을 문지르기만 했다.

"저도 아는 아이들이에요. 걱정하실 것 없어요."

자리에서 일어난 희비가 오정을 안심시키고는 장우산을 손에 들었다. 차돌이 얼른 부축하려 했지만 희비는 필요 없다는 듯 손을 내저어 보였다. 희비와 차돌은 나란히 대문으로 향했다.

"어쩐 일이야? 곧 어두워질 텐데."

대문을 연 차돌이 걱정스러운 표정으로 말했다. 어느덧

노을이 사라지고 푸른 어둠이 내려앉은 초저녁이 되어 있었다.

"줄 게 있어서 왔지!"

막동이 해맑은 얼굴로 외쳤다. 줄 게 있어서 너무나 신이 난다는 듯한 얼굴이었다. 차돌이 어리둥절한 표정으로 물었다.

"나한테?"

"아니! 박사님한테!"

이번엔 희비가 어리둥절한 표정이 되었다. 그러자 맹단이 싱긋 웃으며 등 뒤에 숨겼던 손을 앞으로 내밀었다.

"박사님, 이거 받으세요."

"이게 뭔데?"

얼결에 맹단이 건넨 것을 받아 든 희비는 천에 쌓인 정체 불명의 물건을 들춰볼 생각도 못 하고 머뭇거렸다.

"우리 아부지가 그랬어요. 이거 아주 귀한 거니 박사님 가져다드리라고."

용손이 제 아버지에 대한 뿌듯함을 감추지 못하고 어깨를 으쓱거리며 말했다.

"그래……?"

희비는 고개를 갸우뚱하며 조심스레 천의 매듭을 풀었다.

"이건……."

"자비초! 자비초, 맞죠?"

용손이 신나서 외쳤다.

"뭐? 자비초?"

차돌이 눈을 둥그렇게 뜨고 희비의 손에 든 것을 들여다 봤다. 희비는 대답도 하지 못하고 그저 고개만 끄덕여 보였다. 자세히 볼 것도 없이, 자비초였다. 흰 장갑을 낀 손 모양의 꽃. 가늘고 고운 실로 땋은 듯한 레이스 같은 꽃잎과 불면 떨어질 듯 흔들면 닿을 듯한 두 손의 형태가 그야말로 완벽한, 아주 잘 자란 데다가 지극히 잘 보존된 자비초였다.

"이걸 어떻게……."

희비는 자비초 뿌리의 흙이 채 마르지 않은 것을 살피며 말끝을 흐렸다.

"우리 어무니가 산에서 캐왔는데, 아부지가 한눈에 알아보셨어요. 아부지가 밤낮으로 사람들한테 『멍울독 백과』를 읽어주셨거든요."

"그래서 이걸 내게 전해주라 하셨다고?"

"네."

"이거 팔면 돈이 꽤 될 텐데."

"은혜 갚는 거라 하셨어요. 어무니 살려주신 은혜를 갚을 기회가 찾아왔는데, 돈에 눈이 멀어서 안면몰수하면 사람도 아니라고."

277

용손 아범의 말투를 흉내 내듯, 용손이 짐짓 진지한 목소리로 말했다.

"맞아요! 박사님이 한사코 사양해도 기어이 손에 쥐여드리고 오라고 하셨어요. 다시 가지고 돌아오면 아주 우리를 혼쭐낼 거라고 하셨다고요. 그러니 꼭 받으셔야 해요."

맹단까지 거들자 차돌도 말을 얹었다.

"박사님, 저렇게까지 얘기하셨다는데……."

"아니, 아무리 그래도 이건…… 사례라도 꼭 해야……."

그때였다. 꼬르륵꼬르륵 꼬르르륵. 별안간 울려 퍼진 배곯는 소리에 모두의 시선이 일제히 막동에게 쏠렸다.

"막동이 배고파? 저녁 안 먹었어?"

차돌이 물었다. 막동은 동그란 배를 살살 문지르며 혓바닥을 쏙 내밀어 보였다.

"먹었지! 먹었는데, 여기까지 오느라 다 꺼졌지!"

차돌을 닮아 민망함이 없다. 그래, 배고파서 배고프다고 말하는 게 어찌 창피한 일일까. 그런데 마침 희비와 같은 생각을 한 사람이 또 한 명 있었으니,

"배고프면 밥을 먹어야지. 게다가 여기까지 오느라 배가 꺼졌다는데 그냥 보낼 순 없지."

어느새 대문간에 가까이 다가선 오정이 흠흠 헛기침을 하더니 뒷짐을 지고 말했다.

악의 주장법

"할아버지! 우리 진짜 밥 먹고 가도 돼요?"

막동이 눈을 동그랗게 뜨고 물었다. 어쩌나 깜찍하게도 묻는지, 그런 얼굴을 보며 고개를 젓기란 쉬운 일이 아닐 터였다. 물론 먼저 제안한 오정이 이제 와서 안 된다고 말할 리도 없지만. 그런데 몸을 움칠한 오정은 선뜻 대답을 하지 못했다. 희비는 살그머니 떨리는 오정의 눈살에 시선을 두었다. 어쩐지 마음이 시렸다. 천연덕스러운 아이의 목소리가 오정의 마음을 건드린 것이리라.

오정이 목소리를 가다듬으며 말했다.

"흠흠…… 당연히 되고말고. 올빼미가 울더니, 오늘 너희가 올 거라고 알려준 건가. 어떻게 내가 약밥 만들 생각을 했지."

"약밥이요?"

"그래. 꿀도 넣고 참기름도 넣고. 달짝지근하고 고소하니 허기질 때 딱이지."

오정의 말이 끝나자마자 막동이 쪼르르 대문 안으로 달려가 오정의 다리를 꼭 껴안았다.

"할아버지! 나 그거 먹고 싶어요!"

갑작스러운 포옹에 오정의 몸이 흠칫거렸다. 하지만 희비는 오정이 금세 막동을 받아들일 거라 믿었다. 오정에겐 약간의 시간이 필요할 뿐이었다.

"그래……."

오정이 손을 어디에 두어야 할지 모르겠다는 듯 어쩔 줄 몰라 하며 말을 이었다.

"어디 약밥만 있을까. 유자 껍질과 곶감, 황률을 넣고 찐 단자도 있지."

그러곤 주저주저하더니 떨리는 손을 들어 막동의 머리를 쓰다듬었다. 유자단자가 무엇인지도 모를 막동은 오정의 말만 듣고도 배가 부르다는 듯이 포근한 눈웃음을 지었다.

"맹단아, 용손아. 너희도 어서 들자꾸나. 내 너희에게 우리 삼촌 요리 솜씨 좀 자랑해야겠다."

희비가 막동만큼이나 기대감에 가득 찬 듯한 맹단과 용손을 향해 말했다.

"신난다!"

"나도, 나도!"

둘은 기다렸다는 듯이 냉큼 희비와 차돌을 제치고 만독재 안으로 뛰어들어 갔다. 아이들의 뒷모습을 지켜보던 차돌이 괜스레 목덜미를 문지르며 말했다.

"죄송해요. 아이들이 아직 얌통머리가 없어서……."

"차돌 네가 그랬잖아. 배고픈 건 창피한 게 아니라고. 근데 배고픔은 이 옮듯 하지 않는다는 말은 영 아닌가 보네. 아이들이 저리 식욕을 보이는 것을 보니 나도 덩달아 허기가 지는걸."

　　　　　　　　　　　악의 주장법

희비가 싱긋 웃으며 발길을 돌려 집으로 들어가려는데, 그 순간 작디작은 털짐승이 담벼락 아래 웅크린 게 보였다.

"요 녀석! 오지 말래도 또 찾아왔구나!"

잊을 만하면 찾아오는 새끼 고양이를 향해 희비가 냅다 소리를 질렀다.

"저기, 어미도 같이 왔나 봐요."

차돌이 벌판에서 뛰어오는 몸통이 긴 검은 고양이를 가리키며 말했다. 아마도 희비가 소리 지르는 것을 보고 새끼를 지키기 위해 달려오는 듯했다.

"그래, 어서 데려가거라! 여긴 얼씬도 하지 말래도! 내가 사정이라도 해야겠느냐……."

어미의 등장에 반색하는 희비를, 차돌이 도통 이해하지 못하겠다는 듯이 쳐다보았다.

"박사님, 그냥 먹을 것 좀 나눠주면 안 되나요?"

"저 애들 먹을 것은 저쪽 갈림길 지나 대추나무 있는 집에 넉넉히 부탁해놓았는데, 그거 다 먹고도 자꾸 찾아오는 거란다."

"네? 그럼 직접 주시지, 왜 다른 집에 부탁하셨어요?"

"독초 밭 때문에 위험하니까 그렇지. 여기 자꾸 찾아오는 버릇 들이면 어찌 될 줄 알고. 만독재 사람들이랑 친해지면 독초 무서운 줄도 모르고 제집 드나들듯 담벼락을 넘을 터인데, 애초에 겁을 줘서 쫓아내야지. 내 은실이 그 아이에게도 그리 신신당부했건만……."

희비는 은실이 떠올라 고개를 저었다. 그러자 차돌이 진즉 물어봤어야 할 것이 떠올랐다는 듯 재빨리 질문을 던졌다.

"그런데…… 은실이에겐 왜 손찌검을 하셨던 거예요?"

은실에게 제대로 사과했어야 했는데. 희비는 은실을 떠올릴 때마다 후회스러웠다. 다 전하지 못한 마음을 앞으로도 전하지 못하고 살아야 한다는 것. 그건 생각보다 묵직한 감정이었다. 하지만 지하원혼 앞에서 내가 느끼는 감정이 다 무슨 소용이랴. 은실을 잘 보내주고 나서 혼자 남은 은실 노모의 생계를 지원하는 것으로 조금이나마 저승길의 넋이 달래지길 바랄 뿐이었다.

"박사님?"

"응? 아……."

희비는 마음을 가다듬고 차돌에게 지난 사연을 읊었다.

"고양이에게 정 주지 말라고, 문단속 잘하라고 그렇게 잔소리를 했는데. 그 두 개 다 안 지켰지 뭐야. 그게 뭐 어렵다고. 마음이 약해빠져서는…… 은실이 고양이들이랑 놀아주려고 밖에 나갔다가 그중 한 마리가 열린 문틈으로 잽싸게 들어오는 바람에 그만……."

"설마, 독초를 먹고 잘못된 거예요?"

"천만다행으로 내가 빨리 조치해서 목숨은 살렸어. 하지만 은실이 방심한 탓에 고양이가 죽을 뻔했다고 생각하니 그 순간 너무 화가 나서…… 참지 못하고……."

희비는 은실의 뺨을 때리고 쫓아낸 그날을 두고두고 후회했다. 그래서 은실과 마주칠 때마다 능구렁이처럼 굴며 조금이라도 더 가까워지고자 했던 것이다. 은실에게 사과할 기회를 찾기 위해서.

"나는 사람 마음을 잘 어루만질 줄 몰라. 은실에게도 그랬지."

마음을 전할 적시만 찾다가 되돌리지 못해 후회막심한 순간만 남기다니. 희비가 낮게 한숨을 쉬었다. 그러자 차돌이 이상하다는 듯이 말했다.

"저한텐 안 그러시잖아요."

"내가?"

"네."

어쩐지 차돌이 그렇다고 하면 진짜로 그런 것만 같다. 희비는 이번에도 속수무책으로 웃음을 터뜨렸다.

"그래, 그렇다면 안심이구나."

오정 삼촌의 말대로 차돌은 정말 동하와 닮은 구석이 있다. 희비는 새삼 신기한 눈으로 차돌의 얼굴을 뜯어보며 오년 전 만세 소리가 가득 울려 퍼졌던 황금정 거리를 떠올렸다. 그때 이 아이는 어찌나 용감했던가. 얼마나 주저 없이 사람들을 도왔던가. 일본 경찰의 패악질에 쓰러진 이들을 둘러업고 동분서주하던 차돌의 나이는 고작 열두 살. 차돌은 자기가 열두 살 때 희비를 구한 적이 있을 거라고는 꿈에도 생각하지 못할 것이다. 하지만 희비는 똑똑히 기억하고 있다. 인파 속에 쓰러진 자신을 차돌이 번쩍 안아 들던 순간을. 그날 차돌의 얼굴엔 흔들림이 없었다. 지금도 마찬가지였다. 희비는 진정 안심하였다. 이 아이는 결코 어둠에 물들지 않겠구나.

"계속 그러하고도 싶고. 너에게만큼은 계속."

그날 이후 희비는 계속 차돌의 근황을 전해 듣고 있었다. 그러던 어느 날, 동지들 역시 천붕대에 힘이 장사인 아이가 있다는 소문을 듣고 차돌에게 관심을 가지기 시작했다. 희비가 차돌을 맡기로 자처한 것은 호감과 호기심 때문이기도 했지만 무엇보다 차돌을 보호해주고 싶어서였다. 차돌이 희비를 도왔듯 희비도 차돌을 돕고 싶었다.

동지들은 이 아이를 잘 가르쳐 독립투사로 키우자고 했다. 그리고 군산댁 역시 그걸 바라는 듯했다. 하지만 희비는 차돌이 원하는 대로 살게 해주고 싶었다. 차돌이 원하는 삶이 있다면 무엇에도 얽매이지 말고 나아갈 수 있도록 돕고 싶었다. 희비는 그제야 "네가 지금보다 훨씬 근사한 세상을 누릴 수 있도록 내가 반드시 일조할 거야"라고 했던 이모 오연의 말뜻을 깊이 이해했다.

그때 차돌이 남빛 어둠에 어슴푸레 잠긴 벌판을 가로지르는 인력거를 가리켰다.

"어? 저기 홍칠 아재 아닌가요?"

"이 시간에 오는 걸 보니 뭔가 전할 소식이 있는가 보구나."

희비가 고개를 주억이며 말했다. 과연 헐레벌떡 달려온 홍칠은 인사도 생략하고 다짜고짜 귀동냥한 이야기를 쏟아내기 시작했다.

"박사님, 박사님. 사토가에 난리가 났대요. 글쎄 어제, 우리가 잡은 놈이 풀려나 집으로 가다가……."

"사토 준이 풀려났다고?"

홍칠이 숨을 몰아쉬며 고개를 끄덕거렸다. 현장에 있던 이들이 모두 경찰서에 몰려가 범인의 죄상을 낱낱이 밝히고 돌아왔거늘, 이리 허무하게 풀어주다니. 너무 기가 찬 나머지 '차돌이 준의 허리를 확 분질러버리게 놔둘 걸 그랬나' 하는 생각까지 들었다.

"근데 그게 다가 아니어요. 글쎄, 자기 집에서 누이동생한테 칼을 맞아 죽었다고 하네요?"

"그게 무슨……."

희비의 머릿속에 불현듯 사토가에서 보았던 왜도가 떠올

랐다. 사토 미유가 결국 칼집을 벗겨냈구나.

"해괴하기 짝이 없는 일이죠? 사토 부부는 집에 돌아온 아들이 갑자기 실성한 듯 회까닥해서 자기 누이를 덮치려 했다고 진술했다는데…… 그러면서 자기 딸은 정당하게 자신을 방어한 거다, 뭐 그렇게 얘기했다고…… 근데……."

"근데?"

"그 집 유모가 울고불고 난리 치면서 그야말로 미쳐버린 듯이 '미유가 죽였다! 미유가 죽였다! 가만히 있는 쥰을 미유가 죽였다!' 소리치고 다닌다잖아요."

"아……."

너나없이 터져 나오는 한숨. 희비와 차돌은 동시에 서로를 쳐다보았다. 인과응보와 비극이 뒤범벅된 결말에 무어라 의견을 표해야 할지 알 수가 없었다. 이럴 땐 그저 잠깐의 정적을 견디는 수밖에.

가장 먼저 침묵을 깨고 입을 연 사람은 희비였다.

"요즘 잠잠하긴 하다만, 쥰이 제대로 처벌받지 않아 다시 백오교와 미카엘의 뒤를 따르는 이들이 생길까 봐 걱정이구나."

그러자 차돌이 다부진 표정으로 말했다.

"아마 그렇지 않을 거예요."

"응?"

"우리가 꽹과리 치며 알린 말들을, 치요가 울부짖으며 외치고 다니는 말들을 사람들은 더 믿을 거예요."

"그렇지, 그렇지! 박사님, 차돌 말대로 경성 시내 분위기가 딱 그렇다니까요. 다들 미카엘이 억울하게 살해당했다고 분통을 터뜨리고 있어요."

그간에 한 일들이 헛되지 않았구나 싶어 안도하고 있을 때,

"박사님, 홍칠 아재도……."

차돌이 슬쩍 대문 안 부엌으로 눈길을 보내며 희비에게 넌지시 말을 건넸다.

"이런, 이런. 내 정신 좀 보게. 이리 온 김에 홍칠도 한술 뜨고 가시게. 마침 다른 손님들도 있으니 같이 어울리면 좋지."

"그럴까요? 오랜만에 만독재 요리 장인께 큰절 한번 올릴까요?"

홍칠이 히죽 웃으며 손바닥을 비볐다. 인력거 삯을 이리 사양하는 법 없이 받으면 오죽 좋으련만. 홍칠도 함께해주겠다고 하니 오늘 밤은 시끌벅적하겠구나. 홍칠이 알맞은 자리에 인력거를 세워놓는 동안 희비는 장우산을 짚고 대문간을 넘었다. 휘영청 달 밝은 밤, 대청과 부엌에서 새살새살 듣기만 해도 웃음이 나는 아이들의 목소리가 들려왔다.

"어떠냐, 게 굽는 냄새가 향긋하지?"

부엌 앞 마당에 쭈그리고 앉은 오정이 자기 옆에 찰싹 달

라붙어 있는 막동을 향해 물었다. 막동은 입술이 반질반질해지고 뺨이 볼가질 정도로 손에 쥔 약밥을 이미 절반 이상 입에 넣고 오물거리는 중에도 숯불 향을 듬뿍 머금고 석쇠 위에서 노릇노릇 익고 있는 게살 꼬치를 쳐다보며 침을 꼴깍 삼켰다. 막동의 표정을 보기만 해도 배가 부르다는 듯 오정이 흥거이 말했다.

"대통에 넣고 한 번 쪄냈으니 향이 기막힐 수밖에 없지."

삼촌 얼굴에 활기가 도네. 희비는 가슴이 뭉클해졌다. 문득 만독재에 침입자가 들어 오정이 발작했던 밤이 생각났다. 그날 오정이 전에 없이 흥분했던 이유는 침입자가 과거 악몽을 떠오르게 하는 일본 전통 복장을 하고 있었기 때문이다. 하지만 오정이 팔 년 만에 문밖을 나서게 된 결정적 이유는 그 무엇보다 순전히 조카를 위하는 마음 때문이었다는 것을 희비는 모르지 않았다. 죽창을 든 이들로부터 희비를 지키기 위해, 오정은 오랜 세월 자신을 억누르던 공포감을 딛고 서릿발 같은 기세로 뛰어나갔던 것이다.

"오늘은 배가 터져도 좋아요!"

막동의 천연스러운 발언에 만독재에 웃음꽃이 피었다. 희비는 막동이가 예뻐죽겠다는 듯 등을 두드리고 있는 오정을 보며 생각했다. 어쩌면 다음에 오정이 문밖을 나서는 순간엔 막동이 그 옆에서 함께하고 있을지도 모르겠다고.

"차돌아, 온실로 가자."

희비는 달빛이 드리운 온실로 차돌을 자연스럽게 이끌었다. 차돌을 데리고 온실 안으로 들어가는 건 오늘이 처음이었다. 희비가 유리문을 열자 조심스레 차돌이 뒤따라 들어섰다.

"와……."

갖가지 명울독이 은은히 빛나는 온실을 둘러보며 차돌이 낮은 탄성을 내뱉었다.

"이곳에 자비초를 심자."

희비가 온실 가운데 있는 항아리 모양의 하얀 화분을 가리키며 말했다.

"잘 키우고 필요한 만큼만 거두어서 꼭 필요한 이들에게 보내야겠다."

"꼭 필요한 이들이요? 자비초를 꼭 필요로 하는 사람들이 있나요?"

희비는 대답 대신 자리에 앉아 흙을 펐다. 정성껏 비료를 주어 기름진 흙. 조선의 흙으로 키운 자비초는 언젠가 압록강을 넘어 만주에 가닿을 것이다. 동지들은 곧 청산가리 대신 자비초를 품고 싸우게 될 것이다. 희비는 흰 장갑을 낀 듯한 하얀 손으로 자비초의 뿌리를 흙으로 덮었다. 그 누구도 동지들에게 자비로운 죽음을 선사할 수는 없다. 그 어떤 인간도 다른 인간에게 자비로운 죽음을 선사할 수 없듯이 말이다. 하지만 적어도 피할 수 없는 죽음의 순간에는 고통받지 않길 바랐다. 이 간절한 마음만큼은 전할 수 있을 터였다.

"박사님! 차돌 언니! 식사하세요!"

밖에서 맹단의 소리가 아련히 울려왔다.

"여기 우육구이도 있고, 전복김치도 있어요! 없는 게 없어요! 애들이 다 먹어 치우기 전에 얼른 오세요!"

맹단의 외침 뒤로, 모든 게 넉넉히 있으니 걱정하지 말라고 이르는 오정의 목소리가 들렸다. 희비는 발바닥이 들썩이는 차돌을 보며 살며시 웃음을 머금고는 자리에서 일어섰다.

"어서 가자꾸나."

온실을 나서니 왁자지껄한 대청 분위기가 훅하고 밀려들었다. 달 밝은 밤이면 어김없이 동하와 오연을 그리워하듯 두고두고 이 장면을 그리워하게 되리라는 것을 희비는 그 순간 직감했다.

"박사님, 걸음 좀 빨리하세요."

대청까지 가는 길이 구만리처럼 느껴진다는 듯이 차돌이 재촉했다. 희비는 먼저 가는 차돌의 등에 대고 당부했다.

"실컷 배를 채우되 잠이 오지 않을 정도로만 먹거라."

"네?"

차돌이 걸음을 멈추고 희비를 돌아보았다.

"오늘부터 글을 가르쳐줄 터이니."

"정말이요?"

"그럼, 정말이지."

글을 배울 수 있다는 게 저리도 좋을까. 어찌 저렇게 빛이 나도록 해사하게 웃을 수 있을까. 희비가 감탄하는 사이, 차돌이 뜻밖이라는 표정으로 물었다.

"박사님, 다리 괜찮으세요?"

희비는 차돌의 말뜻을 바로 알아채지 못했다. 잠시 혼자 헤아리고 나서야 장우산을 온실에 두고 나왔다는 사실을 깨달았다. 통증이 사라진 것도 그제야 알아차렸다.

희비가 말했다.

"오늘은 괜찮으려나 보구나."

차돌이 반색하며 외쳤다.

"내일도 괜찮으실 거예요!"

그리고 그것만으로는 부족하다고 여겼는지 기세를 더해 다시 한번 소리쳤다.

"내일은 분명 더 나아지실 거예요!"

세상의 모든 환멸을 깨부술 듯한 예언이 가을밤을 흔들었다. 희비는 오직 그 예언에 기대어 해사한 시대로 향하고 싶었다.

* 일본인이 조선 고용인을 칭하는 부분은 『제국의 소녀들』(히로세 레이코 지음, 소명출판)을 참고했습니다.

* 오연의 편지글(175~179쪽)과 당시 만주의 분위기를 조성하는 부분에서는 『만주 모던』(한석정 지음, 문학과 지성사)을 참고했습니다.

* 오연과 일본인 자매의 만남(176~177쪽)을 그리는 데는 『여행하는 여성, 나혜석과 후미코』(나혜석, 하야시 후미코 지음, 정은문고)를 참고했습니다.

* 이외에도 『토막민의 생활과 위생』(경성제국대학 위생조사부 엮음, 민속원), 『조선무쌍신식요리제법』(이용기 지음, 라이스트리), 『근대 한식의 풍경』(한식재단 기획, 한림출판사), 『조선요리제법』(방신영 지음, 백산출판 사)을 참고했습니다.

작가의 말

한국 근대사 관련 책이 보이면 보이는 대로 적독(積讀)을 해두는 버릇이 있습니다. 오래도록 관심을 가졌던 시대이지요. 하지만 한 시대가 왜 그토록 저의 마음을 끌어당기는지에 대해서는 이 소설을 쓰면서 처음으로 숙고해볼 수 있었습니다. 그렇게 마주한 감정이 바로 '환멸감'입니다.

'환멸을 어떻게 대하는지에 따라 인생의 방향이 달라진다.'

이러한 생각은 소설의 등장인물들을 그리는 데 바탕이 되었습니다. 누군가는 뚜벅뚜벅 환멸의 소용돌이를 뚫고 가고, 누군가는 환멸로부터 멀리 도망가고, 누군가는 환멸 앞에 무릎을 꿇습니다. 다들 알다시피 환멸에 무릎을 꿇는 것이 가장 쉬운 방법이지요. 어둠은 무릎 꿇은 이의 머리 위에 가장 짙게 드리우기 마련이고요.

소설을 집필하며 환멸에 무릎 꿇은 존재를, '악(惡)'을 들여다볼 수 있었던 것은 결코 그에 물들지 않을 차돌이 있었기 때문입니다. 시대의 아픔을 제 몸으로 앓는 희비에게 차돌이 큰 힘이 되어 주었듯 저에게도 그러했거든요. 여러분의 곁에도 차돌과 같은, 환멸의 반대말 같은 존재가 있기를 바라봅니다.

감사를 전할 분들이 많습니다.

먼저 저의 관심사에 함께 애정을 쏟고 다방면에 도움을 준 남편에게 감사의 마음을 전합니다. 덕분에 모든 답사가 더 의미 있었어요.

자이언트북스의 지영주 대표님, 한주희 이사님, 유혜림 편집자님. 책이 나오기까지 애써주신 마음 잊지 않겠습니다.

역사를 기록하고 연구하는 분들의 노고가 없었다면 거기에 상상을 더해 소설을 빚어내는 일은 불가능했을 것입니다. 그분들께 진심으로 감사드립니다. 앞으로도 열심히 적독하겠습니다.

소설을 퇴고한 뒤 간토대지진 조선인 희생자 추모비가 있는 도쿄 요코아미초 공원에 다녀왔습니다. 그곳에 안개꽃 한 다발을 놓아두고 돌아서면서, 언젠가는 꼭 넋에 가닿는 울림

악의 주장법

있는 소설을 쓰고 싶다고 생각했습니다. 더더욱 정진하겠습니다.

함박눈이 세상을 덮은 11월,

허진희

추천의 말

배명은(소설가)

"한시도 눈을 뗄 수 없게 만드는, 진중하고 우아한
미스터리 스릴러 소설!"

　허진희 작가의 『악의 주장법』은 미스터리 스릴러이면서
도 막무가내식으로 섬뜩하지 않고, 피비린내가 진동하지 않
는다. 다만 진중하고 우아하다.

　이 글을 펼친 순간, 그날 할 일도 잊고 밤새 읽었다. 그럴
수밖에. 시대 배경이 일제강점기인 데다가, 소재도 미스터리
매니아를 자극하는 독초라니, 너무 매력적이지 않은가! 내용
마저 시선을 한시도 뗄 수 없게 빠르게 진행된다.

　소설에 등장하는 명울독은 국권 피탈 이후 한반도 곳곳에
나타난 가상의 독이지만, 마치 일제강점기에 망국의 조선인
을 가차 없이 죽음으로 몰고 가는 수많은 것을 떠오르게 하
는 것 같아 씁쓸했다. 다 같은 죽음은 없다지만, 다정하고 안
온했던 구희비의 가족이 명울독 중 하나인 비린쑥을 먹고 순
식간에 죽은 것처럼, 오정의 임신한 아내가 죽창에 찔려 죽은
것처럼, 차돌의 아비가 억울하게 맞아 죽은 것처럼, 이 시대의
모든 죽음과 고통이 모두 이 명울독과 연관된 게 아닐까.

나라를 빼앗겨 삶이 고되고 죽음이 절절한 일제강점기. 비록 이 글에서 백오교, 미카엘 그리고 달아나려던 청춘들을 모두 구원하지는 못했으나, 살아나려는 사람을 구원하기 위해 곁을 내어주는 마음이 존재했다. 무겁고 서글픈 사건을 따뜻한 인정으로 풀어가는 작가의 글을 보며 해방의 시대를 열망하는 민초들의 반기를 든 모습이 눈에 선했다. 우리는 그 끝을 이미 알고 있으므로.

허진희 작가의 『악의 주장법』은 미스터리 스릴러지만, 참으로 따뜻한 이야기가 아닐 수 없다.

————

이다혜(작가, 〈씨네21〉 기자)
"일제강점기 시대의 슬픔을 그리면서도
매력적인 캐릭터가 생생하게 살아 있는 소설!"

————

시대의 슬픔은 무엇이 될까? 백오교의 시와 죽음으로부터 시작되는 『악의 주장법』은 식민지 조선을 배경으로 하는 미스터리를 다룬다. 식민지의 천재 백오교와 경성 최고 미남 미카엘의 죽음을 둘러싼 진상을 밝혀내기 위해 독초 전문가

인 구희비와 그녀의 새로운 조수 차돌이 콤비를 이룬다. 허진희 작가는 매력적인 캐릭터를 우리에게 연달아 소개하면서 소설 도입부터 이들에게 마음을 빼앗기도록 만든다. 이야기에 먹살 잡혀 끝까지 달리는 느낌으로 읽었다. 산 사람도 죽은 사람도, 빼앗긴 나라를 되찾기 위해 싸우는 사람들도 여기 생생하게 존재한다. 백오교의 시에 등장하는 "달아나시오"라는 말을 곰곰이 되뇌는 동안 반복적으로 등장하는 명울독은 민족의 한을 응축한 것 같은 독이다. 빼앗긴 나라에서 피어나는, 나라 잃은 설움이 만들어낸 독성. 이상을 연상시키는 천재 백오교의 시를 들여다보는 일과 독초를 모으는 수집가의 방에 들어가는 일, 먼 땅에서 온 독립군의 편지를 읽는 일이 연쇄적인 죽음과 연결된다. 이것은 범인을 추리하는 게임인 동시에 살아남은 자의 슬픔을 헤아리는 정성이다. 악은 결코, 주인공이 되지 못한다. 희비와 차돌이 그랬듯 해사한 시대를 기다리며 읽었다.

허진희 장편소설

악의 주장법

ⓒ 허진희

초판 인쇄   2025년 1월 7일
초판 발행   2025년 1월 13일

지은이   허진희
펴낸이   지영주
편 집   유혜림
표지 일러스트 박인주
표지 디자인   어나더페이퍼
본문 디자인   데시그
마케팅   한주희
경영 지원   정의정 남지은

펴낸 곳   ㈜자이언트북스
출판 등록   2019년 5월 10일 제2019-000085호
주소   경기도 고양시 덕양구 덕은1로 5 2층
전화   070-7770-8838
팩스   02-516-5320
홈페이지   www.giantbooks.co.kr
전자우편   books@giantbooks.co.kr
인스타그램   https://www.instagram.com/giantbooks_official/

ISBN   979-11-91824-46-9 (03810)